Дарья Донцова

Инстинкт бабы-Яги

Москва

2007

ГЛАВА 1

В полночь раздался звонок. Я отложил газету и потянулся за халатом. Кто это может быть? К нам с Элеонорой в такое время не ходят в гости. Не успел я накинуть на плечи шлафрок, как на столе заголосил мобильный. Я схватил трубку.

— Слушаю.

— Ваня, — велела Нора, — немедленно узнай, кто сюда рвется.

— Уже иду, — ответил я хозяйке и побрел в коридор.

В этом звонке вся Элеонора: чтобы не высовываться из комнаты, она просто воспользовалась сотовым. Вам придет в голову трезвонить секретарю, если вы с ним находитесь в одной квартире? Думаю, нет. Хотя мне отчего-то кажется, что у вас нет и служащих, живущих в вашем доме. Но, знаете, очень удобно иметь под рукой человека, которому можно раздавать указания. Некоторым людям комфортной покажется и моя жизнь: обитаю в большой, великолепно обставленной квартире, комнату убирают, рубашки стирают, брюки гладят, зарплату не трачу ни на еду, ни на оплату коммунальных услуг. Не каждый так устроится. Однако в любой бочке самого распрекрасного меда всегда найдется чуток дегтя. Большинство мужчин, чтобы не думать о хозяйственных мелочах, заводят жену и, получая обед, вынуждены терпеть ее капризы. Я — холостяк, зато у меня есть хозяйка. И если на разошедшуюся супругу можно прикрикнуть или, обидевшись, уйти из дома, то от Норы никуда не деться, я обязан с улыбкой исполнять все ее пожелания, а мою хозяйку иногда сильно заносит на поворотах.

Вот и сейчас, вместо того чтобы мирно читать газету, я вынужден выяснять, кому понадобилось ломиться сюда тогда, когда подавляющее большинство людей мирно спит. Звонок повторился. Неизвестный гость оказался настойчив, он был явно полон решимости разбудить хозяев.

Я глянул на экран видеофона. На лестничной площадке стояла девочка-подросток, маленькая, худенькая. На ней были надеты замызганные джинсики, коротенькая, до талии, курточка из слишком яркого, чтобы быть настоящим, меха. На голове у девочки чернела бейсболка с надписью «Йес». Я вздохнул — все понятно.

Наша многокомнатная квартира расположена в респектабельном здании. На входе в дом сидят охранники. Малосостоятельных людей здесь нет, плата за проживание превышает прожиточный минимум москвича. В холле и на лестничных клетках цветут растения в горшках, пахнет французскими духами и дорогими сигаретами, и никто не поджигает в кабине лифта кнопки. Впрочем, нет и дружбы между соседями. Здесь не принято брать в долг, просить сахар или соль и собираться просто так вечерком на огонек. Но, как я уже упоминал, в бочке меда обязательно найдется деготь. В нашем случае это эстрадный певец по имени Леонид. Честно говоря, я ни разу не слышал песен, которые исполняет парень, предпочитаю классическую музыку, но, говорят, он бешено популярен. Истерически настроенных фанаток охрана в подъезд не пускает, и они довольствуются тем, что пишут мелом на асфальте перед домом признания в любви и свое мнение о новых песнях. Но иногда кое-кто из особо предприимчивых девчонок ухитряется прорваться до квартиры кумира. К сожалению, певец живет прямо над нами, и случается, что его «гости» ошибаются этажом.

Поняв, что вижу фанатку, я снял трубку видеофона и сказал:

— Леонид живет этажом выше, вы спутали квартиру.

— Мне нужна Элеонора, — раздался приглушенный голос.

Я изумился до крайности. Оказывается, девочка хочет видеть Нору. Через секунду она стояла в нашем холле, маленькая, похоже, сильно замерзшая. Коротенькая куртенка и джинсики-стрейч — не лучшая одежда для сырого и вьюжного московского февраля.

— Вы, наверное, Иван Павлович? — тихо спросила она и сняла бейсболку.

На худенькие плечики упала копна темно-каштановых волос. Даже в тусклом свете настольной лампы было видно, какие они густые, блестящие, красивые. Просто удивительно, как такие роскошные волосы влезли под кепку.

— Да, — ошарашенно ответил я, — вы правы, я — Иван Павлович Подушкин. А в чем, собственно говоря, дело?

Девочка подняла на меня глаза, и я снова испытал удивление. Огромные ярко-синие очи горели на небольшом личике с правильными чертами. Если честно, то я до сих пор не встречал подобного лица. Узкий нос, пожалуй, чуть длинноват, рот чуть крупноват, над губой — пикантная родинка, брови чуть широковаты... Но именно это «чуть» делало внешность неожиданной гостьи неотразимой. Вы просто не смогли бы оторвать взгляда от девушки, а встретив ее через пару лет, мигом бы узнали. Она была красива до неприличия и, похоже, совсем не пользовалась косметикой. И еще: я ошибся в отношении возраста, меня ввела в заблуждение стройная фигурка и тинейджеровская одежда. Но сейчас, когда девушка сняла куртенку и дурацкую бейсболку, стало понятно, что ей уже исполнилось двадцать пять, а может, и все тридцать.

Наверное, на моем лице отразилось недоумение, потому что незнакомка неожиданно мягко улыбнулась, похорошела от этого еще больше и нежным, мелодичным голосом сказала:

— Я пришла к вам за помощью, меня хотят убить.

От неожиданности я отступил назад, наткнулся на кресло, забыв о хорошем воспитании, плюхнулся в него и спросил:

— Кто?

Гостья снова улыбнулась и пожала точеными плечиками, обтянутыми светло-розовым тоненьким свитерком:

— А вот это и надо выяснить. Вы же детектив?

— Я?

— Ну и Элеонора еще, — добавила она.

Затем она расстегнула сумочку, вытащила из нее газетную страницу и, ткнув пальцем в левую колонку, поинтересовалась:

— Ваше объявление?

Я уставился на строчки: «Опытные детективы Элеонора и Иван Павлович Подушкин разрешат любые деликатные обстоятельства. Полная конфиденциальность и быстрота расследований обеспечены. Оплата по факту, расценки умеренные. Делами о супружеских изменах не занимаемся, пропавшие автомобили и убежавших животных не ищем».

Сказать, что я обозлился, —это не сказать ничего. Ну, Элеонора! Совсем с ума сошла!

Моя хозяйка, удачливая предпринимательница, наладила свой приносящий немалый доход бизнес таким образом, что он великолепно крутится без постоянного присмотра владелицы. Нора умеет выбирать служащих, на которых можно положиться. Любая другая дама, поняв, что получает огромные деньги без особых усилий, мигом бы превратила свою жизнь в сплошное удовольствие: магазины, светские вечеринки, тусовки, путешествия за границу.

Любая, но не Элеонора. Моя хозяйка терпеть не может пустой болтовни и лежания на пляже, а путешествия для нее связаны с определенными трудностями, потому что Нора прикована к инвалидной коляске — у нее парализованы ноги. Правда, ее кресло суперсовременное, оно легко пролезает даже в самые узкие двери и умеет «шагать» по лестнице. Но все равно Нора достаточно беспомощна, то, что не требует от здорового человека никаких усилий, допустим, поход в душ, для нее превращается в сложную процедуру. Дома при помощи хитрых приспособлений она способна обслужить себя сама, но в гостинице начнет испытывать затруднения. А менталитет Норы не позволяет ей робко просить о помощи. Моя хозяйка терпеть не может вызывать к себе чувство жалости. Впрочем, обычно она ведет себя так, что вам и в голову не придет испытывать к ней сострадание.

На беду, Элеонора обожает детективы, прочла всю классику жанра и теперь безутешна. Современные авторы ей совершенно не по душе, а ее обожаемый Рекс Стаут больше ничего не напишет. Но не в характере Норы долго убиваться. Не так давно ей в голову пришла дикая мысль. Если читать теперь нечего, значит, следует самой заняться расследованиями. В первый раз хозяйку толкнула на детективную стезю неприятная история, произошедшая с ее внучкой Ритой. Ну а потом Нора увлеклась и помогла своей подруге, попавшей в жуткую ситуацию. Этих двух приключений хватило, чтобы Нора укрепилась во мнении: она теперь сыщик Ниро Вульф, я — Арчи Гудвин, а наша домработница Ленка, ужасная недотепа, — повар Фриц. Не хватает только садовника. Помните, Ниро Вульф разводил орхидеи, Нора пока до этого не дошла. Правда, Ленка, прочитав на старости лет впервые книги Рекса Стаута, возомнила себя гениальной кулинаркой и вдохновенно ваяет несъедобные блюда. Рецепты домработница черпает у Стаута, причем обращается она с ними более чем вольно, ничтоже сумняшеся заменяя одни ингредиенты другими. Все-таки в Москве, даже такой изобильной, как сегодня, затруднительно достать «седло антилопы». Но Ленку подобной ерундой не смутить. Вместо антилопы она возьмет свинину, голубя заменит курицей, диковинные приправы — перцем — и пожалуйте к столу. Результат, как правило, оказывается чудовищным. Мы с Норой мигом выбрасываем содержимое тарелок в окно и, чтобы не обидеть Ленку, расхваливаем яства, чем стимулируем глупышку на новые кулинарные подвиги. Следовало бы, набравшись окаянства, заявить: «Лена, ты лучше вымети пыль из углов и хорошенько вымой полы. Оставь в покое кастрюли, ими займется кухарка!»

Но Нора не может сказать Ленке эту фразу. Почему, я тут объяснять не стану, рассказывал уже один раз сию историю и повторяться не желаю. Я же, к сожалению, не способен оскорбить женщину, чем беззастенчиво пользуются все, кому не лень, от моей матушки до любовниц. Поэтому мне пришлось осваивать такие точки питания, как «Ростикс», пицца «Сбарро» и «Елки-палки». До «Макдоналдса» я все-таки не опустился, хотя лапша быстрого приготовления стала казаться мне вполне приемлемым ужином, я даже научился в ней разбираться. Та, что «со вкусом говядины», — редкостная мерзость, зато грибной вариант вполне ничего. Интересно, какой предпочитает Нора? Пару раз, услыхав, как я вхожу в кабинет, она быстро прятала в стол знакомые белые лоточки.

Но одно дело помогать приятельницам выпутываться из неприятных историй, а другое — давать объявление в газету. И потом, я не собираюсь вновь носиться по улицам и копаться в чужом грязном белье, кроме того, на занятия частным сыском требуется лицензия.

Все эти соображения вихрем пронеслись в моей голове, но сказать я ничего не успел, потому что в холле повеяло ароматом «Миракль», духов, которые обожает Нора, а следом за облаком парфюма в гостиную вкатилась и хозяйка, как всегда, безукоризненно причесанная, намакияженная, одетая и при бриллиантовых серьгах, в общем, типичный российский инвалид.

— Вас хотят убить? — резким голосом спросила она. — Очень хорошо! Ступайте за мной.

Гостья посеменила за инвалидной коляской, я двинулся следом. «Вас хотят убить? Очень хорошо...» Не хочу показаться занудой, но люди никогда не вслушиваются в то, что говорят. Когда я заканчивал школу, наша директриса отличилась на выпускном вечере. Влезла на сцену, где стояла шеренга девочек в белых платьях и мальчиков, впервые надевших костюмы, схватила микрофон и проорала:

— Сегодня у нас радостный день. Провожаем десятиклассников в последний путь.

Естественно, мы захихикали. Директриса, между

прочим, преподавала русский язык и литературу и сообразила, что несет нечто несуразное. Она решила исправить положение:

— Извините, я оговорилась. Итак, сегодня счастливый день, наши дети выходят на большую дорогу!

Сами понимаете, что торжественная часть провалилась, от смеха рыдали все: и школьники, и родители, и учителя.

Покачивая головой, я вошел в кабинет и сел за маленький столик.

— Слушаю, — отрывисто сказала Нора, — рассказывайте все в деталях.

Девушка кивнула:

— Меня зовут Алена Шергина, я работаю в туристическом бюро «Злата», отправляю людей в самые разные страны, сама иногда езжу. Хорошая служба, приятное начальство.

Я слушал ее нежный, мелодичный голосок и любовался лицом. Фарфорово-белая кожа, огромные голубые глаза, изящный носик, пухлые губки. Молода и очень хороша собой, в особенности притягивали взгляд волосы, темно-каштановая копна блестящих перепутанных кудрей. Создавалось впечатление, что она забыла причесаться, но, я думаю, романтический беспорядок стоил ей немалых денег в дорогом салоне.

Я перевел взгляд на ее руки. Сразу видно, что Алена ничего тяжелей шариковой ручки не поднимает. Да и затруднительно тоненькими пальчиками с такими длинными, покрытыми нежно-розовым лаком коготками драить полы или чистить краны.

Неожиданно Алена подняла правую руку и откинула со лба прядь. Рукав свитера задрался, обнажилось запястье. Я вздрогнул. На внутренней стороне руки виднелся отвратительный толстый шрам, вернее, кол-

12

лоидный рубец розово-серого цвета, возвышавшийся над кожей.

Алена мигом перехватила мой взгляд, одернула рукав и продолжила рассказ.

В деньгах она не нуждается. Живет одна, в квартире, доставшейся от отца, известного художника советской поры. К сожалению, Борис Шергин умер, а матери Алена лишилась еще в младенчестве — та попала под машину, когда дочери исполнилось всего несколько месяцев. Девочку воспитывали няньки. Сейчас семьи у нее нет, поэтому Алена пока живет в свое удовольствие. Зиму и осень проводит в городе, весну и лето на даче. Загородный особняк тоже построил папа. Так что до последнего времени Алена существовала без всяких хлопот и забот, но примерно месяц тому назад начались непонятные странности.

В начале января девушка возвращалась домой со службы поздно: около часа ночи. Открыла дверь парадного и отчего-то, повинуясь какому-то порыву, не шагнула сразу вперед, а затормозила на пороге. Через секунду сверху упала старая кастрюля, наполненная серной кислотой. Не задержись Алена у входа, она бы, скорей всего, погибла. Шапки она не носит, и кислота, вероятней всего, попала бы ей на голову. В подъезде нет лифтера, и в час ночи никто из жильцов не шастает туда-сюда. Аленина жизнь могла закончиться в мучениях на грязном полу.

Перепуганная девушка прибежала домой. В тот момент ей не пришло в голову, что кастрюля с адским содержимым предназначалась именно ей. Она подумала, что неизвестные подонки решили позабавиться таким варварским образом. В милицию Алена не обращалась, она не верит в то, что сотрудники правоохранительных органов способны хоть кого-нибудь защитить. После жуткого происшествия Алена приобрела привычку, распахнув дверь в подъезд, стоять по пять минут у входа. Но больше ничего подобного не происходило.

Следующая неприятность ждала ее через пару дней. Когда Шергина вышла из супермаркета «Орион» с продуктами, прямо у ее ног шлепнулся литровый «Домик в деревне». Алена попятилась назад. Упаковка, очевидно, летела с большой высоты: ударившись об асфальт, пакет оставил в нем вмятину. Алена чуть не упала в обморок, поняв, что было бы с ее головой, попади на нее «Домик» с молоком. Подбежавший охранник со злостью сказал:

— Вот падла.

— Кто? — ошарашенно поинтересовалась Алена.

— Да бабка здесь живет, — пояснил секьюрити, — квартира над нашим супермаркетом расположена. Житья от нее нет, все письма писала в санэпидемстанцию. Дескать, на ее жилплощади тараканы, а виноват в этом продуктовый магазин. Хотели миром дело решить, предложили ей скидку, нет, не желает. Требует, чтобы супермаркет закрыли. А когда поняла, что наш хозяин со всеми договорился, сменила тактику. Залезает на последний этаж и швыряет на посетителей что ни попадя!

— Что же вы ей это позволяете? — дрожащим голосом осведомилась Алена. — Так ведь и убить можно.

— Поймать не получается, — вздохнул охранник, — пока до верха доберемся, ее и след простыл, проворная, гадина.

Решив больше никогда не заглядывать в «Орион», Алена вернулась домой. Но через два дня снова попала в историю.

У нее есть машина, причем «с иголочки», купленная перед Новым годом, не слишком дорогая «Нексия». Алена хорошо водит автомобиль и даже слегка разбирается в моторе. Десятого января она села за руль и покатила в гости к подруге, которая постоянно живет за городом. Тот факт, что подружка имеет дом в Подмосковье, и спас в очередной раз жизнь Алены. Случись неприятность на городской магистрали, от хорошенькой иномарки и ее владелицы не осталось бы ни рожек, ни ножек, потому что стоило только Алене выехать на Ново-Рижское шоссе, как педаль тормоза «провалилась». К счастью, случилось это на небольшом подъеме, впереди не было машин, и Шергина не растерялась, переместилась в правый ряд, попыталась насколько возможно снизить скорость и потом въехала в большой сугроб, маячивший на обочине. Естественно, Алена предъявила претензии салону, продавшему ей неисправную «Нексию». Служащие засуетились, быстро провели экспертизу и сообщили: автомобиль в полном порядке, но кто-то надрезал шланги, в которых циркулирует тормозная жидкость. Даже не хочется думать, чем могло закончиться дело, откажи тормоза на МКАД, по которой Алена гоняет в крайнем левом ряду со скоростью больше ста километров в час. Для тех, кто никогда не оказывался на Московской кольцевой автодороге, поясню: по этой магистрали с ревом несутся разнокалиберные транспортные средства, а слева тянется бетонное ограждение. Алена пользуется этим шоссе минимум два раза в день — едет на работу и потом домой, это быстрей, чем пилить через вечно забитую машинами Москву.

Сотрудники салона настоятельно посоветовали своей клиентке обратиться в милицию, но Алена никуда не пошла.

В этот момент из сумочки Шергиной донесся писк. Девушка вытащила мобильный.

— Не волнуйся, со мной все в порядке, просто мы еще разговариваем.

— Вы приехали не одна? — поинтересовалась Нора.

— Да... — ответила Алена. — У подъезда, в машине, сидит мой приятель, Илья Наметкин, может, его тоже позвать?

— Естественно, — хмыкнула Элеонора, — пусть заходит.

ГЛАВА 2

Через пять минут в кабинете оказался молодой человек, по виду лет восемнадцати, не больше. Похоже, он сильно нервничал, потому что протянутая мне рука была влажной, а лоб покрывали мелкие капельки пота.

— Глупая затея пришла Аленке в голову, — хриплым баском сказал он, — никто ее убивать не собирается, просто это цепь случайностей.

— Вам не кажется, что их слишком много? — без тени улыбки спросила Нора. — Кастрюля, пакет, машина... Алена, вы богаты?

Девушка пожала плечами:

— Скажем так, обеспечена. Имею квартиру, машину, — впрочем, «Нексию» продала, купила другую, — дачу, стабильный заработок. Но особого богатства нет, средний уровень. Хотя кое-кому мое положение может показаться завидным.

— Вы составили завещание?

— Нет, а зачем? — вздернула вверх брови Алена. — И потом, у меня всего лишь одна дальняя родственница, она старше меня, из близких подруг только Варя Арсеньева, я не очень-то легко схожусь с людьми.

— Та-ак, понятно, — протянула Нора и побарабанила пальцами по столу. — У вас есть враги?

Алена покачала головой:

— Нет.

— Так не бывает, — безапелляционно заявила Элеонора, — вспоминайте, кому наступили на хвост. Увели мужа у приятельницы, подсидели коллегу на работе...

Алена пожала плечами:

— Я никогда не заигрываю с женатыми мужчинами. Считаю, если кавалер имеет штамп в паспорте, то он обязан жить со своей женой. На службе у нас великолепные отношения, в клиентах мы недостатка не испытываем, и потом, в «Злате» люди сидят на окладе, и неважно, сколько туристов ты обслужил — десять или сто, все равно в конце месяца получишь оговоренную контрактом сумму.

— Вспоминайте, — настаивала Нора, — похоже, вас задумал сжить со свету кто-то из близких.

— Отчего вы так решили? — влез в разговор Илья. — Может, это маньяк.

— Для постороннего человека преступник слишком осведомлен, — пустилась в объяснения Нора, — ну подумайте сами. Он знает, что вы придете домой поздно, около часа ночи, и устанавливает кастрюлю с серной кислотой. Кстати, неглупая идея. Обратись вы в милицию, там бы точно сказали, что действует подонок, задумавший убить абы кого. Поставил сверху на дверь емкость и ушел. Мало ли кто потянет ручку. Но на самом деле тут имелся тонкий расчет. Негодяй знал, что вы вернетесь домой около часа, причем был в этом совершенно уверен! Ну-ка, вспоминайте, кто в курсе ваших дел?

— Дай мне закурить, — нервно попросила Алена у спутника, — свои в машине забыла.

Илья вытащил из кармана «Житан».

— У меня же очень крепкие.

— Давай, давай, — отмахнулась Алена.

Затянувшись, она поперхнулась и тут же загасила сигарету.

— Говорил же, — покачал головой Илья, — слишком тяжелые, тебе не по вкусу.

— Хотите мои? — предложил я и вынул «Мальборо».

Алена с сомнением посмотрела на бело-красную пачку.

— Нет, спасибо. Вообще говоря, я мало курю и употребляю только очень слабые, ментоловые сигареты. Лучше потерплю. Какая гадость этот «Житан»!

— Согласна, — кивнула Нора и вытащила свои любимые папиросы «Беломорканал».

Для меня остается загадкой, где моя хозяйка приобретает это жуткое курево, в ларьках и магазинах его нет.

— Так кто знал, что вы пойдете домой около часа ночи? — настаивала Нора.

— Да все, — протянула Алена, — дело в том, что в тот день «Злата» справляла день рождения шефа в ресторане. Хозяин позвал сотрудников, постоянных клиентов, человек сто, не меньше.

— Так, — нахмурилась Нора, — попробуем с другой стороны. Кто был в курсе, что вы отправитесь в «Орион» за продуктами?

Алена принялась теребить рукав свитерка.

— Каждый вечер туда хожу. Супермаркет рядом с моим домом.

— Говорю же, совпадение, — снова засуетился Илья.

Алена глянула на спутника:

— А газ?

— Какой газ? — насторожилась Нора.

— Так почему я сегодня к вам приехала, — воскликнула Шергина, — вы до конца дослушайте!

По мере ее дальнейшего рассказа лицо Элеоноры вытягивалось. Я тоже насторожился. Если происшествия с серной кислотой, пакетом молока и автомобилем еще худо-бедно, но можно было счесть за случайность, то произошедшее сегодня не лезло ни в какие ворота.

Утром Алена, как всегда, отправилась на службу. Приехала в контору, раскрыла портфель с документами и схватилась за голову. Папка с путевками и билетами осталась лежать дома на кухне, на столе. Очевидно, торопясь на работу, девушка попросту забыла ее. Пришлось, чертыхаясь, нестись назад.

Войдя в квартиру, Алена почувствовала резкий неприятный запах. Девушка вбежала в кухню и остолбенела. Самая большая конфорка была открыта, на ней стоял чайник с водой. Быстро перекрыв газ, Алена плюхнулась в кресло. Самые мрачные мысли полезли в голову. Во-первых, она очень хорошо помнила, что выключила плиту и даже завернула кран на трубе. Во-вторых, девушка никогда утром не ставит на огонь чайник, а варит кофе в небольшой джезве. В-третьих, всегда перед уходом открывает форточки, потому что не любит возвращаться в душную квартиру. И было необъяснимо, каким образом вышло так, что плита оказалась включенной, окна крепко закрытыми, а чайник стоял на конфорке?

— Понимаете, — горячилась Алена, — у меня есть привычка: войдя в подъезд, я закуриваю и вхожу в квартиру с зажженной сигаретой.

— Странное какое пристрастие! — не вытерпел я. — Почему вы не закуриваете дома, в кресле? Сами же только что говорили: курите мало.

Алена улыбнулась:

— Детский комплекс. Отец не разрешал мне дымить. Я и курить-то начала в подростковом возрасте, чтобы доказать окружающим свою взрослость. Папа нещадно ругал, один раз даже ремнем выпорол. Странное поведение для человека, который сам курил с двенадцати лет. Но факт остается фактом, отец не мог меня видеть с сигаретой, но в двадцать один год я ему категорически заявила: «Я совершеннолетняя не только по нашим, но даже и по европейским законам и буду курить где и сколько хочу».

Глупо, конечно, да и сигареты мне не слишком нравились, но очень уж хотелось отстоять свою самостоятельность. Вот поэтому-то, входя в подъезд, я специально закуривала и являлась в таком виде перед отцом.

Папа умер, а привычка осталась. Представляете, что бы произошло, не оставь я дома документы?

Из моей груди вырвался вздох. Думаю, ничего хорошего. Газ наполняет квартиру, форточки закрыты, а тут распахивается дверь, и появляется хозяйка с зажженной сигаретой. И ведь никто бы потом не заподозрил злого умысла. Все выглядит до примитивности просто. Алена ушла на работу, забыв на плите чайник. Вода вскипела, перелилась через край, загасила огонь... Сколько таких случаев по Москве? Небось не один и не два.

— Хорошо, — Нора хлопнула рукой по столу, — ясно. Значит, так, сейчас пока прекратим разговор. Время позднее.

— Действительно, — ответила Алена, — я приду завтра, после работы.

— Нет, — покачала головой Нора, — на службу не ходите, скажитесь больной. Жду вас к полудню, станем составлять список ваших знакомых.

— Я знаю, кто преступник, — неожиданно заявил Илья, — Марина Райкова!

— Не пори чушь! — взлетела Алена. — Ты ее просто не любишь!

— Но ведь за дело!

— Кто такая Райкова? — перебила их спор Нора.

— Моя школьная подруга Марина, — пояснила Алена, — мы были очень близки, а потом разошлись.

— Из-за чего?

— Это к делу не относится, да и поссорились мы год назад, даже больше.

— Мужика не поделили, — ухмыльнулся Илья, — из-за чего бабы ругаются.

Шергина рассердилась:

— Глупости.

— Ну-ка расскажите, — велела Нора.

— Поверьте, Марина ни при чем!

— История такая некрасивая, что вам стыдно ее рассказывать? — резко спросила Нора.

Алена разозлилась:

— Да нет, ерунда просто! В сентябре позапрошлого года я ездила отдыхать в Испанию и познакомилась там с молодым парнем, банкиром, Костей Рябовым.

Финансист оказался молод, хорош собой, приветлив и холост. Тут же начался роман, и в Москву Алена уже летела с твердой уверенностью, что с одинокой жизнью покончено. Отношения продолжились и дома, и Шергина, естественно, познакомила Костю с Мариной.

Лучшая подруга не растерялась и отбила парня. Алена обиделась и порвала с ней. Костя женился на Марине, но в феврале прошлого года приехал к Алене, стал жаловаться на тяжелую семейную жизнь. Слово за слово — они оказались в постели. И тут, словно в дурном анекдоте, в квартиру влетела Марина.

— Что же вы открыли ей дверь? — удивилась Нора.

— У нее хранятся вторые ключи, — пояснила

Алена, — на всякий случай, вдруг я свои потеряю, чтобы дверь не ломать!

— И вы не поменяли замок, когда поругались?

— Нет, забыла.

— А что было после неприятной встречи?

Шергина тяжело вздохнула:

— Надо было, конечно, заняться замком. Но у меня железная дверь по спецзаказу, нужно вызвать мастера из фирмы, просидеть целый день дома. Было все недосуг.

— А ключи у Марины вы не отобрали?

Алена улыбнулась:

— Я в тот раз, когда она влетела ко мне, босиком со страху на мороз выскочила, вернулась лишь после того, как они уехали. Сами понимаете, не до ключей было, а звонить ей сейчас жутко не хочется.

— Значит, ключи от вашей квартиры имелись у Марины? — уточнила Нора.

— Выходит, так, — кивнула Алена. — Она, кстати, присутствовала на вечере, который устроила фирма, Марина наша давняя клиентка.

— И она знает про то, в какой супермаркет ты ходишь и где стоит машина, — кипятился Илья.

Алена замялась и потом с неохотой произнесла:

— Конечно, не слишком приятно так думать, но похоже на то... Марининых рук это дело. Костя-то после того случая от нее ушел и ко мне опять переметнулся, а я его неделю около себя продержала и выставила. Не люблю предателей. Впрочем, все, что ни делается, к лучшему. Я встретила Илью, и мы счастливы.

— Ладно, — кивнула Нора, — теперь слушайте. Домой не ходите, поезжайте к Илье.

Парень покраснел:

— Это невозможно, я живу с родителями, а у них старорежимные взгляды.

Алена рассмеялась:

— Его маменька меня на дух не переносит, потому что я старше Илюши на восемь лет.

— Сколько вам? — бесцеремонно спросила Нора.

— Тридцать пять, — спокойно ответила Алена.

Я поперхнулся. Надо же так великолепно выглядеть: фигура, лицо — все как у девочки. Наверное, она львиную долю времени проводит в косметических клиниках и фитнес-клубах. Странно, однако, что Алена так по-идиотски одета. Словно подслушав мои мысли, посетительница сказала:

— Сама думала, что надо спрятаться. Приехала к вам на машине Илюши, оделась жутким образом, чтобы меня не узнали.

— Правильно, — одобрила Нора.

— Эх, жаль, Варя в командировке, — вздохнула Алена, — это единственный человек на свете, который не предаст. Но, увы, она уехала, будет только завтра. Кстати, вот тут пятьсот долларов — задаток.

— Не надо, — отмахнулась Нора.

— Как же? — удивилась Алена. — Вам ведь понадобятся деньги на расходы.

Я постарался не рассмеяться. Клиентка не знает, что Нора собирается «детективить» исключительно из спортивного интереса. Думаю, ей и в голову не пришло, что сей вид деятельности может принести доход. Интересно, что Элеонора ответит?

Но моя хозяйка решила играть роль до конца. Она кивнула, взяла банкноты, потом открыла ящик письменного стола, вытащила оттуда пачку квитанций и выписала приходный ордер, чем удивила меня до крайности.

Алена и Илья откланялись и ушли. Я проводил

пару до двери и пода́л Алене курточку из синтетической крысы.

— Спасибо, — кивнула она и повернула ко мне лицо, — вот, думала, дождь пойдет.

— Дождь в феврале? — поддержал я разговор. — Вроде обещали мороз.

— Синоптики ошибаются один раз, но каждый день, — улыбнулась Алена.

Я тоже улыбнулся в ответ. Похоже, Шергина в машине слушает «Русское радио», шутка принадлежит Фоменко.

— Только я предсказываю погоду почти со стопроцентной точностью, — продолжила Алена.

— Вы ведьма? — подыграл я ей.

— Начинающая, — кокетливо стрельнула глазами Алена, — но в действительности все проще: видите, у меня на запястье шрам?

— Да.

— Попала в юности в автокатастрофу, легко отделалась, только стеклом очень сильно порезала руку, с тех пор шрам ноет к переменам погоды, вот увидите, идет потепление.

— Давай торопись, — хмуро велел Илья и буквально вытолкал спутницу на лестницу.

Я быстро свернул в кухню и глянул в окно. Парочка стояла у «Жигулей», цвет которых в полумраке уличного фонаря было трудно определить, то ли синие, то ли зеленые, то ли коричневые, одно ясно, машина не светлая.

Несколько минут Илья, размахивая руками, пытался что-то втолковать своей спутнице. Та молча смотрела в землю, потом резко рванула дверцу машины и устроилась на переднем сиденье. Автомобиль подскочил, заглох, потом снова завелся и исчез за поворотом. Я пошел в свою комнату. Похоже, эта Алена девушка с характером, хорошо знающая, какое впечатление она производит на мужчин. Илье не позавидуешь, хотя лично мне всегда больше нравились стервы, чем уютные, домашние тетки, варящие супы. С женщиной, которая знает себе цену, с особой, сделавшей карьеру, с самодостаточной личностью интересней, она не даст вам скучать. Хотя с рачительной хозяйкой намного спокойней и удобней. Но у меня на второй день общения с девушкой, которая ни о чем, кроме кухни и будущих детей, не думает, начинается отчаянная зевота. Хотя, повторюсь, жениться следует именно на такой, но меня, словно магнитом, тянет к противоположностям.

На следующий день Нора напрасно прождала Алену. Та не явилась.

— Может, она все же решила отправиться на работу? — предположил я. — Шергина оставила служебный телефон?

— Нет, — покачала головой Нора, — только номер этой Вари Арсеньевой, сказала, что подруга приедет сегодня рано утром и Алена ей сообщит, где будет пока жить. Вот что, позвони и узнай, что помешало нашей встрече.

Я взял протянутую бумажку и набрал номер. Долго слушал длинные гудки: ту-ту-ту...

— Похоже, там никого нет, — сказал я, не вешая трубку.

— Может, и впрямь на работу пошла, — пробурчала Нора. — Тебя вчера в разговоре ничего не смутило?

— Да нет, разве что неподходящая одежда, но ведь она объяснила, отчего так вырядилась.

Элеонора нахмурилась:

— Ты в своем репертуаре, видишь лишь внешнюю сторону. Да не в штанах дело. Вспомни, сначала она с пафосом заявила, что никогда не имела дела с женатыми мужчинами, а через пару минут выяснилось: лучшая подруга застукала ее со своим супругом в постели.

— Бывшая, — уточнил я.

— Что? — не поняла Нора.

— Подруга бывшая, к тому же эта Марина Райкова увела господина Рябова у Алены. Наверное, последняя решила, что в этом случае ее порядочность спит.

— Не знаю, не знаю, — протянула Нора, — может, она еще кого обидела! Человек не может прожить, не задев ни одну личность.

— Алло, — прозвучало из трубки, — алло!

Я вздрогнул, совсем забыл, что набрал номер Вари Арсеньевой и не отсоединился.

— Извините, меня зовут Иван Павлович Подушкин. Скажите, Алена Шергина у вас?

Из трубки донеслись сдавленные рыдания. Я неожиданно почувствовал леденящее чувство тревоги и воскликнул:

— Что случилось?

— Алена разбилась на машине насмерть, — кое-как справившись со слезами, сообщила Варя и отсоединилась.

Я уставился на Нору.

— Ну? — нетерпеливо поинтересовалась хозяйка. — Рассказывай быстрей.

— Шергина умерла, погибла в автомобильной катастрофе.

ГЛАВА 3

— Где? Когда? Почему? — завопила Нора.

— Не знаю, эта Варя положила трубку.

— Немедленно звони еще раз.

Я попытался сопротивляться:

— Нора, клиентка мертва, следовательно, мы свободны от обязательств!

— А вот и нет! Она внесла залог, а я всегда отрабатываю взятые деньги, — с красным от возбуждения лицом заявила Элеонора. — Алена заплатила мне за поиск того, кто хотел ее убить. Значит, я начну немедленно работать.

— Она отдала лишь залог!

— Нет! Мои услуги стоят полтысячи, — заявила Нора.

Так, понятно. Ненормальная дама желает во что бы то ни стало ввязаться в криминальное приключение, она сейчас того и гляди затопает ногами, как капризный ребенок, которому не дали очередную игрушку. Хотя сравнение плохое, потому что ноги совершенно не слушаются Нору.

— Значит, так, Ваня, — понеслась хозяйка, — звони этой Вере, узнавай ее адрес и отправляйся, уточни все детали.

— Мы не имеем права заниматься расследованиями.

— Почему?

— Для такой деятельности требуется лицензия.

Нора фыркнула, подкатила к письменному столу и вытащила из верхнего ящика бумагу.

— На, убедись! Все оформлено по правилам.

Я не поверил своим глазам. Эта сумасшедшая основала агентство и назвала его «НИРО».

— Это тебе, — сообщила хозяйка и протянула темно-красную книжечку. — Документ, удостоверяющий, что являешься детективом, правда, без права ношения оружия.

— Хоть за это спасибо, — ожил я, — боюсь, мне некомфортно было бы с «наганом» в кармане.

— Револьвер носят в кобуре, — сообщила Нора.

— Где вы взяли лицензию?

— Купила, — совершенно спокойно пояснила хозяйка, — поверь, это очень просто, раз-два, и готово.

— Но я вовсе не хочу быть детективом, меня вполне устраивает прежняя должность ответственного секретаря фонда «Милосердие».

— Тебя никто и не спрашивает, — заявила Нора, — давай действуй.

Меня неприятно поразила ее бесцеремонность.

— Нет, извините, но...

— Иван Павлович, — отчеканила Нора, — выбирай: либо ты меня слушаешься, либо мы расстанемся.

Я слегка растерялся. Я работаю у Норы не первый год, привык к ней и, честно говоря, совсем не собирался менять место службы, оно вполне устраивает меня, вот если бы только не Норина идиотская страсть к криминальным приключениям!

Не успел я сообразить, что следует ответить, как зазвонил телефон.

— Пока ты еще мой секретарь, изволь ответить, — сердито рявкнула Элеонора.

Я повиновался и вздрогнул. Из наушника понесся высокий капризный голосок моей маменьки Николетты.

— Ваня!!! Мне срочно нужно к врачу!!! К офтальмологу!

Слушая, как она тарахтит, забыв поинтересоваться о моих делах, я постарался не терять присутствия духа. По голосу Николетте можно дать около тридцати, впрочем, со спины примерно столько же. Вечером, при мягком электрическом освещении, она кажется чуть-чуть старше. И только безжалостно ярким солнечным утром вам станет понятно, что матушка справила пятидесятилетие. Впрочем, если вы вспомните, что мне уже стукнуло сорок и Николетта родила своего единственного ребенка не в юном, двадцатилетнем, возрасте, а значительно позже, то живо сообразите, что и пятьдесят лет — цифра неверная.

— И хочу только к Розенкранцу, ни к кому другому, — закончила трещать матушка, — записалась на завтра, на десять утра. Изволь меня отвезти да прихватить тысячи полторы долларов.

— Зачем так много? — безнадежно спросил я.

— Вава! — возмутилась маменька. — Прием у академика стоит три сотни, потом анализы, линзы, ну и всякое прочее. Знаешь, лучше возьми две. Все, целую, завтра в девять у моего подъезда.

Прочирикав последнюю фразу, Николетта бросила трубку. Она всегда так поступает, скажет то, что считает нужным, и прерывает разговор, не собираясь выслушивать собеседника. Николетту не волнует ни чужое мнение, ни чужие проблемы.

— Матушка требует к ноге? — усмехнулась Нора. — Ты слишком почтительный сын. Как-нибудь пошли ее подальше, вот увидишь, она станет шелковой. Разбаловал ее твой отец до неприличия, а ты собираешь ягодки. Ну так как, увольняешься или продолжаем работать? Если решил уходить, тогда поторопись. Жить-то где станешь? Дома, с Николеттой?

Я почувствовал себя мышью, которую загнали в угол две жирные, нагло улыбающиеся кошки. Нора знакома с моей матерью полжизни и очень хорошо понимает, что оказаться с Николеттой в одной квартире для меня смерти подобно. Матушка способна превратить совместное проживание в ад. Уж на что спокоен и незлобив был мой отец, а и то не выдерживал жену, в четверг вечером обязательно уезжал на дачу, объявив:

— Книгу скоро сдавать, на свежем воздухе лучше работается.

В воскресенье ему, правда, приходилось возвращаться, выслушивать крики, упреки и вручать разъяренной жене подарки. Мой отец старательно откупался от Николетты. Материальных проблем у него не было, а колечко с бриллиантом мигом приводило супругу в хорошее расположение духа, правда, ненадолго, дня на два, но мой папенька радовался любой передышке.

Если Николетта узнает, что я лишился работы, а с ней вместе и немаленького заработка, она придет в ярость, и мне мало не покажется.

— Так как? — всепонимающе улыбнулась Нора. — Звать Ленку и велеть ей снять чемодан с антресолей? Или все-таки поедешь к этой Варе Арсеньевой?

Наверное, самое приятное в богатстве — это собственная независимость. Но я, к сожалению, лишен счета в банке и вынужден частенько заниматься такими делами, к которым абсолютно не расположен ни духовно, ни физически.

Ничего не сказав Норе, я вновь набрал номер и произнес:

— Варя, очень прошу, не бросайте трубку.

Договорившись с Арсеньевой о встрече через два часа, я пошел к выходу.

— Ваняша, — крикнула Нора, — погоди, я вчера купила тебе подарочек, возьми-ка!

Я вернулся и получил из рук хозяйки библиографическую редкость, прижизненное издание Брюсова в тяжелом кожаном переплете с золотой застежкой.

— Нравится? — наклонила голову набок Нора.

— Спасибо, — улыбнулся я, — великолепная книга.

— Вот и хорошо, — расцвела Элеонора, — а теперь бери ноги в руки и топай поскорей.

Я отнес Брюсова к себе и пошел к машине. В отличие от Николетты Элеонора тонко чувствует настроение другого человека. Брюсова она явно приобрела в качестве презента к моему предстоящему дню рождения, но сейчас, «сломав» секретаря, решила подсластить горькую пилюлю.

Варя Арсеньева жила в блочной пятиэтажке, причем на первом этаже. Войдя в маленький, узкий и темный коридор, я стукнулся головой о свисающий с потолка шар из пластмассы. С моим ростом нелегко находиться в таких квартирках. И дело даже не в том, что, вытянувшись почти до двух метров, я начинаю задевать макушкой электроприборы. В хрущевках мне очень душно и начинает бить кашель.

Варя выглядела не лучшим образом. Ростом и фигурой она походила на Алену: такая же невысокая, худенькая, но на этом сходство заканчивалось. Шергина была красавицей, а Арсеньева напоминала мышь, которая по недоразумению попала в стиральную машину, прокрутилась пару циклов в барабане и вот теперь вылезла и сидит на полу, плохо понимая, что с ней стряслось.

На голове у Вари топорщились редкие блекло-серые прядки, постриженные короче некуда. Маленькое личико с мелкими чертами не задерживало на себе взгляда. Впрочем, может, если она, собираясь на выход, воспользуется косметикой, то станет выглядеть намного лучше, на моей памяти несколько раз при помощи туши, губной помады и румян совершалось превращение гадкого утенка в лебедя. Но сейчас Варя стояла передо мной в натуральном виде, с красным носом и сильно припухшими от слез веками.

— Входите, — прошептала она, — ничего, если на кухне посидим?

— Очень люблю это место, — улыбнулся я.

Неожиданно Варя тоже улыбнулась и сказала банальность:

— Путь к сердцу мужчины лежит через желудок.

Я не стал спорить, хотя знаю другую, более короткую дорогу.

Усадив меня за маленький столик, такой крохотный, что я ощутил себя Гулливером в стране лилипутов, Варя засуетилась, готовя чай. К слову сказать, заварила она его хорошо, и я с наслаждением отхлебнул темно-коричневый напиток.

— Что случилось с Аленой? — начал я беседу.

Варя схватила посудное полотенце и прижала к глазам.

— Не знаю, — наконец ответила она.

— Но вы сказали, что...

— Мне позвонили утром, около одиннадцати. Я только-только приехала из командировки, вот чемодан еще не разобрала. — Я проследил глазами за ее рукой и увидел саквояж, на ручке которого болталась бирка «Аэрофлот». — Из больницы, из городка Луковска, — продолжала хозяйка, комкая полотенце, — звонила дежурный врач, а может, медсестра, и сообщила, что Алена умерла, а Илья в тяжелом состоянии.

— Луковск? — удивился я. — Где такой находится?

— В Московской области, — пояснила, шмыгнув носом, Варя, — в принципе не очень далеко, минут пятнадцать от МКАД.

— Но зачем ее туда понесло? — продолжал изумляться я. — Вчера Алена, правда, не сказала, куда поедет.

Варя снова схватилась за посудное полотенце.

— Господи! Я неделю назад отправилась в командировку. Вчера мне вечером, поздно, позвонила Алена и заявила, что переезжает на дачу, сказав: «Не волнуйся, если по телефону не отвечу, сама знаешь, какая у нас зона. Там, возле Луковска, мобильники отвратительно работают, не знаю, в чем дело». Ну почему меня не было? Господи, что же теперь делать?

И она снова залилась слезами.

— Вы не знаете никаких подробностей катастрофы?

— Нет, — пробормотала Варя, — вот собиралась сейчас ехать в Луковск. У Алены же нет никаких родственников, кроме одной провинциалки, мне придется заниматься похоронами. Сейчас такси вызову. А вы, собственно говоря, кем Алене приходитесь? — неожиданно закончила она. — Что-то мы не встречались раньше.

— Я на машине, давайте вас отвезу в Луковск, по дороге и поговорим.

— Да, конечно, — закивала Варя и побежала в комнату. Примерно через полчаса мы вырулили со двора. Госпожа Арсеньева побила все рекорды, собралась меньше чем за десять минут. Впрочем, она не стала краситься, просто тщательно умыла заплаканное лицо и надела довольно симпатичный брючный костюм из темно-зеленого твида. Шубка, накинутая сверху, оказалась новой, Варя производила впечатление преуспевающей особы. Если бы она сменила прическу, отпустив вместо экстремального ежика волосы подлиннее, и воспользовалась косметикой, то, очевидно, могла бы сойти за хорошенькую.

— Вы давно знакомы с Аленой? — спросил я, когда «Жигули» прочно включились в пробку на Брестской улице.

— Учились в институте, в одной группе, — пояснила Варя, — Алена была мне не подругой...

— Да? — поразился я. — Кем же?

— Сестрой, — грустно ответила Варя, — ближе человека в этом мире для меня не существует.

— Вы знали, что ее хотят убить?

Варя кивнула:

— Честно говоря, до недавнего времени я считала все происходящее дурацким совпадением. Впрочем, насчет кастрюли с кислотой и тормозов еще можно поразмышлять, а бабка, которая швыряет тяжести на головы посетителей супермаркета, существует на самом деле. Я сама боюсь туда ходить.

— Вы тоже пользовались этим магазином?

Варя кивнула:

— Мы ведь с Аленой в одном доме живем, только на разных этажах.

— Правда? И познакомились лишь в студенческие годы? В детстве не общались?

— Я с родителями до восемнадцати лет провела в Германии, — пояснила Варя, — мой отец военный, служил там в Группе советских войск. А когда вернулся на Родину, получил эту квартиру, правда, сразу умер, а мама раньше скончалась.

— Ясно, — пробормотал я, помолчал пару секунд и не утерпел: — Я вчера так понял, что отец Алены был крупным художником.

— Да, Шергин, помните, когда-то в каждом учреждении висела картина «Москва, Первомай», такое большое полотно, изображающее демонстрацию. На переднем плане мужчина в серой куртке и кепке держит на плечах хорошенькую пухлощекую девчушку с косичками.

— Что-то припоминаю. У ребенка в одной руке синий шар, а в другой красный флажок.

— Точно. Это Шергин нарисовал, а девочка — Алена в детстве, но такой я ее не знала.

— Странно, однако... Известный художник, а жил в вашем доме. Вы меня извините, конечно, но здание не выглядит элитным.

Варя покачала головой:

— Все не так просто. У Шергина двухкомнатная квартира на последнем этаже. Ему в свое время предложили сменить жилплощадь, но Борис Алексеевич отказался, очень не хотел затевать переезд, лень было, у него огромная библиотека, сотни книг. Вот он и придумал, попросил, чтобы ему разрешили использовать чердачное помещение под мастерскую. Если попадете к Алене в квартиру, просто ахнете, насколько все здорово сделано. Внизу перенесли стены, и получилась огромная кухня-гостиная, просторная прихожая и здоровенная ванная. А из чердака Борис Алексеевич сделал жилое помещение, да таких шикарных апартаментов ни у кого нет!

— Что вы думаете про историю с газом?

Варя нахмурилась:

— Ничего хорошего. Хотите знать мое мнение?

— Конечно, говорите.

— Автор этой затеи Марина Райкова. Уж не знаю, как насчет автомобиля, кастрюли и пакета молока, но газ точно она включила!

— Райкова до такой степени ненавидит Алену?

Варя уставилась в окно, помолчала и ответила:

— Она ее видеть не может. Стойте, мы приехали.

Луковск больше походил на отдаленный район Москвы, чем на самостоятельную административную единицу. Перед глазами расстилался квартал совершенно одинаковых блочных башен.

— Больница здесь, — Варя ткнула пальцем в желтое пятиэтажное здание.

Не успел я спросить, откуда она знает о местонахождении лечебницы, как моя спутница выскочила из машины и побежала ко входу. Я слегка задержался, потому что сначала парковался, а потом запирал «Жигули».

ГЛАВА 4

В коридоре, длинном и извилистом, стоял особый, больничный дух. Те, кто бывал в муниципальных клиниках, хорошо понимают, что я имею в виду. В нос ударил аромат, состоящий из смеси запахов хлорки, лекарств и готовящегося гороха. Вокруг стояла странная тишина, и сначала мне показалось, что больных тут нет. Двери в палаты были плотно закрыты, и из-за них не пробивалось ни звука. Очень странные люди лежали тут, они не смотрели телевизор, не слушали радио, не курили у окна. Может, на первом этаже расположены не палаты, а медицинские кабинеты? Но вдруг раздался женский крик, и я, поняв, что голос принадлежит Варе, пошел на звук, без стука распахнул тяжелую, выкрашенную сине-белой краской дверь и увидел довольно симпатичную комнату, обставленную с шиком пятидесятых годов.

В углу большого продавленного черного кожаного дивана в голос рыдала Варя.

— Что случилось? — спросил я.

Стоявший у шкафа мужчина повернулся. В руках он держал стаканчик с темно-коричневой жидкостью. Мой нос уловил запах валерьянки. Странно, однако, что врач решил предложить Варе это лекарство. Принято считать, что настойки и отвары, приготовленные на базе валерьянового корня, хорошее успокаивающее, но они никак не скоропомощное средство. Выпив один раз сорок въедливо-пахучих капель, вы не прекратите истерику. Валерьянка накапливается в организме и начинает действовать после пятого, шестого приема. Но люди в массе считают иначе. Спросите, откуда я это знаю? Как-то раз в мои руки попалась книга итальянца Томазино Перуджио «Растения. Лекарства и яды». После ее прочтения я перестал относиться к гомеопатии, как к невинной забаве.

— Вы приехали с ней? — спросил у меня доктор.

— Да.

— Очень хорошо, — с облегчением пробормотал врач и буквально влил Варе в рот абсолютно бесполезную настойку.

Но, очевидно, эффект плацебо[1] распространяется на всех. Варя проглотила и затихла.

— Что случилось? — повторил я вопрос.

Доктор принялся рассказывать. Ночью в больницу доставили Илью Наметкина. Парень был в насквозь мокрой одежде. С его рук капала кровь. Прежде чем впасть в невменяемое состояние, он рассказал, что ехал вместе со своей любовницей Аленой Шергиной на ее дачу. Дорога скользкая, а Илья не слишком ловкий водитель. На повороте он не справился с управлением, и «Жигули» слетели с шоссе. На беду, это произошло на берегу довольно широкой и глубокой реки со смешным названием Моська. Машина рухнула вниз с крутого обрыва и мигом затонула. Илья не помнит ничего: ни как упал в воду, ни как вылезал из нее, разодрав в кровь об острые обломки льда руки. Ему в тот вечер повезло дважды. В первый раз, когда остался жив и сумел выплыть, и второй, когда его увидели местные парни, катившие с дискотеки домой. У них оказался мобильник, «Скорая» приехала мгновенно. Алена осталась на дне.

— Ее не нашли? — тихо спросил я.

---

[1] Умные врачи иногда предлагают больным таблетки, сделанные из сахара и покрытые яркой глазурью. «Это суперсредство, — шепчут они, — очень дорогое, только для вас, помогает стопроцентно». Самое интересное, что люди выздоравливают, приняв сахар. Подобный эффект носит название «плацебо».

Услышав этот вопрос, Варя снова судорожно зарыдала. Доктор постучал кулаком в стену. Появилась толстая девица, облаченная в белый халат, слишком узкий для ее мощной, грудастой фигуры.

— Слушаю, Степан Аркадьевич, — сказала она.

Врач кивнул на Варю:

— Ася, отведи ее и сделай...

Название лекарства я не разобрал, но медсестра великолепно поняла, что имел в виду доктор.

— Пойдем, милая, — легко подхватила она Варю, — что ж поделать, так господу угодно.

Причитая, она уволокла женщину за дверь. Степан Аркадьевич выжидательно уставился на меня.

— Алену не нашли? — повторил я.

Врач развел руками:

— С утра водолаз работал, машина на дне, двери открыты. Наверное, труп в сторону отбросило. Думаю, еще, конечно, походят по дну, да только скорей всего весной обнаружат, а может, и нет. Моська — река хитрая, очень глубокая, с омутами. Эх, сколько я ни говорил на районных совещаниях, все без толку.

— О чем?

— Так на том месте три-четыре аварии в год случаются. Шоссе делает крутой поворот, выходит на берег Моськи и снова сворачивает в сторону, такая крутая петля получается, вот машины и слетают с обрыва. Не далее как осенью Иван Леонтьев утонул, тракторист. Машину нашли, а самого лишь через три недели обнаружили, течением утащило да под обрыв затолкало.

— Разве зимой есть течение? — усомнился я. — Простите за дурацкий вопрос, но я действительно не знаю.

Степан Аркадьевич пожал плечами:

— Сам не слишком в этом разбираюсь. Но чуть

выше, в Луковске, стоит завод красок, он сливает в Моську всякую дрянь. Тут летом то зеленая вода течет, то красная. Поэтому Моська совершенно непредсказуема, она уже не обычная речка, а мутант, и живет по своим законам. Знаете, какую рыбу тут иногда вылавливают? То безглазую, то двухголовую.

— В каком состоянии Илья?

— Физически в удовлетворительном, несколько ссадин, ушибы, порезанные руки. Но у него посттравматический шок, разговаривает с трудом, в основном спит.

— Можно с ним поговорить?

Степан Аркадьевич встал:

— Попробуйте.

В палате Илья оказался один. Остальные кровати стояли без постельного белья, очевидно, жители Луковска предпочитали болеть дома. Наметкин выглядел ужасно, лицо сине-зеленого цвета, все в пятнах йода.

— Илья, — позвал я, — слышишь меня?

Юноша открыл глаза:

— Папа...

— Нет, это Иван Павлович, помнишь меня?

— Нет.

— Вы с Аленой вчера были у нас.

— Где она?

— Ты не знаешь?

— Нет.

— Зачем вы поехали в Луковск?

— На дачу, к Алене.

— Помнишь, как упал?

— Куда?

— В воду.

— В какую?

Я замолчал. Похоже, продолжать разговор бессмысленно.

— Где Алена? — монотонно спрашивал Илья. — Где? Позовите ее. Алена! Где?

— Пожалуйста, не волнуйтесь, — совершенно спокойно ответил доктор, — она сейчас спит в соседней палате. Проснется, и приведем ее к тебе.

Илья затих. Я уже хотел уходить, как дверь палаты распахнулась, и в нее влетела полная женщина лет пятидесяти пяти в зеленой мохеровой кофте.

— Сынок! — завопила она, кидаясь к кровати. — Сыночек! Так и знала, что эта дрянь тебя убьет! Мальчик мой!

— Мама, — прошептал парень и снова закрыл глаза.

— Гадина, — кричала женщина, — мерзавка! Утопила моего ребенка!

— Ляля, успокойся, — пытался остановить ее невысокий крепкий мужчина, вошедший следом в палату.

Но жена продолжала неистовствовать:

— Сволочь! Чувствовало сердце, понимало, беда Илюше от этой... будет!

— Ляля!

— Молчи, — взвилась жена, — гадюка подзаборная!

— Илья! — заорала появившаяся на пороге Варя. Она быстро подлетела к кровати и буквально упала на парня. — Ты убил Алену!!!

— Сука! Утопила Илью! — мигом откликнулась Ляля.

— Все наоборот, — завизжала Варя, — это Илья виноват! Сначала с дороги съехал, а потом сам выплыл, а мою бедную подружку бросил, мерзавец, чтоб он сдох!!!

На секунду женщины замерли друг против друга. Потом Варя издала пронзительный вопль, подскочила и вцепилась Ляле в волосы. Палата наполнилась визгом. Мы со Степаном Аркадьевичем попытались растащить женщин в стороны. Куда там! Царапающийся, орущий, колотящий ногами клубок катался по относительно просторной палате.

— Делать-то что? — растерянно топтался доктор, наблюдая, как дамы вырывают друг у друга пучки волос. — Не умею я с бабами разбираться.

Я тоже впервые присутствовал при драке нежных созданий и не слишком хорошо понимал, как нужно действовать. Может быть, конфликт утихнет сам по себе? Но баталия, похоже, разгорелась не на шутку.

— У вас есть охрана? — спросил я у Степана Аркадьевича, краем глаза наблюдая, как отец Ильи быстрым шагом выходит в коридор.

— Так им платить надо, — заявил врач. — Деньги-то где взять? Местная администрация не слишком нас балует...

И он начал песню о тяжелом положении медицины.

Я растерянно следил за катающимися по полу бабами. Мужская драка выглядит омерзительно, а уж женская! Дамы моего круга никогда не выясняют отношения в кулачном бою. Надеюсь, Варя и Ляля не покалечат друг друга.

Тут дверь распахнулась, появился отец Ильи с большим ведром. Не успел я понять, что он собирается сделать, как мужик без лишних слов выплеснул грязную жидкость на остервенело колотящую друг друга парочку. Вместе с водой из ведра вылетела темно-коричневая тряпка и упала Ляле прямо на голову.

— Идиот! — завопила жена, пытаясь стащить «платок». — Совсем... сраный!

— Сама... — спокойно ответил супруг, — драку в больнице затеяла!

— Она первая начала, — взвизгнула Ляля, тыча пальцем в Варю.

Я быстро встал между женщинами.

— Дамы, брэк! Успокойтесь, никто не виноват. Варя, вы пойдите в туалет, умойтесь, а вы, Ляля, лучше займитесь сыном. Илья, похоже, жив и более или менее здоров. В его возрасте синяки и ссадины быстро проходят.

Неожиданно женщины послушались. Варя выскользнула за дверь, Ляля, тяжело дыша, села на кровать. Степан Аркадьевич, очень довольный, что инцидент исчерпан, воскликнул:

— Пойду уборщицу позову, — и исчез в коридоре.

Нас осталось четверо. Илья лежал на постели, Ляля сидела рядом, отец облокотился о подоконник, а я устроился на одной из незастеленных коек. Курить тут, естественно, нельзя, но очень хочется. Наверное, нужно пойти поискать место для курения.

— Миша, — напряженным голосом неожиданно спросила Ляля, — что это с ним?

Муж приблизился к жене.

— Спит просто.

— С открытыми глазами?

— Ну... вроде...

Я соскочил с комкастого матраца и подошел к изголовью кровати. На меня неожиданно повеяло холодом. Илья лежал, неудобно вывернув голову. Рот его был приоткрыт, широко распахнутые глаза смотрели в потолок, покрытый серо-зелеными разводами. Щеки у парня ввалились, нос слегка вытянулся, и меньше всего он был похож на живого, мирно спящего человека.

— Чтой-то? — прошептала Ляля. — Илюшенька, отзовись.

У меня сжался желудок, я схватил женщину за плечи и заорал:

— Степан Аркадьевич!!!

Доктор влетел в палату, за ним неслась парочка мужчин в халатах. Поднялась суматоха, абсолютно зряшная. Нас вытолкали в коридор, потом в палату ввезли какие-то приборы самого устрашающего вида. Варя, успевшая более или менее привести себя в порядок, сидела на стуле около Ляли. Я заметил, что недавно убивавшие друг друга женщины трогательно держатся за руки. Миша бегал по коридору, мотаясь туда-сюда, словно безумный маятник.

Наконец из палаты вышел врач, не Степан Аркадьевич, а другой, совсем молоденький, просто мальчик, и хмурым басом сказал:

— Мы не боги.

— Он проснулся? — с наивной надеждой спросила Ляля. — Ему лучше, да?

Врач покачал головой и почти бегом удалился по коридору.

— Миша, — жалобно протянула Ляля, — что это? Не пойму никак.

Муж шагнул к жене, и тут я услышал легкий стук. Это Варя, не выдержав напряжения, свалилась без чувств на старательно вымытый линолеум.

В Москве я очутился только в девять часов вечера с неутешительными сведениями. Причина смерти Ильи оставалась неясной, вскрытие проведут только завтра, Алена, вернее, ее тело, покоится где-то на дне реки. Пришедшая в себя Варя словно заведенная повторяла, что Алена была лучшим человеком на свете, ее обожали все, кроме Марины Райковой, которая и пыталась убить Шергину.

— Она столкнула автомобиль с обрыва, — монотонно бубнила Варя, — Райкова, я знаю!

Я пытался вразумить Варю:

— Но это невозможно!

— Она, — талдычила Варя, — больше некому. Алену любили все-все.

С Лялей и Мишей мне тоже переговорить не удалось, родители Ильи пребывали в шоковом состоянии.

Я отвез Варю домой и поехал к себе. Уже открывая дверь, внезапно вспомнил, что за весь день не съел ничего, и пожалел, что не остановился по дороге у какой-нибудь харчевни. На ужин, скорей всего, будет несъедобная дрянь, а запасы лапши «Доширак» в спальне подошли к концу. Ладно, сначала отчитаюсь перед Элеонорой, потом съезжу в «Рамстор», там на втором этаже подают вполне пристойную пиццу.

ГЛАВА 5

Я вошел в прихожую, аккуратно снял ботинки, пальто и увидел... огромную угольно-черную кошку, меланхолично облизывающую собственный хвост. От изумления у меня выпала из рук вешалка. Животное в нашем доме? Нора благожелательно относится к братьям меньшим, она даже дает деньги для какого-то приюта бродячих животных, но заводить дома никого не собиралась.

Из кухни высунулась Ленка.

— Иван Павлович, вы голодный?

— Нет-нет, — испуганно ответил я, — не беспокойся.

Домработница вышла в коридор.

— Вот и хорошо, ужин-то я не готовила.

— Да? — Я решил из вежливости поддержать разговор. — Почему?

Ленка хихикнула.

— Представляете, приехал Шурик из деревни и привез Элеоноре в подарок кролика. Сунул мне клетку в руки и говорит: «На, готовь, специально не забивал, чтобы свеженьким доехал». Ну не дурья ли башка? Я ему что, палач, кролика резать?

Я слушал ее неторопливую речь. Шурик — это шофер Норы, приятный, простой паренек из деревенской семьи. Жить бы ему на природе, да только в свое время забрали его в армию, научили водить машину и приказали возить генерала, крутого дядьку, от которого мигом сбегали все водители.

Шурик был абсолютно неконфликтный, безответный, услужливый и по-деревенски рукастый. С генералом он не спорил, а его жене, молодящейся особе лет пятидесяти, таскал безропотно сумки. Очень скоро из шофера он превратился в прислугу. Возил в детский сад внуков, причем крайне аккуратно одевал и раздевал шаловливых мальчишек, почтительно сопровождал генеральскую тещу в поликлинику и выслушивал без тени раздражения бесконечные старушечьи воспоминания, ездил на рынок со списком продуктов, где ухитрялся купить все качественное и дешевое, выгуливал тучную болонку, которой потом никогда не забывал вымыть лапы, ввинчивал лампочки, вбивал гвозди, чинил все: от стиральной машины до компьютера. Улыбка никогда не сходила с его простого рязанского лица, и очень скоро Шурика полюбили все: гневный генерал, его вредная жена, спесивая теща, избалованная дочь, безобразники-внуки и норовящая всех цапнуть болонка. День, когда Шурику предстояло демобилизоваться, стал черной датой в семье генерала. Не желая терять такого замечательного парня, военный предложил ему сделку: Шурик остается в армии еще на два года, на положении вольнонаемного служащего, и получает за это московскую квартиру вкупе со столичной пропиской.

У кого генерал отнял жилплощадь, осталось за кадром, но он не обманул доверчивого парня. Шурик стал обладателем очень хорошей, по московским понятиям, квартиры, считающейся однокомнатной. Именно считающейся, потому что жилплощадь была расположена в доме постройки пятидесятых годов, и рядом с просторной десятиметровой кухней имелось помещение такой же кубатуры, с окном, именуемое кладовкой. Отпахав еще два года, Шурик уволился и стал искать работу на гражданке. И тут генерал, считавший теперь парня кем-то вроде племянника, привел его к Норе.

Элеоноре же до сих пор крайне не везло с водителями. Моя хозяйка боится быстрой езды и терпеть не может тех, кто нарушает правила, а все претенденты на место, желая показать высокий класс управления транспортным средством, мигом вжимали педаль газа в пол, заставляя «Мерседес» нестись со скоростью более ста пятидесяти километров в час, и Нора, как она потом признавалась мне, сильно жалела, что не использует памперсы.

Шурик же никогда не разгоняется больше чем на шестьдесят километров и, что самое главное, всегда прибывает вовремя. Вот так он и оказался у нас. К слову сказать, генерала парень не бросил и по пятницам по-прежнему возит его жену на рынок, а в свободное время строит на генеральском участке баню. Шурик, он такой, добрый и вечно желающий всем угодить. Где-то раз в месяц он отправляется к своим в деревню и обязательно привозит немудреные подарки: мешок картошки, пару трехлитровых банок с соленьями, домашнюю тушенку. К слову сказать, «синеглазка» — белая, рассыпчатая, вкусная до безобразия картошка, огурчики хрустят и замечательно пахнут, а свинина не идет ни в какое сравнение с мясом, приобретенным на рынке. И вот сегодня Шурик приволок Норе кролика, но мне кажется, он слегка ошибся.

Я посмотрел на угольно-черную кошку. Под Новый год Шура, хитро улыбаясь, вынул бутылки с самогоном, который гонит его старший брат. Я не большой любитель выпивки, водку не люблю, предпочитаю джин или виски, но тут ради интереса сделал глоток и поразился. Крепкая жидкость, настоянная на черносмородиновых почках, оказалась просто замечательной. Может, вчера Шура слегка перебрал, вот и перепутал кошку с кроликом? Собственно говоря, эти животные похожи, вот только уши разные. Но Ленка-то хороша! Как она не распознала, что за диво приволок шофер?

— Носится теперь по квартире, — пожаловалась домработница. — Шурик говорит, если поймаем, он его на рынок свезет, мясникам, а кроль словно смерть почуял, ну прямо испарился!

Я ткнул пальцем в кошку:

— Ты сюда посмотри!

Лена повернула, как всегда, плохо причесанную голову, помолчала секунду и воскликнула:

— Ну вы даете, Иван Павлович, кролика с кошкой перепутали! Неужто разницы не знаете, так сейчас объясню. У кроля уши длинные, лапки мягкие, без когтей, да и хвост тяпочкой.

— Какой хвост? — удивился я.

— Тяпочкой, — повторила Лена, — ну пумпочкой такой, понятно?

— Более чем, — язвительно ответил я, — спасибо тебе, очень хорошо разъяснила, теперь я понимаю, чем кролик отличается от кошки. Главное, что его филейную часть украшает тяпочка пумпочкой. Думаю, господин Брем[1] мигом включил бы тебя в редакционный совет. А теперь скажи на милость, откуда у нас кошка?

— Так Фаина Гаршина принесла, — пояснила Лена, — сама на гастроли поехала, а нам кота оставила и ребенка.

Я слушал Ленкин рассказ. Фаина Гаршина — дочь рано умершей подруги Норы. Моя хозяйка в свое время взяла девочку к себе и попыталась дать той образование в классическом понимании этого слова: иностранный язык, пианино, бассейн, теннис. Но от Фаины все хорошее отскакивало, не задерживаясь. Как Элеонора намучилась с девицей, не передать словами. Ее собственная внучка Риточка, избалованное донельзя существо, выглядела ангелом на фоне Фаины. Рита, правда, могла загулять, и вообще она обожала веселые компании, но девушка училась, а сейчас и вовсе стала серьезной особой, чему немало способствовали форсмажорные обстоятельства[2].

Фаина же была трудновоспитуемой. Ее выгнали из четырех школ, и в результате девица оказалась в экстернате. Из английского языка она благополучно выучила лишь словосочетание «гуд бай», а на пианино могла подобрать мелодию, отдаленно напоминающую «Собачий вальс». Три года назад Фаине исполнилось двадцать лет. Элеонора купила ей квартиру и пристроила непутевую девицу на работу. Но поскольку у Фаи нет за душой ничего, кроме школьного аттестата, ее брали лишь на малооплачиваемую службу и гоняли там как сидорову козу. Сами понимаете, что

---

[1] А. Брем — ученый, автор широко известного труда «Жизнь животных».

[2] См. книгу Дарьи Донцовой «Букет прекрасных дам».

такое положение совершенно не устраивало лентяйку, и она регулярно увольнялась, справедливо полагая, что Нора не даст ей пропасть с голода. На мой взгляд, Фаину следовало в детстве нещадно лупить, а в девичестве заставлять каждый день убирать квартиру, но Нора жалела ее, и в результате вырос и расцвел диковинный цветок. Уж не знаю, чем бы завершилась эта история, но два года назад Фаина в одном из ночных клубов свела знакомство с Настей Фомичевой, тоже оторвой и безобразницей.

Несмотря на то что Насте всего двадцать шесть лет, у нее уже есть двенадцатилетний ребенок, только я забыл, какого пола. Настя подвизалась к группе «Сладкий мед» и предложила Фаине совместную работу. Дальше начались чудеса. Во-первых, нерадивая, страшно ленивая Фаина неожиданно запела. Причем у девчонки оказался хороший, сильный голос, что для нашей эстрады, согласитесь, редкость. Во-вторых, Фая ловко научилась танцевать, и дуэт, переименованный в «Шоколадку», начал наступление на музыкальный Олимп. Сейчас Фая зарабатывает немереные деньги и с потрясающим энтузиазмом и работоспособностью мотается по городам и весям. Она разъезжает на машине с номером «Фаина» и одевается в самых дорогих бутиках. Для меня осталось загадкой, каким образом можно так преуспеть на подмостках, не имея абсолютно никакого музыкального образования. Но факт остается фактом, ее голос постоянно звучит в радиоэфире, диски продаются с невероятной скоростью, а желтая пресса с восхищением смакует подробности ее бурной личной жизни.

— Уехали они в Тюмень, — тарахтела Ленка, — а нянька, которая у Настьки работает, в больницу загремела, вот они к нам и прибыли.

— Кто? — не понял я.

— Так ребенок и кошка. Василий и Миранда, — пояснила Лена, — Фаина приволокла, но они Настины.

Не успела домработница захлопнуть рот, как в коридоре показался тонкий, коротко стриженный мальчик в джинсовом костюме. Мне в свое время очень льстило, когда взрослые люди, приходя к отцу, протягивали мне руку и здоровались, как с большим, поэтому сейчас я повернулся к пареньку и сказал:

— Здравствуйте, Василий, рад видеть вас у нас.

Мальчик подошел ближе, поднял на меня фиалковые глаза и сказал голосом нежным, как колокольчик.

— Меня зовут Миранда, а Василий — это кот.

Я поперхнулся, но попытался взять себя в руки.

— Миранда! Очень красивое имя, но немного непривычное для мальчика, вы не находите?

Подросток без тени улыбки оглядел меня и ответил:

— Да уж, никак не подходит мальчишке.

— Почему же вас так назвали?

— Потому что я девочка, — ответило существо, затянутое в джинсы, и нагло засмеялось.

Я ощутил себя боксером в состоянии нокаута и, пробормотав: «Нора, наверное, заждалась», буквально побежал по коридору, провожаемый злорадным хихиканьем.

Элеонора выслушала рассказ и велела:

— Завтра же отправляйся к этой Марине Райковой и осторожно постарайся разговорить ее.

— Можно после обеда? — попросил я.

— Почему?

— Николетту надо свозить к глазному.

— Ладно, — кивнула Нора, — кстати, Миранда и Василий тут ненадолго, всего на месяц. Надеюсь, ты не против?

— Нет, конечно, чем мне может помешать двенадцатилетняя девочка? — удивился я.

Оказавшись в своей комнате, я сначала почитал Брюсова, потом выключил свет и попробовал заснуть. С одной стороны, мне хотелось есть, с другой, было лень ползти на кухню и рыться в холодильнике. Я попробовал поуютней устроиться под одеялом, закрыл глаза и услышал легкое царапанье под кроватью.

Я, естественно, не боюсь мышей, но спать на одной площади с грызуном не слишком-то приятно, поэтому я слез с кровати и нагнулся посмотреть, кто безобразничает на полу.

Это оказалась не маленькая мышка. В дальнем углу дрожал белый кролик. Я вытащил его на свет и погладил по голове. Он прижал к голове длинные уши.

— Ну-ну, не трясись, все будет хорошо! — приободрил я его. — Никто не сделает из тебя жаркое, завтра отнесем... ну, не знаю куда, во всяком случае, не на кухню.

Кролик словно понял мои слова, потому что перестал дрожать и поднял мордочку. Его маленький розовый носик смешно шевелил ноздрями.

— Небось есть хочешь? — поинтересовался я, надевая халат. — Ладно, пошли на кухню.

Быстрым шагом я пересек коридор, кролик шествовал за мной. Возле холодильника я на секунду призадумался. Так, себе сделаю бутерброды с «Докторской» колбасой, а длинноухому дам морковку. Но несостоявшееся жаркое не проявило к каротели никакого интереса. Может, морковь следовало почистить и порезать? Кое-как, постоянно роняя неудобную скользкую морковку, я ободрал с нее шкуру и нарубил на блюдечке. Кролик понюхал и отвернулся.

— Значит, дружок, ты не голоден, — решил я и начал сооружать для себя бутерброды.

В процессе готовки на пол шлепнулся тоненький кружок колбасы. Я хотел было поднять его, но кролик опередил меня. В мгновение ока он проглотил его. Я изумился:

— Однако! Насколько я знаю, ты травоядное! Ну-ка, держи.

Следующий ломтик «Докторской» травоядное с аппетитом слопало. Ну надо же! Может, он еще любит коньяк и лимоны? До сих пор я не слышал, чтобы кролики увлекались мясными продуктами.

И тут на кухню, распушив хвост, вошел Василий. Я испугался. Сейчас кот налетит на безобидного кролика, и тому мало не покажется. Но произошло невероятное. Любитель колбасы встал на задние лапы и издал непонятный звук, нечто среднее между свистом и шипением. Длинные уши напряглись, белая шерсть поднялась облаком, передние лапы быстро-быстро забили в воздухе, словно кролик собрался играть на барабане. Василий замер и прижал уши к круглой крупной голове. И тут кролик прыгнул вперед. С душераздирающим мяуканьем кот бросился прочь. Я с уважением посмотрел на кролика и угостил его колбаской.

— А ты мне нравишься! Смелый мальчик! Или девочка? Может, оставить тебя тут жить? Одна беда, начнешь гадить по углам.

Кролик посмотрел на меня раскосыми темно-коричневыми глазами, потом легкими прыжками добрался до стоящего в углу кошачьего туалета и устроился на гранулах. Я был потрясен его умом. У меня никогда не было домашних животных, Николетта не разрешала завести даже хомячка. Начав самостоятельную жизнь, я подумал было о собаке, но быстро отказался от этой идеи. С ней нужно гулять, да и не поехать никуда, и потом, я живу у Норы, ну какие тут домашние любимцы. А вот кролик...

Я пошел в спальню, длинноухий шнурком вился сзади. Я посадил его в кресло, съел сандвичи и спросил:

— Ну и как тебя зовут?

Кролик напряг уши.

— Федя? Коля? Петя?

Впрочем, кажется, кроликов так не зовут. Пришлось взять словарь имен.

— Ну, слушай, какое имя тебе по вкусу: Августин, Авдей, Булат...

Отчего-то я был уверен, что он самец. Кролик сидел тихо, слегка подергивая носом.

— Харитон...

Вновь раздался то ли свист, то ли шипение. Животное оживилось.

— Извини, — твердо сказал я, — но это имя мне не по вкусу, и потом, как звать тебя ласкательно? Харя? Нет уж, нарекаю тебя Филимоном, в просторечье Филя. Нравится?

Филя не ответил, он закрыл глаза и заснул. Я лег в кровать и тоже отбыл в царство Морфея.

Утро началось с резкого звонка.

— Ваня, — закричала Николетта, — ты где?

Очень умный вопрос, если учесть, что матушка набрала домашний телефон Норы. Лучше этого только тот, который задают люди, трезвонящие в восемь утра в выходной: «Я вас не разбудил?»

Для меня остается загадкой, что следует ответить? Сказать правду? Да, подняли в несусветную рань с постели. Или все же лучше пробубнить: «Нет, нет, все в полном порядке».

— Ваня, — настаивала Николетта, — почему ты молчишь?

— Извини, еще не встал с постели.

— Так я звоню тебе сказать, что просыпаться не надо.

Я сел. Вот еще одна гениальная фраза! Бужу тебя, дорогой сыночек, в семь утра с сообщением о том, что можешь продолжать мирно почивать! Больной, немедленно проснитесь, вы забыли принять снотворное.

— Не понимаю, что случилось?

— Врач ждет меня не в десять утра, а в четыре часа дня!

— Николетта, — рявкнул я, — сейчас рано, зачем ты меня разбудила? Можно было в восемь сообщить эту новость. И потом, откуда ты сама узнала? Только не говори мне, что медсестра из регистратуры соединилась с тобой в такое время!

— Нет, конечно! Мне сказали еще вчера, а я забыла тебя предупредить, зато сегодня позаботилась. А насчет раннего времени не волнуйся, у меня сегодня с семи до девяти сеанс массажа, все равно нужно было вставать, значит, жду тебя в три, — на одном дыхании выпалила маменька и швырнула трубку.

Я натянул халат. Видали? Я вовсе не волновался из-за того, что матушка проснулась до восхода солнца, мне самому не хотелось пробуждаться с петухами. Но делать нечего, пойду глотну кофе, авось в голове просветлеет.

На кухне, возле кипящего электрочайника, обнаружилась Миранда. Я посмотрел, как девочка, вновь одетая в грязные джинсы и потертую куртку, открывает белую коробку, и приветливо спросил:

— Ты любишь лапшу?

54

— Ненавижу, — последовал короткий ответ.

— Зачем тогда готовишь?

— Так жрать хочется, — пояснила девочка, шмыгнув носом, — я ее вечно на завтрак хаваю, мать забывает купить продукты, вот и беру в ларьке.

— Где же ты обедаешь?

— Около школы, в «Ростиксе».

— А ужинаешь?

— Когда Настька в Москве, — меланхолично помешивая длинную белую вермишель, пояснила девочка, — вечером хожу с ней, она по клубам поет, а если на гастроли уматывает, опять лапшу жру. У меня на эти макароны скоро почесуха начнется.

— Твоя мама совсем не готовит?

— Не-а, ей некогда.

— Она же хорошо зарабатывает, отчего домработницу не наймет?

Миранда принялась наматывать лапшу на вилку.

— А у нее ни одна прислуга больше месяца не держится.

— Почему?

— Какой ты, однако, любопытный, — покачала головой Миранда, — в частности, из-за Василия, он обожает в туфли ссать, такой вонизм потом стоит. Ну почему у меня постоянный насморк? Наверное, аллергия на «быструю» лапшу.

Сделав этот вывод, она принялась заглатывать нелюбимое кушанье. Я посмотрел на ее маленький носик, украшенный серьгой, торчащей в правой ноздре, и ничего не сказал.

ГЛАВА 6

Перед тем как уйти, я по привычке окинул взглядом свою комнату и увидел Филимона. Секунду поколебавшись, подхватил кролика и сказал:

— Вот что, Филя, сегодня поездишь со мной в машине. Конечно, я предупрежу всех, что отныне ты не кандидат в кастрюлю, а мой друг, но первые дни нужно соблюдать осторожность.

Кролик, естественно, мне не ответил. Мои пальцы ощутили, как под мягкой шубкой размеренно и абсолютно спокойно бьется его сердечко. Похоже, животное совершенно меня не боялось.

Я вышел в прихожую и наткнулся на Ленку и Миранду. Девочка аккуратно завязывала кроссовки — на мой взгляд, не слишком подходящую обувь для февраля. Домработница радостно закричала:

— Поймали, Иван Павлович? Давайте сюда, будет всем на ужин рагу с морковкой.

Я покачал головой:

— Нет, Лена, это мой приятель, познакомься — Филимон, впрочем, он не обидится, если станешь звать его Филей!

Ленка попятилась:

— Чего?

— Ничего, — вздохнул я, — кролик теперь мой, ясно? На рагу купи свинину.

Пока домработница пыталась уяснить смысл услышанной фразы, я нагнулся, взял один ботинок и чуть не задохнулся.

Миранда подняла голову:

— Жутко воняет, да? Это Василий. Видно, ты ему насолил чем-то.

— Он всегда мстит таким образом? — со вздохом спросил я, разглядывая испорченную обувь. Ботинки было жаль, я купил их совсем недавно в хорошем магазине за немалые деньги.

Миранда встала и потянулась за тоненькой дубленочкой.

— Ага, если кто не понравится, кранты! А не нравятся ему все, кроме Настьки.

— Это кто такая? — Я из вежливости поддержал разговор, вынимая коробку с осенней обувью.

— Настька? — изумилась Миранда. — Ты ее не знаешь разве? В дуэте «Шоколадка» поет, муттер она мне.

Я решил перевести разговор на другую тему:

— А ты куда?

— Так в школу.

— Далеко?

Миранда осторожно потрогала серьгу в носу.

— В Южное Бутово.

Я изумился:

— На другом конце Москвы?! Сколько же туда ехать?

Девочка пожала плечами:

— Отсюда часа два, пожалуй.

— Но почему ты так далеко учишься? Разве Настя обитает в Бутове?

— Не-а, в Тушине, — пояснила Миранда, — вернее, там живу я, а Настька лишь ночует, она все по концертам мотается, бабки рубит.

— Ступай вниз, — велел я, — отвезу тебя до места.

— На фига? Сама доберусь.

Я надел пальто.

— Девочки твоего возраста не должны спорить со взрослыми.

Миранда разинула ярко накрашенный ротик:

— Ну ты сказал! Чего же мне теперь, всегда молчать? Нашел дуру! Это в твое время дети взрослых боялись, а мы теперь свободные!

По-моему, свобода и хамство разные понятия, но я ничего не сказал, а просто вышел из квартиры.

Филимона мы устроили на полочке у ветрового

стекла. Кролик мгновенно уснул, словно всю жизнь раскатывал в «Жигулях». Миранда влезла на переднее сиденье и заявила:

— Отстойная машина.

— На другую не заработал. Какая же, по-твоему, хорошая?

— Ну... «мерс» глазастый или «бээмвуха», — поделилась своим мнением девочка, — еще эта, как ее... «Феррари».

— Дорогая моя, «Феррари» одна из самых дорогих марок, ты когда-нибудь ее видела?

— Так я целый месяц в ней ездила, — спокойно пояснила Миранда, бесцеремонно включая магнитолу, — у Леньки была красная, народ на дороге из тачек прям вываливался, когда мы катили!

— У какого Леньки?

— У Настиного любовника, Леньки Мазона, слыхал про такого?

— Нет.

— Он в группе поет, называется «Кофе Интернэшнл».

— И у него «Феррари»?!

— Ага, он меня в школу возил, а потом Настюха его пинком выгнала. Ты слушаешь «Русское радио»?

— Иногда.

— Отстой!

— Я думаю иначе.

— Всем ясно, что отстой!

— Послушай, а во сколько в твоей школе начинаются занятия?

— В девять, — спокойно сообщила Миранда, перенастраивая магнитолу.

— А сейчас восемь двадцать. Как же ты собиралась успеть?

— У нас первые два урока ОБЖ.

— Это что за предмет?

Миранда захихикала:

— Охрана беременных женщин.

— Что?

— Шучу, учим хренотень всякую, ну отстой! А преподает урод! Сережка, вечно пьяный. Он с утра никакой, бормочет, воду глотает, морда красная, глазки — щелочки. Да оно и понятно, жена от Сережки сбежала, все из дому уперла, он голый остался, вот и квасит по полной. На его уроки и ходить не надо. Вот, слушай, какой класс!

Из динамика понесся высокий бесполый голос, звонким речитативом выкрикивающий: «Вокруг одни враги, торчат вокруг свиные рожи, на кого они похожи, это же они, твои враги. Бей, не жалей, а-а-а, бей, не хреней...»

— Суперски, — с восторгом повторила Миранда и вытянула ноги.

Я невольно бросил взгляд на ее джинсы и не удержался от замечания:

— Твои брючки слегка грязноваты. Надо бы постирать, а то в школе замечание сделают.

Миранда распахнула огромные карие глаза, секунду молча смотрела на меня, потом расхохоталась:

— Ваня, в нашей школе всем насрать на одежду. Между прочим, штаны новые, мне их Настька в день своего отъезда купила.

— Когда же ты их так испачкать успела?

— Ничегошеньки ты не понимаешь! Это мода такая.

— На грязь?

— Ну да, их специально мажут и рвут, еще до продажи.

Оставшийся путь до школы мы проделали молча,

под аккомпанемент несущейся из магнитолы какофонии.

Я высадил Миранду. Тоненькая фигурка побрела через заваленный снегом двор. Девочка выглядела комично. Ярко-белые кроссовки, грязные, слегка порванные штаны, дубленочка, сшитая из разноцветных кусочков, и красная лаковая дамская сумочка на длинном ремне.

Вздохнув, я поехал к Райковой. Честно говоря, давно не имел дела с подростками. Они теперь совсем другие, чем были мы в их возрасте. Во всяком случае, мне в двенадцать лет, окажись я в чужой машине, и в голову бы не пришло перенастраивать радио и обращаться к взрослому мужчине — «Ваня», без отчества.

Марину Райкову я встретил около входа в квартиру. Женщина, чертыхаясь, вертела ключом в замке.

— Не работает? — решил я начать знакомство.

Райкова отбросила со лба белокурую прядку.

— Ума не приложу, что случилось! Вчера нормально поворачивался, а сегодня даже в скважину не влезает.

— Разрешите посмотреть?

— Пожалуйста, — ответила Марина и протянула мне связку.

Я нагнулся и осмотрел отверстие.

— Вы, очевидно, просто взяли не те ключи, они не от этого замка.

— Вот черт, — подскочила Марина, — ну спасибо вам, опять перепутала.

С этими словами Райкова исчезла в квартире, я подождал, пока она появится снова, запрет дверь, и сказал:

— У вас много разных ключей?

Райкова шагнула в кабину лифта.

— Подруга свои оставила, надо бы выбросить, да все забываю.

— Зачем же выкидывать ключи, которые принадлежат друзьям?

— Давно уж раздружились, — вздохнула Марина.

— Это вы об Алене Шергиной говорите?

Моя спутница сделала шаг назад и прижалась спиной к стенке лифта.

— Вы знаете Алену?

— Знал.

— Почему говорите в прошедшем времени?

— Она умерла, утонула в реке.

— Не может быть, — твердо заявила Марина, — вы что-то путаете.

— Нет, Алена погибла.

— Я с ней разговаривала на Рождество, она была живехонька-здоровехонька.

— Ну и что? Шергина утонула позавчера ночью.

— Где? В феврале? В речке? Кто вы такой? Что вам надо? — на едином дыхании выпалила Райкова.

Я вытащил удостоверение детектива и дал Марине. Та растерянно изучила документ.

— Если не возражаете, — сказал я, — могу довезти вас до службы.

Марина молча кивнула. Мы сели в машину, девушка вытащила сигареты.

— Как она погибла?

Я рассказал про машину, обрыв и речку.

— Ужас! — прошептала Райкова, нервно теребя сигарету. — Значит, тело не нашли, что же хоронить станут?

— Наверное, церемонии не будет, пока ее не обнаружат.

— Господи, как страшно! Почему делом занимаетесь вы, а не милиция?

Я вновь пустился в объяснения, когда дело дошло до включенной газовой плиты, Марина подскочила:

— Думаете, я ее того... Да?

— Что вы, что вы, — лицемерно заявил я, — мне и в голову такое бы не пришло. Просто Алена сказала, что запасные ключи от ее квартиры находятся у госпожи Райковой. Кстати, похоже на правду, сейчас вы ими пытались безуспешно закрыть дверь.

— Я не имею к этой истории никакого отношения. Мы были подругами.

— Были, а потом поссорились.

— Действительно, но по моей вине. Все наоборот, это Алена должна меня ненавидеть.

— Она не отбивала у вас мужа?

Райкова скорчила гримасу:

— Это вроде как я у нее жениха увела. Вы знаете эту историю?

— Нет, — соврал я, — вас не затруднит рассказать?

Марина уставилась в окно.

— Не слишком-то красиво вышло, но меня господь наказал. Аленка поехала отдыхать и на курорте познакомилась с Костей Рябовым.

Парень был просто ожившей девичьей мечтой. Относительно молод, чуть за тридцать, хорош собой, богат. Машина, квартира, загородный дом и стабильная заработная плата. Кроме того, Костя обладал веселым характером и хотел жениться, но все не мог встретить ту самую, единственную и неповторимую.

Вначале он решил, что его судьба жить с Аленой, и даже торжественно подарил той колечко с бриллиантом. Но потом Шергина, на свою беду, познакомила будущего супруга с Мариной.

— Он влюбился в меня сразу, увидел и умер. Потом объяснил, что я фотографически похожа на его маму в молодости. — Райкова замолчала, глядя на хоровод снежинок за окном.

Костя поступил честно. Прежде чем начинать осаду Марины, он приехал к Алене и сказал:

— Извини, дорогая, я полюбил другую.

Сначала Шергина неожиданно спокойно отреагировала на его заявление, сняла с пальца кольцо, отдала несостоявшемуся мужу со словами:

— Забирай, оно мне не нужно.

Обозлилась Алена, когда узнала, что счастливой соперницей оказалась ее лучшая подруга Марина. Она сначала позвонила Райковой и закатила истерику. Но, очевидно, ей этого было мало — Алена явилась к Марине на службу и устроила там безобразный скандал! Шергина переколотила в кабинете все, что билось, сдернула с окон занавески и была остановлена лишь ворвавшимися охранниками. Сначала служба безопасности хотела сдать хулиганку в милицию, но Марина упросила секьюрити отпустить Алену. Шергина плюнула бывшей подруге в лицо и убежала.

Райкова, придя домой, рассказала о малоприятном происшествии Косте. Тот возмутился, позвонил Алене, и они поругались не на жизнь, а на смерть. Если до этого разговора возобновление отношений между подругами теоретически было возможным, то теперь стало понятно: Алена и Марина уже никогда не помирятся.

— Мне было очень не по себе, — тихо говорила Марина, — прямо до слез, ведь мы долго дружили. И потом, получилось, что я отобрала у близкого человека счастье. Знаете, мне хотелось искупить свою вину. У Кости в банке есть его заместитель Володя, я думала позвать Алену своей свидетельницей, а Володю пригласить со стороны Кости. У них могли бы сложиться любовные отношения. Володя богат, не женат... Словом, почти как Костя. Ну кто виноват, что так получилось? Я ведь не отбивала его специально.

Но Алена была твердо уверена в обратном. Дня не проходило, чтобы она не звонила бывшей подруге и не говорила гадости. Потом, спустя месяц, утихла и больше не объявлялась. Марина стала готовиться к свадьбе. Был назначен день, сшито платье, заказан ресторан...

Утром, за два часа до бракосочетания, почтальон принес Константину пакет.

Тот разорвал плотную коричневую бумагу, на пол упали фотографии. На них была запечатлена обнаженная Марина в обнимку с одним из своих прежних любовников.

— Вот так сюрпри-из, — протянул Костя, внимательно разглядывая «подарок», — мало приятного узнать о таком в день свадьбы.

Марина покраснела и возразила:

— Я же не скрывала от тебя своих прежних увлечений. Кстати, на этих снимках парень, с которым я перестала встречаться лет пять тому назад.

— Да, — жених вскинул брови, — а дата?

Райкова вгляделась в маленькие белые цифры, помещенные в углу глянцевого снимка, и ахнула. Получалось, что кадр был отщелкнут вчера.

— Ты решила попрощаться с прежней любовью? — сухо поинтересовался Костя. — Устроила своеобразный девичник?

— Я ни с кем не встречалась, — растерянно ответила невеста, — честное слово!

— А число? — повторил Костя.

— Не понимаю, как так получилось...

— Ладно, тогда объясни этот факт, — попросил Костя и ткнул пальцем в другой угол снимка. Райкова посмотрела и лишилась дара речи. Честно говоря, фото было более чем фривольное, камера запечатлела в основном постель, но в кадр попала и тумбочка, на которой лежала газета «Мегаполис» за... вчерашнее число.

— Каким образом это издание, вышедшее вчера, попало на снимок, сделанный, как ты уверяешь, пять лет тому назад? — тихо спросил Костя и вышел в прихожую.

Когда Марина выскочила за ним, жениха и след простыл. Больше она никогда не встречалась с тем, кто без пяти минут был ее мужем.

— Кто же прислал фото? — спросил я.

Марина пожала плечами:

— Понятия не имею.

— Может, это сделала Алена?

Райкова махнула рукой:

— Это невозможно. Алена порядочный человек, да, она съехала с катушек, поняв, что Костя ушел ко мне. Устроила истерику, скандал, даже драку, потом трезвонила, говорила гадости вроде: «Ты, Маришка, дрянь, желаю тебе от души несчастливой жизни». Но проделывала все открыто, в лицо... Не в Аленином характере пакостить исподтишка. Она может взорваться, наорать, обидеть, правда, подобное с ней происходит редко, но присылать анонимки... Нет!

Я только вздохнул. Иногда женщины оказываются способны на неожиданные поступки.

— И потом, — продолжила Марина, — мы же с ней поссорились и не общались, а газета-то была вчерашняя. До сих пор понять не могу, как такое возможно и кто сделал снимок? Я не отрицаю связь с тем парнем, но она давно прервалась. В общем, Костя ушел, с подругой мы рассорились, и все.

— Что же вы ей ключи не отдали?

Марина развела руками:

— Встречаться не хотелось, а просто выбросить в помойку совесть не позволяла. Вот повесила их у входа, да иногда путаю, вместо своих хватаю. Кто же это Алену убить хотел?

— Я думал, вы.

— Вы с ума сошли! — подскочила Марина. — Зачем бы мне это?

— Похоже, незачем, — пробормотал я, — но вот сама Алена утверждала, что вы покушались на ее жизнь.

— Бред! — решительно ответила Марина.

— А вот кое-кто говорит, будто вы застали Шергину с Костей в одной постели и решили отомстить, — не успокаивался я, — вроде она подождала, пока вы распишетесь, а потом уложила вашего мужа в свою постель. Вы пришли к ней, открыли дверь теми самыми ключами...

— Идиотство, — вконец обозлилась Марина, — во-первых, мы не успели с Костей пожениться, инцидент с фотографией произошел до свадьбы. Во-вторых, я никогда не заставала их вместе, ну кто придумал подобную глупость?

Я хотел было сказать, что информация исходила от самой Алены, но прикусил язык и пробормотал:

— Да так, просто слышал.

— Выкиньте эту чушь из головы, — резко ответила Марина, — люди невесть что наболтать могут. Да, мы поругались с Аленой, но виноват был лишь Костя, ни Аленкиной, ни моей вины тут нет. Парень такой попался, сначала ей голову дурил, потом меня из-за глупости бросил, даже разобраться не захотел. Кстати, если хотите знать, я на Рождество позвонила Алене и сказала: «Ты, конечно, сейчас швырнешь трубку, но я хочу пожелать тебе счастья и удачи».

— А она?

— Выслушала спокойно и ответила: «Ладно, и тебя с праздником, потом поговорим, извини, опаздываю на работу». Так что наши отношения могли наладиться, я очень рассчитывала на первое марта. Глупо ведь из-за мужика терять хорошую подругу.

— Ну, очевидно, Алена была иного мнения, раз сказала, что торопится на работу! Это в Рождество-то!

— Так она же в турфирме пашет, у них, когда на календаре красное число, просто аврал.

— А что должно было произойти первого марта?

— День рождения у Алены, — пояснила Марина, — я уж и подарок приготовила. Думала, приду, протяну коробку с букетом и попрошу: «Давай все забудем!» И опять бы сдружились! Но нет, не получилось, бедная моя подружка! Какая страшная смерть — зимой, в реке, подо льдом.

И Марина горько заплакала. Я молча повернул направо и чуть не вылетел на тротуар. Московские дороги в феврале напоминают каток, представляю, какова была обстановка на шоссе, когда Илья не сумел справиться с управлением.

— Так и не помирились, — всхлипнула Марина. — Ну почему я не позвонила ей раньше, чего ждала? Теперь ничего уже не исправить.

Я осторожно отпустил сцепление. Самое ужасное — это муки совести возле гроба. После смерти отца я пару лет ощущал давящую безнадежность оттого, что никогда не смогу уже попросить у него прощения за все нанесенные мной обиды. Память подло подсовывала неприятные воспоминания. Вот отец предлагает поехать вместе с ним в Карловы Вары, но я, студент второго курса, прихожу в ужас от перспективы прогулок вокруг источника в толпе пожилых людей и мигом записываюсь в строительный отряд, которому предстояло возводить коровник в колхозе.

Сейчас бы я, естественно, отправился на воды, но в те годы очень хотел провести лето в своей стае, и папа отбыл один. А еще он один раз по случайности заглянул в ГУМ, продавщицы мигом узнали любимого народом писателя и, затащив в подсобку, предложили купить ботинки. Для тех, кто забыл, напоминаю: в советское время обувь считалась самым дефицитным товаром. И отец приобрел обувь, только не себе, а мне. Как сейчас помню их внешний вид: высокие, до щиколоток ботинки на толстой подметке. Завязывались они шнурками.

— Отличная вещь, — радовался отец, — померяй, Ваня, качественная кожа, сносу не будет.

Весь институт, вернее, его мужская часть, ходила той весной в узконосых полуботинках, практически без подметки. Шнурки считались анахронизмом. Ступню просто всовывали внутрь, оттянув «язык». Приобретенные ничего не понимающим в моде отцом «скороходы» выглядели не то что вчерашним, а позавчерашним днем. Я, правда, один раз влез в них, но ехидные приятели мигом начали изощряться в остроумии по поводу ботинок. В основном прозвища были непечатными, но особенно обидела меня отчего-то фраза, брошенная Ритой Маликовой, спесивой девицей-поэтессой:

— Ну, Ваня, и зачем же ты чемоданы на ноги нацепил?

Придя домой, я засунул ботинки в шкаф с твердым намерением никогда больше не надевать их. Но папа регулярно предлагал:

— Ваня, надень ботинки.

И приходилось, скрежеща зубами, завязывать шнурки. В конце концов мне это надоело, и я, взяв ножницы для резки металла, отодрал подошву у одного ботинка. Отец был так расстроен, что я тут же пожалел о содеянном.

Павел Подушкин умер давно, и, наверное, в его жизни случались и более серьезные разочарования, чем оторванная подметка, но мне стыдно до сих пор. А главное, нельзя кинуться ему на шею и воскликнуть:

— Ну прости, пап, я дурак! Отличные были ботинки!

Вот и Марина Райкова сейчас плачет. Мне жаль ее, но помочь ей не могу.

ГЛАВА 7

Я высадил Марину у двери, на которой висела табличка «Торговое объединение «Моторс». Она последний раз всхлипнула, вытащила косметичку и быстро произвела текущий ремонт лица. На мой взгляд, ее личико после нанесения слоя штукатурки стало выглядеть намного хуже, излишек косметики старит, но у дам иное мнение по этому поводу.

Не знаю почему, но у меня сложилось впечатление, что Марина чего-то недоговаривает. С ней нужно встретиться еще разок. Пусть она успокоится, посидит на службе, а я вечером заеду за ней. Может, отвезу в ресторан... Многие дамы становятся очень болтливы, выпив рюмку-другую...

Отъехав немного в сторону, я позвонил Норе, получил «добро» на посещение кабака и разрешение ехать за Николеттой.

Точно в указанный срок я притормозил у подъезда дома, в котором находилась родительская квартира. Маменька, задержавшись на пятнадцать минут, шлепнулась на сиденье и недовольным голосом заявила:

— Вава, мы опаздываем.

Я промолчал. Абсолютно бесполезно говорить, что это она задержалась, а я приехал вовремя.

Николетта всегда считает себя правой. Однажды она, как всегда, прособиравшись, опоздала на поезд. В полном негодовании маменька влетела к начальнику вокзала и закатила скандал. Тот решил вразумить пассажирку:

— Но поезд ушел по расписанию!

— Ерунда, — рявкнула Николетта, — двадцать минут роли не играют, он обязан был подождать *меня*. Какая безответственность! Укатить и оставить пассажирку на перроне. Вы за это ответите!

— Вы сами опоздали, — попытался отбиться начальник.

— Я? — возмутилась Николетта. — И что? Или, по вашему мнению, я должна была выйти из дома лохматой?!

— Но составы ходят по расписанию, — путеец все еще не понимал, с кем имеет дело.

Николетта ткнула в него пальчиком, украшенным антикварным кольцом с изумрудом:

— Да? Теперь извольте вернуть его назад и посадить меня.

Начальник вокзала разинул рот, ничего подобного ему до сих пор не приходилось слышать.

По салону машины поплыл тяжелый запах дорогих духов. Николетта обожает душные, терпкие ароматы. Когда фирма «Ив Сен Лоран» выбросила на рынок «Опиум», это было стопроцентное попадание в маменьку. У меня мигом начинает кружиться голова от обволакивающе сладкой вони. К тому же Николетта, проявляющая похвальную умеренность в употреблении косметики, при виде пузырька с туалетной водой теряет тормоза и одним махом опрокидывает на себя половину емкости. Не знаю, как у остальных людей, а

70

у меня в носу тут же начинает свербеть, потом я принимаюсь безостановочно чихать, после чего раскалывается от боли голова.

— Ну, Вава, поторопись, — тараторила Николетта, — к этому Розенкранцу запись за полгода. Спасибо, Кока мне протекцию составила. Эй, эй, куда? Почему ты тут не повернул?

— Там запрещающий знак, — ответил я и открыл пошире окошко.

В салон ворвался февральский, сырой, наполненный снегом воздух. Но, поверьте, амбре бензиновых паров лучше, чем запах «Опиума».

— Ну и что? — ринулась в атаку настроенная по-боевому маменька. — Экая невидаль, знак! Надо было там свернуть, теперь придется делать круг. Ты забыл, что нам в шестнадцать ноль-ноль следует сидеть в кабинете?

— Успеем.

— Немедленно закрой окно, мне прическу растреплет.

Я чуть поднял стекло.

— Совсем, — велела матушка.

Пришлось подчиниться и всю дорогу слушать указания. «Красный свет, не забудь остановиться. Поверни тут. Не смей тормозить. Выбрось сигарету. Выключи радио. Закрой пепельницу. Не тряси на кочках. Смотри прямо. Держи руль. Немедленно причешись. Почему не надел костюм? Боже, какой отвратительный милиционер! А-а-а, нас сейчас заденут! Скорей, скорей, влево, мы приехали. Опять остановил прямо в луже!»

Я вышел из машины и помог выбраться матушке.

— Вот у Коки есть водитель, — нервно вскрикнула Николетта, шагая к подъезду, — большой профессионал, его услуги стоят сущую ерунду, всего пятьсот долларов в месяц. Наверное, мне тоже придется нанять человека, который умеет хорошо управляться с автомобилем.

Я потянул на себя тяжелую дверь.

— Боюсь, нам такой расход не по карману.

Маменька окинула меня возмущенным взглядом:

— Вот от своего мужа я никогда не слышала подобной фразы.

И это правда. Отец был намного обеспеченнее, чем я.

— Ужасно ощущать себя нищей, — заявила Николетта, — значит, придется каждый раз безумно нервничать, выезжая из дома с таким неумехой, как ты.

Затем, запахнув норковую шубку, она исчезла внутри здания.

Профессор Розенкранц оказался крохотным существом, ростом и весом чуть больше кролика Филимона. Похоже, что самой крупной частью его тела был нос, на котором сидели огромные нелепые очки в допотопной черной роговой оправе.

Николетта устроилась в кресле возле его стола и закинула ногу на ногу. Покачивая правой, обутой в белый узконосый сапог из лайковой кожи, она принялась излагать свои проблемы:

— Иногда я не могу разобрать, что написано в газете.

— Голубушка, — густым басом прогудел Розенкранц, — может, вам это и не надо?

— А в магазине великолепно вижу товар, разложенный вдали, но перед носом все сливается.

— Очевидно, это старческая дальнозоркость, — мигом поставил диагноз окулист.

— Какая? — взвилась Николетта. — Старческая? Вы что? Сказать такое женщине моих лет!

Розенкранц без тени улыбки ответил:

— Так ведь вам не тридцать.

— Но и не пятьдесят, — отбила маменька.

Я постарался сдержать усмешку. Даже в кабинете у врача Николетта ни за что не откроет свой возраст. Впрочем, она только что сказала правду, ей и на самом деле не пятьдесят лет, а намного больше. Но, похоже, этот Розенкранц сам подслеповат.

Началась длительная процедура осмотра, прерываемая вскриками матушки: «Ой, какая смешная картинка!» или «Доктор, осторожней, у меня тушь стечет».

Примерно через час окулист вытащил бланки и заявил:

— Для вашего возраста зрительный аппарат сохранился великолепно. Никаких признаков глаукомы. Легкую дальнозоркость спокойно устраним при помощи очков.

— Никогда, — отрезала Николетта, — ни за что не надену жуткие окуляры.

— Голу-убушка, — протянул профессор, — очки — единственный способ скорректировать зрение. Операцию делать не советую.

— Я уже один раз воспользовалась лазером, — кивнула маменька, — а толку чуть!

— Вот видите! — воодушевился врач. — Значит, выписываю очки.

— Я вовсе не желаю походить на сову Бумбу, — обозлилась матушка, — вот у Коки такие штуки, их всовывают прямо в глаза. Между прочим, при их помощи можно цвет поменять. Кока в тон платью теперь глаза носит. Я тоже такие хочу!

Я откинулся на спинку кресла — так, понятно теперь, почему матушку повлекло к окулисту.

— Вы говорите о линзах, — недовольно заявил Розенкранц, — на мой взгляд, очки лучше.

— Хочу линзы! Разноцветные! — по-детски надула губы Николетта.

Розенкранц пожал плечами, накорябал что-то на листочке и вручил его нам со словами:

— Ступайте в двадцать третий кабинет, там подберут.

Я отдал профессору гонорар и переместился в следующую комнату, где веселая толстушка принялась демонстрировать образцы. Не стану утомлять вас описанием процесса выбора. В конце концов Николетта приобрела «глаза» всех возможных цветов: карие, зеленые, синие, фиалковые, ореховые... Голубые, слава богу, у нее есть свои. Самыми последними были вынуты... красные линзы.

— Вот это ловко! — взвизгнула Николетта и повернулась ко мне.

Я вздрогнул. Маменька походила на родную сестру графа Дракулы. Очи цвета пожарной машины превратили ее лицо в страшную маску.

— Это еще не весь прикол, — засмеялась медсестра и направила на Николетту настольную лампу.

В ту же секунду свет отразился от красных глаз и двумя лучами заметался по полу.

— Здорово, да? — радовалась глупенькая девушка.

— Слов нет, — покачал я головой, — зачем только такие производят? Людей пугать?

— Для похода на дискотеки, — пояснила дурочка, — ну офигительно смотрится.

Потом она повернулась к Николетте и опрометчиво заявила:

— Только вам они ни к чему, их для молодежи делают.

— Всенепременно возьму, — мигом отреагировала Николетта, — надену к Коке на суаре, все с ума сойдут, правда, Ваня?

Я кивнул. Пусть покупает что хочет, лишь бы поскорей завершить процесс. Но Николетта провела в кабинете еще целый час. Требовалось подобрать для каждой из пар линз футлярчики соответствующего цвета, потом сумочку, куда положить футляры, затем чемоданчик для сумочки. А еще жидкость для протирки, емкость, в которую следует ее наливать, специальные салфетки... И все это не в единичном экземпляре.

Короче говоря, когда мы вновь очутились в машине, на улице была темень. Николетта, уютно устроившись на заднем сиденье, принялась разглядывать линзы, я включил погромче радио и поехал вперед.

— Убери музыку, — потребовала маменька.

Я послушно покрутил магнитолу, и из динамика понеслось:

— Этой ночью на кладбище стояла напряженная тишина. Могила только что похороненного Эдварда утопала в цветах. Ровно в полночь земля зашевелилась.

— Оставь! — взвизгнула Николетта. — Это «Литературная гостиная», они читают жутко забавную книжку про вампиров.

Хорошо, пусть будут вампиры, привидения, нетопыри, кто угодно, лишь бы маменька молчала.

В относительном спокойствии я проехал большую половину пути. Радио выло и ухало на разные голоса, выдавая непотребный текст.

— Глаза Эдварда, красные, жуткие, послали пучок света прямо на Генриетту. С пальцев покойника капала кровь...

— Налево, — вдруг скомандовала Николетта.

Я, одурманенный спектаклем, машинально повиновался.

Тут же раздался свист. Вот незадача! На перекрестке же висит знак: перечеркнутая стрелка.

— Почему нарушаем? — поинтересовался сержант и посветил на меня фонариком.

Я совершенно честно ответил:

— Извините, тут по радио жуткую книгу читают, заслушался и не заметил, что поворот запрещен.

— Про вампиров, что ли? — засмеялся милиционер. — Вот глупость-то! Сказки это, вы же серьезный, солидный человек, а в ерунду верите. Не бывает их на свете, оживших покойников, коли умер, все! Кранты! Попрошу права и документы на машину.

Я молча протянул требуемое. Парень изучил документы и вполне мирно спросил:

— Ну? Дальше что?

Я полез за кошельком, сейчас отсчитаю полтинник, и можно продолжать путь. Пока я рылся в портмоне, отыскивая нужную ассигнацию, сержант посветил фонариком на заднее сиденье.

— Добрый вечер, — мило сказала Николетта.

— А... а... о... — промычал парень.

Я удивился, отчего это сотрудник ГИБДД начал издавать малопонятные звуки, и посмотрел на него. Тому явно было плохо. Лицо его, только что по-детски розовощекое, круглое и слегка наивное, стало бледным, вытянутым и испуганным.

— Вам нехорошо? — испугался я.

— А... о... а... она... — заикался постовой, тыча рукой в глубь машины.

Я обернулся. Николетта улыбалась на заднем сиденье. Ее темно-красные глаза отражали свет фонарика. Две длинные нити, словно лучи лазера, пронзали тьму. Маменька выглядела просто жутко. Если бы я не знал, в чем дело, мигом бы выскочил из «Жигулей» и унесся куда глаза глядят!

— Э-т-т-та... — заикался несчастный постовой, — чтой-то у ней с глазами?

Неожиданно на меня напало детское веселье. Стараясь не расхохотаться, я с самым серьезным видом заявил:

— У кого? У женщины на заднем сиденье?

Сержант осторожно кивнул.

— Не волнуйтесь, она не заразная, — хмыкнул я, — в прошлом году шла вечером через кладбище, а на нее что-то налетело и укусило. Все, с тех пор глаза покраснели, дневного света боится, при виде чеснока стонет и питается лишь сырой печенкой. Но это очень хорошо!

— Па-а-чему? — слегка попятился совсем обалдевший парень.

— Так ведь всех своих врагов перекусала, и они теперь в жутких чудовищ превратились. Сделайте милость, возьмите штраф и отпустите нас, очень торопимся, скоро семь, а мне надо, чтобы она точно в это время вошла в кабинет к моему хозяину, уже и так надоел мне с придирками.

Постовой бросил в окошко документы и, выкрикнув: «Езжайте!» — опрометью кинулся к бело-синему «Форду», припаркованному возле ларька.

— Эй, погодите, — высунулся я из дверцы, — а полтинник? Деньги забыли!

— Не надо ничего, — проорал парень, влезая в автомобиль, — укатывай отсюда поскорей, давай налево!

— Там запрещающий знак!

— Плевать на него, верги рулем, живо на проспекте окажешься! — выкрикнул постовой и мгновенно забаррикадировался в машине.

Когда мы поравнялись с его «Фордом», Николетта высунулась в окошко и, сделав сердитое лицо, громко сказала:

— Р-р-р... О, жажду крови!

Несчастный мент шарахнулся в сторону и по-детски закрыл голову руками.

Я расхохотался и повернул под запрещающий знак. Николетта может своей болтливостью довести до обморока, она эгоистичная транжирка, старающаяся выглядеть как молоденькая девушка. Но весь фокус в том, что внутри, хм, не будем говорить возраст, более чем взрослой дамы сидит четырнадцатилетний подросток, толкающий Николетту порой на неадекватные поступки. Вот и сейчас надела красные линзы и страшно довольна тем, что довела сотрудника ГИБДД до потери пульса. Впрочем, я и сам хорош, ну зачем наплел парню черт-те что? Решил сэкономить пятьдесят рублей? Но ведь я не думал, что мальчик воспримет розыгрыш всерьез. И потом, потратив состояние на разноцветные линзы, не стоит жалеть пяти несчастных десяток.

ГЛАВА 8

Поиздевавшись над сержантом, маменька пришла в такое великолепное настроение, что, оказавшись возле своего подъезда, мигом, без лишних разговоров, выскочила из машины — она явно задумала сначала испугать лифтершу, а потом и свою домработницу.

Я покатил вновь к фирме «Моторс», припарковал на стоянке «Жигули», вошел в здание и, налетев на охранника, вежливо спросил:

— Подскажите, пожалуйста, в каком кабинете сидит Марина Райкова?

Секьюрити тут же ответил:

— Марина Сергеевна ушла.

Я расстроился:

— Давно? Не знаете, к какому метро она ходит?

Одетый в черную форму мужчина улыбнулся:

— Вы ее не догоните.

— Почему?

— Райкова утром убежала.

— Да? Во сколько?

Охранник пожевал губами:

— Ну, точно не скажу. Примерно около одиннадцати, выскочила опрометью, пальто не застегнула, без шапки, лицо красное. Может, утюг дома оставила или чайник на плите? Моя один раз кашу забыла, чуть не сгорели из-за ее дурости.

Он продолжал бубнить, но я, наплевав на вежливость, ушел. Что могло случиться с Райковой? Да все, что угодно, может, и впрямь вспомнила про включенный газ? Ладно, придется ехать к Марине домой.

Очутившись возле знакомого дома, я поднялся наверх, ткнул пальцем в звонок, дверь мигом распахнулась. На пороге возник довольно молодой хмурый мужчина, одетый в джинсы и вытянутый пуловер.

— Вам что? — сердито осведомился он.

— Простите, Марина дома? — улыбнулся я, недоумевая в душе.

Из утреннего разговора с Райковой я сделал вывод, что она живет одна, и вот, выходит, ошибся.

— Заходите, — буркнул парень, — да не снимайте ботинок, налево в комнату.

Я послушно шагнул туда и увидел еще двух мужчин. Одного маленького, толстого, в жеваном пиджаке самого дурного качества, и другого, облаченного в слишком светлые для февральского вечера брюки и шерстяную рубашку.

Толстяк оторвался от листа бумаги, на котором что-то писал, и отрывисто осведомился:

— Вы кто?

— Иван Павлович Подушкин, — недоуменно ответил я.

— Что вам надо?

— Можно увидеть Марину Сергеевну?

— Нет! — рявкнул толстяк и снова забегал ручкой по бумаге.

Я растерялся. В квартире Райковой происходило нечто непонятное. Парень в светлых брюках довольно вежливо осведомился:

— Вы ее хорошо знали?

— Нет, один раз беседовали. Минуточку, что значит «знали»?

Перед моим лицом оказалось раскрытое удостоверение. Капитан Смоляков Игорь Николаевич.

— Что случилось? — испугался я.

— Ваши документы? — не дрогнул Смоляков.

Я вытащил книжечку, которую получил от Элеоноры.

— Смотри, Сеня! — воскликнул Смоляков. — Вроде наш.

— Дай. — Толстяк выхватил у меня из пальцев документ. — Ну-ну, чин-чинарем, лицензия, и все такое. Ты раньше опером работал? В каком районе?

— Нет, — покачал я головой, — никогда не имел дела с милицией.

— Да? — удивился Игорь. — В частных-то агентствах сплошняком перебежчики сидят, наши бывшие. Кем же ты до этого служил?

— Я поэт, редактор, литературный сотрудник...

— Кто? — вскинул брови Сеня. — Поэт? Любовь-кровь-морковь? Слышь, мужик, ты за каким фигом сюда приперся? Выкладывай все про Райкову. Игореша, пока лицензию проверь.

Капитан молча вышел.

— Вы разрешите закурить, товарищ начальник? — ехидно спросил я.

Но Сеня не растерялся:

— Тамбовский волк тебе товарищ, а тайга прокурор. Что за дело у тебя к Райковой?

Игорь сунул голову в комнату.

— Порядок! Детективное агентство «Ниро».

Сеня сморщился.

— Так, зачем пришел?

— Что с Мариной?

Пару секунд Сеня смотрел мне в лицо, потом с тяжелым вздохом ответил:

— Ладно, все равно ведь узнаешь. Она покончила с собой.

Я вскочил и опрокинул стул.

— Как? Когда? Где?

— Сядь, — велел Сеня, — чего прыгаешь, как мартышка. Обычное дело, влезла в ванну, лезвием вскрыла вены на руках и ногах. Дверь в квартиру запирать не стала, ее сквозняком открыло нараспашку. Вот соседка и полюбопытствовала, решила сначала, что Райкова опять на работу усвистала, а про замок забыла, случалось с ней такое. Вошла и увидела в ванной тело. Где-то около двух дело было. Записка на столе лежала.

— И что в ней? — тихо спросил я.

Семен пошуршал листками:

— А ничего особенного. «Простите, если сможете, совесть замучила, не виновата я, случайно убила Алену». И подпись.

— «Не виноватая я, он сам пришел», — засмеялся вошедший в комнату Игорь.

Меня неприятно покоробила его усмешка, но, с другой стороны, наверное, это была защитная реакция организма. Когда каждый день видишь трупы, следует хоть как-то абстрагироваться от трагичности происходящего.

— Кто эта Алена, не в курсе? — спросил Семен.

Я кивнул:

— Шергина.

— Давай телефон.

— Она умерла.

Семен положил ручку.

— Так... Интересненько. Ну-ка выкладывай!

Я вздохнул и рассказал все. К концу повествования Семен совсем помрачнел и сказал:

— Лады, двигай к хозяйке. Коли понадобишься, позвоним.

— А вы мне свой телефон не оставите?

— Зачем?

— Ну, мало ли, все-таки коллеги...

— Коллега, блин, — покачал головой Семен и, порывшись в кармане, вытащил прямоугольник белой бумаги, слишком тонкой для визитки, на которой было напечатано: «Телятевский Семен Михайлович, телефон...»

— Какая у вас фамилия...

— Уж не хуже, чем твоя, — рявкнул Сеня.

— Нет, конечно, ваша княжеская.

Семен рассмеялся:

— Это вряд ли, все мои родичи из деревни, я один в городе осел. Небось телят растили, отсюда Телятевские и пошли.

— Насколько я помню, был такой Телятевский Андрей Андреевич, князь, боярин и воевода. Летом тысяча шестьсот шестого года он примкнул к восстанию Ивана Болотникова, потому что был обижен на царя. И в тысяча шестьсот седьмом году наголо разгромил войска самодержца под Веневом, Калугой и Тулой. Но потом ему не повезло, и, когда восставшие сдали Тулу, Телятевский попал в плен. Дальнейшая его судьба покрыта мраком. Но, думаю, жизнь Андрея Андреевича закончилась либо в остроге, либо на плахе. По тем временам ослушникам без долгих церемоний рубили головы. Телятевский — редкая фамилия. Скорей всего, вы его потомок.

Сеня вытаращил глаза:

— Первый раз про такого слышу! Ты откуда знаешь-то?

Я улыбнулся:

— Хотел писать книгу, даже название придумал — «Энциклопедия русских фамилий», собрал много материалов по архивам, у меня дома полно интересных бумаг, но потом жизнь заставила другим заниматься.

— Ловко, — покачал головой Сеня, — зря ты в детективы полез, похоже, не твое это занятие.

Я опять улыбнулся:

— У меня в вашей конторе лучший друг работает, майор Воронов Максим Иванович, не встречались, случайно? Он в отпуске сейчас, вот в такое неудобное время дали. Скоро приедет.

— А нам всегда погулять выпадает тогда, когда никому другому не надо, — протянул Семен, — в каком отделении твой Воронов?

— Вроде на Петровке.

— Ясненько, — крякнул Семен, — нет, не виделись, я в районе пашу, так сказать, простая ломовая лошадь.

Устав, словно борзая, носившаяся весь день за зайцами, я приехал домой, рассказал Элеоноре о всех произошедших за день событиях и рухнул на диван. Филимон устроился на моих ногах. В квартире установилась тишина, было еще не поздно, часы показывали только десять, но сон подкрался и закрыл веки. Вообще говоря, следовало встать, раздеться, принять душ, но сил не было. Я начал потихоньку убывать в страну Морфея.

Внезапно до слуха донеслось тихое всхлипывание,

потом оно стало громче и таким отчаянным, что я вынырнул из сладкого болота дремоты. Филимон, очевидно, тоже обратил внимание на звуки, потому что сел и замолотил лапами в воздухе.

— Не нервничай, — велел я, вышел в коридор и постучался в соседнюю дверь.

— Нельзя! — крикнула Миранда.

Но я уже толкнул створку. Девочка стояла сгорбившись у окна, на голове у нее был тюрбан из полотенца.

— Что случилось, милая? Ты плачешь?

— Ни фига подобного, — шмыгнула носом девочка.

— Но я слышал!

— Это по телику передавали!

— В этой комнате нет телевизора.

— Значит, по радио, — нашлась Миранда.

Я подошел ближе, увидел совершенно красные глаза, серьгу, торчащую из распухшего носа, и решил успокоить ребенка:

— Скучаешь о маме? Успокойся, дорогая, она скоро вернется.

— На фига мне Настька сдалась, — окрысилась Миранда, — с чего о ней плакать? Да ее никогда нет!

— Тогда скажи, что случилось, знаешь, если поделиться с другим своим горем, станет легче.

Миранда прищурилась:

— Смеяться не станешь?

— Нет, конечно, — успокоил я ее и сел в кресло, приготовившись услышать рассказ о первой несчастной любви.

— Тогда смотри, — хмуро сказала Миранда и сдернула полотенце.

Я обомлел. Коротенькие волосы девочки были ядовито-зеленого цвета, столь пронзительного, что у меня защипало в глазах. Подобного цвета в природе не существует. Ни молодая листва, ни лягушка, ни

84

хвоя ели... Нечто кислотное, отвратительное, вульгарное...

— Ну и как? — осведомилась Миранда.

— Немного смело, — ответил я, — весьма необычный тон.

— Думаешь, я такая дура, что собралась ходить как взбесившаяся жаба? — надулась Миранда.

Человеку, который проколол ноздри и засунул туда «гвоздик», в голову могут прийти всякие мысли, и потом, кожа жабы ничто по сравнению с «пейзажем» на голове Миранды.

— Хотела стать блондинкой, — горестно пояснила глупышка.

Я протянул руку к яркой коробочке, лежащей на столе.

— Ты это средство употребляла? Можно посмотреть?

— Смотри, — разрешила Миранда.

Я прочитал инструкцию.

— Раньше когда-нибудь пользовалась краской?

— Да с семи лет! — воскликнула модница. — Все время! Уже была рыжей, брюнеткой, русой...

— В этом твоя основная ошибка!

— Ой, только не заводись, — отмахнулась безобразница, — не надо читать мне лекции...

— Я и не собирался. Просто смотри, вот тут маленькими буковками написано: «Ни в коем случае не употреблять на окрашенные прежде волосы».

— Дай, — выхватила коробочку Миранда. — Ну, блин! Еще мельче написать не могли. Идиоты! Делать-то что? Меня завтра в школе со свету сживут!

— Хочешь, поеду с тобой и поговорю с классной руководительницей, попрошу не ругать и не ставить двойку по поведению.

Секунду девочка смотрела на меня широко распахнутыми глазами, потом звонко рассмеялась:

— Ваня! Ты когда в школу ходил?

— Давно, — дипломатично ответил я.

— Так вот, сейчас учителям совершенно насрать, хоть голая в школу заявись с татуировкой на носу. Наша классная даже не вздрогнет. Меня одноклассники оборжут. Их-то не заткнешь!

Ее личико стало совершенно несчастным.

— Ладно, — решительно сказал я, — укладывайся, уже поздно. Завтра в школу не пойдешь, поедешь со мной в парикмахерскую, к мастеру, который причесывает Николетту, он постоянно твердит, что способен сделать с волосами все, вот пусть и покажет свое умение.

— Николетта твоя любовница? — заинтересовалась девочка.

— Нет, мама.

— Я тоже Настьку только по имени зову, — протянула она.

— Все, хватит сырость разводить, ложись, спи спокойно, завтра исправим положение. Ну, давай иди, почисти зубы.

— Так рано я не ложусь.

— Уже полдвенадцатого!

— Ну и что?

— Когда же ты укладываешься?

— В три.

— Почему? — удивился я, вот уж не предполагал, что дети могут страдать бессонницей.

— В сайте сижу.

— Где?

— В компе.

— Извини, не понял.

— О боже! — закатила глаза девочка. — Компьютер включаю, а здесь его нет! Мне ни за что не заснуть!

— Книжку почитай.

— Фу! Терпеть их не могу.

Мне стало грустно. В детстве я был тихим, малообщительным ребенком и очень хорошо помню, как погружался в мир вымышленных историй, сколько восторга и радости испытал, «глотая» Дюма, Вальтера Скотта, Герберта Уэллса...

Быстрым шагом я вышел в коридор, порылся на полках, вытащил голубой томик и принес его Миранде.

— Вот, посмотри.

— Януш Корчак, — пробормотала Миранда, — «Король Матиуш Первый». Ну и муть!

— Картинки посмотри.

— Ладно, — сдалась Миранда, — давай, все равно делать нечего.

Я ушел к себе и мигом заснул.

— Ваня! — раздался над моим ухом резкий голос.

Я машинально сел, глаза раскрылись. В лучах серого зимнего рассвета стояла Миранда, по-прежнему одетая в джинсы.

— Ты почему не спишь? — испугался я, нашаривая часы. — Бог мой, полпятого.

Миранда разревелась. Я выскочил из-под одеяла.

— Что произошло? Все из-за прически переживаешь!

— Они убили его! — в полном отчаянии воскликнула девочка и, упав на мою кровать, заплакала еще горше.

— Кто кого? — не понял я.

В голове мигом калейдоскопом понеслись картинки. Алена и Илья, Варя, Марина Райкова... Из них в живых оставалась только Варя. Но откуда Миранда знает про события последних дней?

— Короля Матиуша! Сволочи! Этот Янек! Как он мог лучшего друга! — рыдала Миранда.

Я сел на постели и обнял девочку.

— Это всего лишь книга, жизнь намного страшней.

— Спасибо, утешил, — толкнула меня локтем Миранда, — а этот Корчак, часом, продолжение не написал? Знаешь, как бывает, сначала убьют героя, а потом, в следующей серии, он оживает. Ну, вроде Горца!

Секунду я колебался. Может, не стоит сообщать девочке правду? Сам плакал когда-то над судьбой несчастного короля-ребенка и очень переживал, когда отец рассказал мне о Корчаке, но, с другой стороны, она же не маленькая.

— Януш Корчак, поляк по происхождению, был учитель. Он обладал явным литературным даром и, может быть, думал написать продолжение своей великой книги. Но случилось так, что фашисты оккупировали Польшу и Корчака вместе с его учениками, кажется, их было человек двести, заключили в лагерь смерти Треблинка. Ты слышала когда-нибудь о концлагерях?

Миранда кивнула:

— Кино смотрела, называется «Побег из ада».

— Фашисты отправили детей в газовую камеру. Но Корчак был слишком известной личностью, и гитлеровцы испугались, что его смерть может вызвать бурю эмоций во всем мире; в тот год они еще боялись общественного мнения. И предложили Янушу, оставив учеников, идти в барак, нацисты решили подарить Корчаку жизнь. Угадай, как он поступил?

— Побежал со всех ног, — хмуро сказала Миранда, — любой бы так сделал.

Я погладил ее по зеленым волосам.

— Нет, дружочек. Януш отказался бросить детей,

он пошел вместе с ними на смерть и, как мог, пытался ободрить несчастных, уверял, что с ними ничего плохого не случится, пока он здесь. Лгал, чтобы дети не испытали ужаса, видя приближающуюся смерть.

Миранда села.

— Ты хочешь сказать, что он добровольно погиб из-за чужих детей?

— Корчак считал их своими.

— Учитель?

— Да.

— Теперь таких учителей нет, — протянула девочка, — наши бы мигом всех побросали и унеслись вон. Вчера математичка вошла в класс и говорит: «У нас эпидемия свинки в пятом «Б». На перемене идите поиграйте с ними».

— Зачем?

Миранда скривилась:

— Ленька Глотов тоже так у нее спросил. А Каркар и ответила: «Авось заболеете, а я отдохну». Мы ее так зовем: Кар-кар, имечко у нее Карина Карловна!

Я не нашелся что ответить ребенку. Интересно, другие дети рассказали родителям об этой ситуации? И как поступили отцы с матерями? Неужели в нашем мире теперь никто никого не любит?

ГЛАВА 9

Утром я отвез Миранду в салон, где укладывает волосы Николетта, и оставил девочку на попечение цокающего языком мастера. А сам поехал к Райковой на работу. Вчера вечером Нора, услыхав от меня информацию о смерти Марины Райковой, сердито заявила:

— Ее убили.

— Отчего это вам в голову пришла такая мысль? —

удивился я. — По-моему, тут все ясно, она собиралась лишить жизни свою подругу и не вынесла мук совести, когда узнала, что та утонула.

— Глупости! — фыркнула Нора. — Ну, подумай сам, утром она совершенно спокойно едет с тобой на работу, потом выскакивает и уносится домой в незастегнутом пальто. О чем это говорит?

— Ну... она решилась на самоубийство и...

— Ваня! Не идиотничай! Райковой кто-то позвонил и вызвал ее. Причем сказал ей нечто такое, от чего она, потеряв голову, ринулась в квартиру! И этот кто-то либо сам запихнул Марину в ванну, либо довел ее до самоубийства. Немедленно отправляйся к Райковой на службу и попытайся выяснить, что произошло.

Входя внутрь просторного здания торгового объединения «Моторс», я подумал, что фирма, очевидно, продает машины, но оказалось, ошибся. Здесь занимались поставками бакалейных товаров: чая, кофе, крупы, муки... Причем где-то рядом находился склад. По широкому коридору то и дело проезжали тележки, снабженные моторчиками. Они везли мешки и всевозможные упаковки. Кругом клубился народ, мужчины и женщины с безумными лицами и кипами бумаг. На мой вопрос: «Простите, где я могу найти Марину Райкову?» — мне, как правило, отвечали: «Не знаю, не работаю тут».

Отчаявшись, я принялся бесцеремонно заглядывать в кабинеты и задавать все тот же вопрос:

— Простите, где можно найти Марину Райкову?

Люди отрывались от экранов компьютеров и недовольно говорили, что понятия об этом не имеют, так как тут сидит несколько сот человек.

И только одна девушка, полная брюнетка в ярко-красной кофте, проявила ко мне христианское милосердие.

— Марина Райкова? — переспросила она. — Минуточку.

Быстро пощелкав мышкой, брюнетка сообщила:

— Она на складе, на кассах. Идите по коридору, прямо в нужное место выйдете.

Я двинулся вперед по бесконечному помещению и порядком устал, пока наконец не попал в огромный ангар, доверху забитый полками. У меня закружилась голова, подобное ощущение испытываешь в католических соборах, глядя на парящий в высоте потолок.

Слева тянулись ряды касс, за которыми сидели женщины, с невероятной скоростью печатавшие на компьютерах. Около кассирш толпились люди с бумагами, раздавались выкрики:

— Чай только через двенадцатое окно.

Или:

— Сахар грузят у восточного выхода.

То и дело из радио слышались указания:

— Нестеренко С. А., пройдите в зону кофе.

— Свободной уборщице явиться к стеллажам группы А.

Я попытался расспросить кассирш, но ни одна не ответила, а толпившиеся оптовики просто оттолкнули меня в сторону со словами: «Тут очередь».

Я достал удостоверение и сказал: «Оперативная необходимость», но торговцы только разозлились.

— Да хоть тебя сам президент сюда прислал, — заорала тощая, похожая на большую ворону женщина, — не фига вперед лезть! Я тут с восьми утра прею.

— Мне только узнать, где сидит Марина Райкова! Я ничего не собираюсь покупать!

«Ворона» на секунду замолчала, потом другим, нормальным голосом посоветовала:

— Ступай к старшей по смене.

— Где она?

— А вон в центре зала будка.

Я побрел туда и увидел нечто, похожее на ларек, в котором торгуют газетами, только чуть большего размера. Внутри стеклянного аквариума, заваленного бумагами, сидела девушка лет двадцати пяти. На столе мерцал экран компьютера, а на стене висело несколько телевизоров.

Не отрывая взгляда от клавиатуры, она сухо сказала:

— Претензии по поставкам после пятнадцати ноль-ноль.

— Но мне...

— В случае недостачи ступайте в восемнадцатую комнату.

— Где...

— Срок годности должны проверять сами, на испорченную упаковку скидок нет.

— Марина...

Девушка недовольно повернулась.

— Что еще?!

— Марина Райкова тут работала?

— Да, а в чем дело? Обсчет? Кассовый чек сохранили?

— Она умерла.

— В случае пропажи... — завела было на автомате служащая, потом ее лицо неожиданно потеряло официально-равнодушное выражение. — Как умерла?!

— Покончила с собой, вскрыла вены.

— Ой, мамочка, — по-детски разинула рот старшая по смене.

— Танюха, — завопил парень в синем комбинезоне, врываясь в будку, — на пятнадцатом стеллаже!..

Ту-ту-ту... — прозвучала сирена.

В одночасье стих стрекот клавиатур. Кассирши разом встали, вытащили из столов какие-то плоские ящики и ушли. Подобную слаженность действий я видел лишь на военных парадах, когда шеренга солдат шагает в ногу, словно единый организм.

— У меня перерыв, — отрезала Татьяна.

Грузчик беззвучно исчез.

— Вы из милиции? — поинтересовалась она, включая чайник.

Я кивнул:

— Вроде так. Не припомните, почему Райкова вчера ушла посреди рабочего дня?

Татьяна нахмурилась:

— Видали, какой у нас сумасшедший дом? Правда, платят очень хорошо, кассиршам еще и процент идет.

— Это как?

— Успеешь оформить за день сорок заказов, с сорок первого начинают денежки капать, два процента от суммы, указанной в чеке. Вот девочки и стараются. Бывает, везет, клиенты набирают одно печенье да еще одинаковые пачки, минута на обработку тратится. А случается, сумма крохотная, а наименований вагон, полдня просидишь, пробивая.

— Так почему Марина ушла?

Татьяна отхлебнула чай:

— Вчера влетела ко мне, мобильным трясет и кричит: «Уйти надо». Я прям обалдела! В разгар работы, оптовиков море, а касса закроется! И не думай, говорю, что у тебя стряслось? Если желудок прихватило, сбегай по-быстрому, хоть и не положено до перерыва, и на место садись.

Но Марина замотала головой:

— Нет, домой надо.

— Почему? — обозлилась Татьяна.

— Ребенок у меня заболел, «Скорая» приехала! — нервно выкрикнула Райкова.

Таня заколебалась. У нее у самой есть крохотный Вовка, с которым сидит свекровь.

— Что случилось-то? — поинтересовалась старшая у кассирши.

— Да нянька не усмотрела, вот сын на себя чайник с кипятком и опрокинул.

Таня ужаснулась:

— Беги, конечно.

Марина повернулась к двери, но потом притормозила и попросила:

— Слышь, Танюша, не говори начальству, а? В выходной отработаю.

— Ступай к ребенку, — велела та, — сама за тебя сяду, если визг начнется.

Но отсутствие Марины прошло незамеченным.

— И вас не удивило, что она и сегодня не пришла?

— Нет, честно говоря, я и не ждала Маринку, вызвала замену, думала, она с малышом в больнице. Если бы с моим Вовкой, не дай бог, такое случилось, я на все бы наплевала.

Я молча смотрел на Танюшу. Правильно, большинство матерей мигом бросят работу, если их ребенок занедужит. Только у Марины Райковой нет детей, и она просто придумала повод, чтобы удрать со службы.

— Значит, ей няня сообщила о несчастье, — решил уточнить я еще раз.

Таня пожала плечами:

— Наверное, сама-то я не слышала.

— А кто мог слышать?

Девушка отхлебнула чай.

— Только Аня, она спина к спине с Мариной сидела.

— Где можно эту Аню найти?

Таня пододвинула к себе микрофон, стоявший на краю стола, щелкнула рычажком и сказала:

— Кассир Филимонова, немедленно подойдите к старшей по смене.

Через пять минут дверь распахнулась, показалась женщина, вытирающая масляные губы.

— Что случилось? Между прочим, сейчас обеденный перерыв!

— Этот человек из милиции, — строго заявила Таня, — он задаст тебе пару вопросов, изволь ответить подробно.

Аня испугалась:

— Если чего пропало, так я ни при чем, к стеллажам с товаром не хожу, это грузчики воруют!

— Не пори чушь, — оборвала ее Таня.

— Вас никто ни в чем не обвиняет, — быстро сказал я, — вы ведь около Марины Райковой сидите?

Секунду Аня смотрела на меня, потом вдруг заплакала.

— Так и думала, что узнают! Это она меня подбила, но я только один раз решилась! Вы спросите у Марины, она скажет. Очень уж я боялась, все возмещу, Танечка, милая, только пусть меня не арестовывают, из-за детей пошла на преступление, ой, лишенько!

Слезы потоком потекли по ее глуповатому личику.

Татьяна растерялась, но, быстро взяв себя в руки, велела:

— Если сейчас все расскажешь, посмотрим!

Аня тут же рассказала, в чем дело. Она сидит вплотную к Марине Райковой и иногда видит, как та пробивает товар. Вот и зацепился глаз Ани за странную деталь. Порой вынимает оптовик из корзинки две коробки, а Маринка только одну пробивает. Анечка заинтересовалась происходящим и скоро поняла: Райкова помогает красть товар со склада.

Механизм хищения оказался прост до смешного. Оптовики сами ходят по складу и бросают товар в тележки. Это если берут мелкие партии. Ну, допустим, пять ящиков с банками кофе или упаковки с чаем. С крупными покупателями особый разговор, они идут через другие кассы, мимо Ани же проходит лишь мелочовка. В основном хозяева ларьков.

Значит, оптовик набирает товар, заполняет чек, калькуляцию и вручает кассирше. Та проверяет цены, товар, забирает деньги, и все, можно грузить коробки в машину. Так вот Марина пропускала мимо кассы неоплаченный товар, за что имела ровно половину от украденного.

— У вас нет охранников, которые проверяют на выходе тележки? — изумился я.

Таня растерянно ответила:

— Есть, но их мало, а покупателей сотни. Бросят взгляд на чеки и пропускают, тщательно не копаются. У нас кассир ответственное лицо.

Аня, по ее словам, возмутилась, когда поняла, что соседка ворует, и заявила:

— Или ты прекратишь, или я пойду к начальству.

Но Марина стала плакать, просить не выдавать ее и в конце концов предложила Ане заняться кражами совместно.

— Риска никакого, — убеждала она товарку, — дело будем иметь с небольшим числом проверенных людей. Соглашайся, наши хозяева беднее не станут, если ящик гречки пропадет.

Сначала Аня наотрез отказалась, потом засомневалась, а затем настал момент, когда она выдала чек на один мешок кофе, а покупатель увез в тележке два.

Сотни, полученные за аферу, ее не обрадовали. Аня не потратила деньги, прокрутилась всю ночь в постели, а утром, явившись на работу, потихоньку сунула купюры Марине.

— На, возьми, мне они не нужны.

— Ну и дура, — отреагировала Райкова, — имей в виду, во второй раз не предложу.

— И не надо, впрочем, тебе тоже не советую этим заниматься, поймают и посадят, — отбрила боязливая Анечка.

Марина схватила ее за ворот блузки и прошипела:

— Только посмей меня выдать, дрянь. Имей в виду, побежишь ябедничать, не жить тебе. Ребята поймают, и ау! Ясненько?

В раздевалке в тот момент, когда происходил разговор, никого не было, и Анечка испугалась. Лицо Марины было злым, а выражение прищуренных глаз не сулило ничего хорошего.

Анечка еле вырвалась из цепких пальцев коллеги, руки тряслись, ноги дрожали. Перспектива провести весь день, сидя спиной к спине с Мариной, казалась ужасной. Ане было очень некомфортно, противно и страшно. Если раньше во время рабочего дня они с Мариной могли обмениваться дружескими словами, то вчера Аня просто кожей чувствовала ледяной холод, который исходил от товарки. Сидеть весь день рядом было просто мукой, и Аня совсем сникла. Представьте ее радость, когда Марина вдруг подхватилась и убежала.

— А почему она ушла, не знаете? — прервал я Аню.

— Так мобильный у нее позвонил.

— И что ей сказали?

— Разве услышишь! — справедливо удивилась кассирша. — Это ж какие уши иметь надо!

— Хорошо, вы не могли услышать то, что сообщил человек, вызывавший Райкову, но неужели вы не разобрали слова Марины? Ну что она говорила?

Аня призадумалась:

— Вроде сначала спросила: «Это кто?»

— Дальше.

— Молчала.

— Все время?

— Сказала только: «Что за чушь! Нет там никаких бутылок!»

— Бутылок?

— Ага. «Нет там никаких бутылок, не ври!»

— А потом?

— Кассу закрыла, видно, очень нервничала, потому что под нос бурчала: «Бутылка! Офигеть можно! Да еще ключи! Плохо дело! Что за черт?»

— Ну и?

— Все, улетела и не вернулась, а я только рада была, — всхлипнула Аня. — Ну простите меня! Клянусь, больше никогда, ни разу в жизни такого не будет.

Прозвучала сирена.

— Ступай на место, — каменным тоном отрезала Таня.

Аня, залившись слезами, убежала.

Татьяна поворошила бумаги на столе.

— Вот дрянь! Мы давно хотели воров вычислить, только все на грузчиков думали, в голову не пришло, что Райкова на такое способна! Теперь всех кассиров проверять надо!

— У вас есть номер мобильного Райковой? — спросил я.

Таня кивнула:

— Да.

— Сделайте одолжение, напишите.

Она послушно вывела цифры и, протянув мне листок, сказала:

— Некоторые гадины выглядят такими ангелами.

Я кивнул. Да, частенько случается, что внешний вид и внутреннее содержание не соответствуют друг другу, внутри красивой упаковки может лежать испорченный товар, а за приятной внешностью скрываться подлец.

ГЛАВА 10

Прежде чем ехать к Норе с отчетом, я отправился в салон и увидел Миранду, читавшую в холле журнал. Честно говоря, я думал, что парикмахер просто перекрасит девочку в другой цвет, очевидно, черный. И уже приготовился воскликнуть:

— Тебе очень идет быть брюнеткой!

Но передо мной оказалась... блондинка с волосами до плеч. Сначала я слегка растерялся, но потом улыбнулся:

— Какая ты красивая!

Миранда кокетливо поправила рукой прядку:

— Суперски вышло! Спасибо тебе.

— Посиди еще минуточку, — велел я и пошел к стилисту.

— Вы довольны, Иван Павлович? — спросил мастер.

— Спасибо, Валера, давайте счет. Этот парик можно мыть самой или придется к вам ездить?

Валера усмехнулся:

— Это не парик!

— А что?

— Волосы.

Я тяжело вздохнул:

— Понимаю, конечно, что произвожу на вас впечатление клинического идиота, каким образом отрезать волосы, это мне ясно, но как сделать их длинными?! Вы шутите!

Валера отложил расческу.

— Нет, это новая технология. Не стану утомлять деталями, процедура называется наращивание. Голову можно спокойно мыть, причесывать, только красить не рекомендуется, но, думаю, ваша девушка не рискнет более экспериментировать над собой.

Я почувствовал неловкость и поспешил уточнить:

— Миранда дочь моей знакомой.

— Конечно, — кивнул цирюльник и гадко улыбнулся, — чек на кассе.

Я пошел было к выходу, но потом обернулся и попросил:

— Да, кстати, Николетта ведь бывает тут раз в неделю?

Валерий кивнул:

— Сделайте милость, не рассказывайте ей, что я приводил ребенка.

Парикмахер подмигнул мне:

— Я и не собирался, Иван Павлович, хорошо зная вашу маменьку. Ей эта информация ни к чему. Сядет в кресло и убивается: «Ах, ах, Ваня никак не женится, таких невест приводила! И не пойму, в чем дело». Да вы не краснейте, у меня у самого девчонка только шестнадцатилетие справила.

И он тоненько захихикал. Подавив желание воткнуть в него ножницы, я пошел к кассе. Придется искать другой салон, этот Валерий уже разболтал всем вокруг, что сын Николетты Адилье педофил. Иначе почему мастерицы, прежде вежливо здоровавшиеся со мной, сейчас нагло улыбаются?

Ну что же происходит с нами? Сорокалетний мужчина привел ребенка в парикмахерскую, и каждый воспринял это в меру своей испорченности. Отчего людям сразу в голову лезут гадости?

Следующее потрясение я испытал у кассы, увидав сумму прописью. У меня не хватило наличности.

— Ничего, Иван Павлович, — хмыкнула кассирша, — потом подвезете, вы же у нас постоянный клиент, наверное, теперь часто станете привозить эту... э... э... девушку!

— Миранда — дочь моей знакомой, — бездарно оправдывался я.

— Да-да, — закивала кассирша, старательно сдерживая ухмылку, — конечно.

Сами понимаете, в каком настроении я вышел в холл и от злости слишком резко сказал:

— Пошли!

Миранда вскочила:

— Ты сердишься?

Ее звонкий голосок рассыпался по салону. Мигом все замерли, дамы, поджидавшие своей очереди, опустили журналы, а администратор, сидевший у двери, отвратительный парень с волосами нежно-розового цвета и серьгой в ухе, разинул рот.

— Нет, — сбавил я тон, — извини, я просто устал.

Внезапно девочка бросилась мне на шею, запечатлела на губах звонкий поцелуй и завопила:

— Спасибо!!! Я такая красавица!!!

Клиентки зашушукались, администратор чуть не выпал из-за стола.

Ощущая на губах нечто противное, липко-сладкое, я схватил Миранду за руку и поволок к двери, но глупышка, совершенно не понимая, какое впечатление мы производим на окружающих, громко вещала:

— Смотри, мне еще маникюр сделали! Вот, видишь, колокольчик привесили. Стебно, да? Тебе нравится, да? Ваня, я красивая? Я тебе нравлюсь?

— Да уж, — довольно громко произнесла дама, сидевшая у самой двери, когда я проталкивал мимо нее Миранду, — сейчас у людей не осталось ничего — ни совести, ни чести.

Всю дорогу до дома Миранда щебетала, словно выпущенная на волю птичка. У двери квартиры она снова попыталась поцеловать меня, но я увернулся:

— Бога ради, без объятий, ты ешь какую-то липкую конфету...

— Это жвачка, — пояснила девочка и мигом выдула огромный пузырь, — во, гляди, они у меня лучше всех в классе получаются.

Я только вздохнул. Смешно, однако, с одной стороны, она взрослая девушка, пользующаяся косметикой, с другой — абсолютное дитя, хвастающее размерами выдуваемых пузырей.

Нора сидела у окна с самым мрачным видом.

— Каковы наши успехи? — поинтересовалась она.

Я выложил полученную информацию. Хозяйка развернула кресло и покатила к письменному столу.

— Значит, так, слушай, Ваня. Влезли мы в страшное дело, кто-то, совершенно безжалостный, убирает людей одного за другим. Я абсолютно уверена, что все смерти связаны между собой: сначала Алена, потом Илья, затем Марина...

Так, у Элеоноры начинается профессиональная болезнь детективов: подозрительность. Психиатру окружающие люди кажутся сумасшедшими, а сотруднику правоохранительных органов — преступниками.

— Нора, — попытался я вразумить хозяйку, — Алена утонула. В ее кончине нет ничего загадочного. Дорога была ужасной, Илья не слишком опытный водитель, конечно, безумно жаль девушку, но...

— Ее убили, — с тупым упрямством повторила Элеонора, — хитро, очень хитро, но преступник не учел одной ма-а-аленькой детальки! Все задумал ловко, машину столкнул, сам в воду влез, намок, руки исцарапал, но негодяев губят детали.

Я так и сел.

— Вы полагаете, что Алену убил Илья?! Но он же приходил сюда с ней, к нам, просил найти того, кто покушался на жизнь девушки!

— Похоже, он не слишком-то обрадовался встрече со мной, — процедила Нора, — сначала сидел в машине, явился позже и все повторял, что кастрюля с кислотой и пакет с молоком случайности. Наверное, поехал с Аленой, чтобы у той не возникло сомнений в нем. И очень он обрадовался, когда Шергина предположила, что автор всех затей Райкова... Впрочем...

Нора замолчала, закурила и, выпустив струю едкого сизого дыма, продолжала:

— Ты не знаешь того, что стало известно мне. Во-первых, найдено тело Алены. Девушка утонула.

— Вот видите! Ничего странного.

Нора порылась на столе, вытащила листок.

— Слушай. При вскрытии грудной полости обнаружены так называемые «барабанные» легкие.

— Что?!

— Ладно, объясню проще. Если человек утонул, в его легких находится вода. Ясно?

— Более или менее.

— Вот! И у Шергиной тоже, — кивнула Нора, — жидкость взяли на анализ — обнаружили, что Алена утонула именно в этой речке.

— Правильно, мы же об этом давно знали.

— А теперь получили подтверждение, — кивнула Нора, — на мой взгляд, ситуация обстояла следующим образом. Илья сначала утопил Алену, а потом изобразил несчастный случай. Прибежал в больницу. Вспомни, доктор говорил, что у него нет особых травм, только шок и исцарапанные руки. А ведь автомобиль падал с довольно большой высоты. Отчего он не разбился?

— Случаются иногда странности, люди выживают и в более страшных катастрофах.

— Нет, Ваня. Он ее утопил, сбросив в машине с обрыва, а потом инсценировал собственное счастливое спасение.

— Зачем?

— Не знаю, — пробормотала Нора, — пока не знаю. Зато мне известно другое: почему Марина Райкова опрометью кинулась домой.

— И почему?

— У нее на кухне, под раковиной, обнаружена емкость с остатками кислоты.

— Так вот отчего она повторяла: «Бутылка, бутылка»! — воскликнул я.

Нора кивнула:

— Да. Думается, дело обстояло так. Неизвестная личность позвонила Марине на работу и сообщила: «Ты убийца Алены, бутылка с кислотой у тебя на кухне». Райкова испугалась и рванула к себе, желая уничтожить компрометирующую улику.

— С чего бы ей пугаться?

Нора вновь вытащила папиросы.

— Потому что многое свидетельствует против нее. С Шергиной поругалась, ключи не отдала, потом некто оказывается у Алены в квартире, включает газ... Обрати внимание, дверь не взламывали, открыли «родными» ключами. А потом еще и бутылка под раковиной. Вот Марина и понеслась домой, а там... Кстати, ее убили в ванной. Прослеживается один и тот же человек.

— Почему? — удивился я.

— Так вода! И в ванне, и в речке. На мой взгляд, — продолжила Нора, — наличие бутылки и телефонный звонок как раз свидетельствуют о том, что Райкова не виновата.

— Отчего вы так решили? — Я перестал что-либо понимать.

— Ну зачем ей хранить такую улику? — скривилась Нора. — Давно бы выбросила. Нет, ее напугали.

— Да зачем уничтожать Марину, — возразил я, — наоборот, проще было поставить осторожно ей под раковину пустую тару и сообщить в милицию...

— Режиссер сего спектакля очень хитер, — задумчиво сказала Нора, — он понимал, что Марину-то начнут допрашивать. Поэтому и убил, чтобы, не дай бог, не поняли: она ни при чем. А в милиции теперь твердо уверены, что Райкова уничтожила Шергину, а потом покончила с собой. Дело закрывают.

— Как же так? — возмутился я. — Из-за чего убили Алену?

Нора швырнула на стол зажигалку:

— Ментам без разницы, спихнули папку в архив, галочку поставили и забыли. В связи со смертью основной подозреваемой дело закрывают.

— Погодите-погодите, у вас концы с концами не сходятся, — подскочил я, — если Алену утопил Илья, то он никак не мог убить Марину. Илья сам к тому времени уже превратился в покойника. А вы, насколько я понимаю, считаете, что женщин убрал один убийца. Кстати, что стряслось с Ильей?

— Инфаркт, — пояснила Нора, — вроде это естественная смерть, но я знаю: и его убили. Та же личность, что устранила Шергину с Райковой.

— Парень умер на моих глазах, — пробормотал я, — в палате находились только его родители. Как, по-вашему, его убили?

— Не знаю, — отрезала Нора.

— И почему, по какой причине произошли все убийства?

В ту же секунду раздался звонок в дверь. Нора покатила в коридор, но на пороге обернулась и совершенно спокойным голосом ответила:

— А вот это нам и предстоит выяснить. Разгадаем загадку — найдем автора. Не разгадаем — он над нами посмеется.

— Но откуда вы все узнали, про воду в легких, инфаркт и бутылку?

Нора фыркнула:

— Не имей сто рублей, а имей сто друзей. Хотя, на мой взгляд, не помешают оба фактора: и друзья, и денежки.

— Но Максим в отпуске!

— Макс не единственный сотрудник правоохранительных органов в этом городе, — ухмыльнулась Нора, — есть у меня еще кое-кто, кому я хочу утереть нос. Вот увидишь, что они запоют, когда я сообщу имя убийцы!

— Хозяйка, — донесся из коридора густой бас, — куда горшки девать?

Нора вылетела в коридор, я, боясь пошевелить внезапно заболевшей головой, двинулся следом.

В прихожей возле больших ящиков топталась парочка парней в белых комбинезонах с надписью «Голубая лилия».

— Заносите сюда, — велела Нора и показала пальцем на дверь маленькой комнаты, которую мы используем как бельевую.

Юноши потащили туда ящики. Я заглянул в раскрытые двери. Так, Нора окончательно решила превратиться в Ниро Вульфа. Бельевая была пуста. Гладильная доска исчезла, гора смятого постельного белья тоже.

Парни принялись ловко распаковывать принесенное. Один монтировал подставки, другой вытаскивал горшки с чахлыми растениями.

— Это орхидеи? — тихо спросил я.

Нора повернула голову:

— Нет, пока я решила завести что попроще, ну а потом займусь орхидеями.

Я не нашелся, что ей сказать.

— Теперь осталось лишь купить красное кожаное кресло, — с удовлетворением заявила через час хозяйка, оглядывая превращенную в оранжерею бельевую.

Однако, чтобы совсем превратиться в великого сыщика, Норе еще следует потолстеть килограммов на сто и начать пить пиво...

Очевидно, по моему лицу скользнула ухмылка, потому что Нора поджала губы и резко спросила:

— Ну, какие дальнейшие действия собираешься предпринять?

Честно говоря, у меня на языке вертелась фраза: «Поеду куплю вам парочку жирных тортов, чтобы быстрее приобрели внешнее сходство с Ниро». Но вслух я произнес, естественно, совсем иное:

— Ну... не знаю... нет никаких зацепок.

— Есть одна.

— Какая?

— Кто звонил Райковой?

— У нее мобильный, — напомнил я.

— Прекрасно, — воскликнула Нора, — скорей всего, звонок был одним из последних!

— И что?

— Надо узнать ее номер.

— Я записал.

— Ваня! Ты делаешь успехи! — обрадовалась Элеонора. — Теперь живо выясни, какой компанией пользовалась Марина, поезжай туда и постарайся взглянуть на ее файл в компьютере.

— Зачем?

— Там сохраняются номера тех, кто звонил ей и кого вызывала Марина, — пояснила она.

ГЛАВА 11

На следующее утро я отвез Миранду в школу и вновь удивился, почему Настя, имеющая большие деньги, позволяет ребенку одному отправляться в такую несусветную даль. Стояло темное, пронзительно холодное, ветреное утро. Филимон, которого я принес в машину, не пожелал устроиться на полке у стекла, а лег к Миранде на колени.

— Почему ты ездишь так далеко? — спросил я.

Миранда засопела:

— А меня из трех школ выперли.

— За что?

Девочка пожала плечами:

— Учиться неохота, наставят двоек...

Я хотел было прочитать ей мораль, но вовремя прикусил язык. Похоже, Насте наплевать на дочку и та растет словно лопух под забором.

Наконец мы оказались в темном дворе, через который нехотя, волоча сумки, брели заспанные дети.

— Филечка, — потискала кролика Миранда, — миленький, до вечера, любименький, чмок, чмок...

Было видно, что ей страшно неохота идти на занятия.

— Ты опоздаешь.

— Ну и на... — заявила девочка.

— Пожалуйста, не ругайся, мне это не нравится.

Миранда удивленно вскинула брови:

— Сейчас все матерятся, ты бы у нас на перемене ребят послушал.

И что возразить?

— Эх, Ваня, — тяжело вздохнула девочка и открыла дверь, — хороший ты, только жутко отсталый.

Я закрыл за ней дверцу и поехал в офис «Билайн». Филимон, очевидно замерзший, устроился теперь у меня на коленях. Пару раз я перекладывал длинноухого на соседнее сиденье, но он с упорством, достойным лучшего применения, вновь пролезал ко мне. В конце концов я сдался, впрочем, Филимон не мешал, просто тихо спал.

Добравшись до места, я запер машину, пошел было к входу в офис, но потом внезапно, сам не понимая почему, обернулся. Филимон стоял на задних лапах, опершись передними о стекло, на его морде было написано неподдельное отчаяние. Повинуясь непонятному порыву, я вернулся, вытащил из багажника небольшую сумку и сунул туда животное.

— Хорошо, пойдем со мной, если до такой степени не хочешь оставаться один.

Побродив по большому залу, я нашел окошко, за которым сидел парень в костюме.

— Простите, нельзя ли посмотреть, кто звонил по этому телефону в четверг?

Служащий включил компьютер и наклонил голову. В ухе у юноши сверкнула крохотная бриллиантовая сережка, похожая на ту, которую Миранда носит в носу.

— Очень часто, — сказал он, — клиенты считают, будто компания их обманывает, а потом посмотрят распечатку, и получается, что на самом деле столько наговорили. Ваш паспорт, пожалуйста.

Я подал в окошечко красную книжечку. Паренек уставился в экран, потом воскликнул:

— Не могу выдать вам бумагу.

— Почему?

— Но телефон зарегистрирован не на ваше имя.

— Знаю-знаю, его владелица Марина Райкова, моя сестра, очень просила выяснить, что к чему. Понимаете, ее в четверг не было, а...

— Сестра, говорите, — протянул служащий, — но вы-то Иван Подушкин, а она Марина Райкова?

— Правильно, — решил я не сдаваться, — она замуж вышла, была Подушкиной, стала Райковой.

— И отчество не совпадает, — проявил бдительность клерк. — Вы Павлович, она Сергеевна.

— Мы от разных отцов, — выкрутился я.

— Ну тогда она никак не могла быть в девичестве Подушкиной, — припечатал зануда. — По-моему, вы придумываете!

Я лихорадочно принялся соображать, как поступить. Вот уж не предполагал, что сотрудники тут такие подозрительные.

— Ой, — воскликнул паренек и округлил глаза, — что это у вас в сумке шевелится?!

Я расстегнул «молнию».

— Не волнуйтесь. Это всего лишь кролик.

— Какой пусенька, — совсем по-девчоночьи засюсюкал клерк, — заинька, беленький... Я тоже животных люблю, но у меня кошка.

— У нас еще кот есть, — вздохнул я, — Василий, всем в ботинки гадит, уже третьи штиблеты выбрасываю.

— Так он вам мстит за что-то, — с сознанием дела заявил паренек, — отучить очень легко.

— Как? — заинтересовался я.

— Кошки крайне аккуратные создания, ни за что не станут ходить в туалет там, где едят. Поставьте возле ботинок миску с кормом, и все прекратится.

— Спасибо, попробую.

— Обязательно поможет, — расцвел в улыбке паренек и протянул Филимону кусок яблока. — На, попробуй.

— Он ест мясо, фрукты и овощи не любит.

— Вот это да! — удивился юноша и вытащил из ящика стола пакет с чипсами. — А это будешь? С беконом.

Филимон понюхал хрустящий кругляшок, потом чихнул, фыркнул и отвернулся.

— Так и думал, что эти чипсы дикая дрянь, — заявил служащий, — животное не обманешь.

Потом он внезапно положил ладонь мне на руку и, понизив голос, произнес:

— Сейчас дам вам распечатку, вы ведь, похоже, свой.

Не слишком понимая, что он имеет в виду, я быстро кивнул.

— Точно, свой, быстро вы догадались.

Юноша выдернул из принтера листок.

— Держите. Ну кто еще может с кроликом прийти, только наш!

Радуясь, что на пути попался любитель животных, посчитавший меня членом своей стаи, я с чувством произнес:

— Спасибо, — и начал складывать листок.

— Иван Павлович, — тихо сказал клерк и снова положил свою руку на мою. Я машинально отметил, что ногти у паренька покрыты бесцветным лаком, и произнес:

— У вас ко мне вопрос?

— Я сейчас свободен, — улыбнулся юноша, — совсем, уже полгода живу один. Знаете, меня всегда привлекали такие солидные, добрые мужчины, как вы. Если хотите, можем вечером в клуб сходить, в «Три обезьяны», нам будет о чем поговорить, мы оба любим животных...

На секунду я онемел, потом сообразил, за какого «своего» принял меня паренек с бриллиантовой сережкой и маникюром. Обижать мальчика не хотелось, поэтому я улыбнулся ему.

— Извините, дружок, вы тоже мне понравились, но, увы, сегодня я уезжаю на полгода, далеко, в Африку.

— Очень жаль, — пробормотал юноша, — вернетесь, приходите, кстати, вот, возьмите.

И он положил передо мной визитку. Я сунул ее в сумку и ушел.

Домой я прибыл примерно через час, тщательно вымыл руки и отнес Норе распечатку.

— Смотри-ка, — обрадовалась хозяйка, — ей в тот день звонили только трое! Ну-ка, посмотрим!

Она быстро набрала номер и спросила:

— Кто? Ах да, служба «Семьдесят семь». Конечно. Меня зовут Марина Райкова, зачем меня разыскивали ваши сотрудники? В четверг, оставили сообщение на автоответчике.

Повисло молчание. Спустя пару минут Нора разочарованно протянула:

— Да, действительно, забыла, извините.

Потом она повернулась ко мне:

— Этот номер принадлежит фирме, которая развозит по домам продукты. В четверг они звонили Райковой с вопросом, можно ли вместо какао «Несквик» привезти «Кола-као».

— А она?

— Ответила: «Пожалуйста».

Следующий номер принадлежал прачечной «Диана», которая предупредила, что доставка белья будет в пятницу. Сотрудница «Дианы», услыхав, что ей звонит Райкова, заорала так, что даже я услышал:

— Ну где же вы пропадаете? Три раза пытались к вам приехать, дома — никого!

Элеонора быстро отсоединилась и протянула:

— Надеюсь, последний номер не принадлежит пиццерии, развозящей горячие лепешки с сыром.

Но уже через минуту ее лицо стало серьезным, и она спросила:

— Фирма «Злата»? Пожалуйста, подскажите ваш адрес и часы работы.

Узнав необходимую информацию, она торжествующе посмотрела на меня:

— Понял?

— Нет.

— Господи, Ваня, что у тебя с памятью! Алена Шергина работала в фирме «Злата», а Райковой кто-то звонил оттуда. Да и по времени подходит, смотри. Служба «Семьдесят семь» побеспокоила в восемь утра, прачечная в восемь десять, а из турагентства звонили в десять сорок пять. Значит, автор затеи сидит там. Собирайся, съездишь в «Злату», поболтаешь с людьми, узнаешь, у кого есть аппарат с этим номером, только осторожно, не спугни мерзавца.

— Хорошо, кофе выпью и двину, — кивнул я.

— Сделай милость, поторопись, — велела Нора.

Я прошел на кухню и поставил джезву на огонь. Слава богу, Ленка ушла за продуктами и не станет кидаться к плите с воплями:

— Посидите, Иван Павлович, ща быстренько сгоношу.

Следует заметить, что суп Лена варит из рук вон плохо, чай заваривает препакостно, но особо мерзким у нее получается кофе.

Коричневая пенка быстро побежала вверх, и тут зазвонил телефон. Я схватил трубку и услышал высокое нервное сопрано своей последней пассии Вики Хогарт:

— Иван! Ты мерзавец!

От неожиданности я отпустил ручку джезвы, в ту же секунду раздалось шипение, кофе убежал на плиту.

— Что случилось? — спросил я, оглядывая место катастрофы.

— Иван! Ты мерзавец!

— Что такого я сделал?

— Не идиотничай!

— Просто я хочу выяснить причину столь резкого высказывания.

— Ах ты, гад! — взвилась Вика. — Значит, со мной встретиться у тебя времени нет?

— Но, дорогая, сейчас я жутко занят...

— Не бреши!

— Фу, как вульгарно.

— Тоже мне, герцог, — завопила госпожа Хогарт, теряя остатки самообладания, — не смей врать! Я знаю, чем ты занимаешься.

— Естественно, я и не скрывал никогда, работаю у Элеоноры секретарем! Вика, что случилось, ты не в себе?

— Сволочь, — прошипела она, — эх, жаль, скоро муж должен прийти с работы, а то бы прилетела к тебе и надавала пощечин!

Я посмотрел на телефон. Может, бросить трубку? Впрочем, нет, госпожа Хогарт истерична и капризна, еще и впрямь прикатит сюда и затеет скандал. Вика очень красива, элегантна, породиста, с ней хорошо пойти в ресторан, в театр, а потом отправиться в уединенное местечко пить шампанское. В качестве любовницы она понравится любому, супруг Вики, вечно занятой управляющий крупного банка, практически не уделяет жене никакого внимания, и она вечно ищет развлечений. Но терять статус замужней богатой женщины вовсе не собирается, поэтому Вика идеальная пара для мужчины, который не желает жениться, она не поет песню с заунывным рефреном:

114

«Дорогой, не пора ли нам в загс?», а весело проводит с вами время.

Одна беда — Вика ревнива и способна впасть в истерику по любому поводу. Если мне не изменяет память, последнее наше свидание отменилось из-за того, что она сломала ноготь на указательном пальце. Я уже собирался выезжать на встречу, когда зазвонил телефон. Честно говоря, я испугался, услыхав ее рыдания. В голове мелькнула мысль, что супруг Вики каким-то образом узнал про наши отношения и выгнал ее на мороз, а мне, как честному человеку, придется теперь вести госпожу Хогарт к алтарю. Поверьте, я испытал несколько неприятных минут, пока не понял, что речь идет об испорченном маникюре. Интересно, что на этот раз? Перед глазами предстала зеленоволосая Миранда, и я помимо воли ляпнул:

— Дорогая, ты испортила прическу?

— Подонок! — заорала Вика. — Да!!! Я была в парикмахерской!!! Угадай, что мне там рассказали!

— Даже предположить не могу, — совершенно искренне удивился я.

Вика неожиданно замолчала, потом каменным тоном заявила:

— Ты посмел явиться в салон к Валерию, в то место, куда ходят все наши, с новой любовницей!

— Викуля! Это маленькая девочка! — воскликнул я.

— Вот! — торжествующе ответила она. — Сам признался! Ты — педофил! Да ей от силы четырнадцать лет.

— Ошибаешься, значительно меньше.

— Ладно, тринадцать, на Лолит потянуло... недоделанный.

Я поперхнулся, до сего момента мадам Хогарт демонстративно морщилась, услыхав непарламентские выражения.

— Весь салон гудит, — злилась Вика, — только я вошла, мигом кинулись рассказывать, как ты просил Валеру привести ее в порядок, сказал, что возбуждаешься от блондинок!

Я просто потерял дар речи.

— А потом вы нагло целовались в холле, на глазах у всех присутствующих!!! Тебе Николетта еще не звонила?

— Зачем? — в ужасе поинтересовался я.

— Она в диком негодовании, — удовлетворенно заметила Вика, — прямо в бешенстве! Вот что, дорогой, прощай, не смей мне больше звонить. Кстати, анализ на СПИД можно сдать на Соколиной Горе, адресок-то запиши, ты теперь, когда начал подбирать на вокзалах малолетних б..., попал в зону риска!

И она швырнула трубку. Я глубоко вздохнул и посмотрел на плиту. Ну замечательно получилось, кофе убежал и Вика вместе с ним. Хотя последний факт не слишком огорчает. Свято место пусто не бывает, найдется ей замена. Завести интрижку с дамой дело не хитрое. Кстати, милая Викуля последнее время стала меня раздражать, — в общем, что господь ни делает, все к лучшему. Ладно, поеду в фирму «Злата».

И тут снова ожил телефон. Я с некоторой опаской поднес трубку к уху:

— Слушаю.

— Иван!!! Немедленно ко мне!!!

— Прости, Николетта, не могу, работы много.

Разрешите мне не приводить тут все слова, которые принялась выкрикивать матушка. Позор! Катастрофа! Отец переворачивается в гробу! Приличные люди руки не подадут!

— Ко мне из-за тебя перестанут ходить на вечеринки! — орала маменька.

Внезапно мне стало смешно.

— Николетта, ты отстала от жизни! Наоборот, все рванут к матери педофила из любопытства!

Звуку, который издала маменька, могла бы позавидовать труба, разрушившая стены Иерихона. Потом понеслись короткие гудки.

Я шагнул было в коридор, но телефон снова ожил.

— Иван, — велела Николетта, — изволь сегодня, в восемь вечера, явиться ко мне на суаре вместе с этой...

— Ее зовут Миранда, ей всего двенадцать лет, и она дочь Насти, можешь узнать подробности у Элеоноры.

— Иван! — взвизгнула матушка. — Ты обязан привести *эту* и убедить всех, что между вами ничего нет.

— Но...

— И слышать не желаю!

— Однако...

— Если не явишься, — трагичным пиано заявила Николетта, — считай, что у тебя нет матери!

Из трубки вновь донеслись короткие гудки. Я ощутил всепоглощающую усталость. О господи! Николетта способна превратить мою жизнь в ад. Как все актрисы, она полна желания изображать трагедии, до сих пор, правда, у нее не было особого повода для заламывания рук, но теперь она его наконец получила. Сын — педофил!

Пришлось звонить Миранде. Из трубки послышался шум, музыка и веселый голосок:

— Это кто?

— Иван Павлович, ты где?

— Обедаю в «Макдоналдсе».

— Можешь приехать домой к шести?

— Зачем?

— Поверь, очень надо.

— Вообще говоря, я собралась в киношку, — протянула девочка, — но ради тебя согласна поменять планы.

— Спасибо.

— Кушай на здоровье, — фыркнула Миранда.

Турфирма «Злата», очевидно, процветала, потому что офис находился в самом центре, в двух шагах от Кремля. Я вошел внутрь помещения и наткнулся на охранника.

— Вы куда? — проявил бдительность секьюрити.

— Хочу купить тур, — пояснил я.

Мужчина окинул меня цепким, ощупывающим взглядом и вежливо ответил:

— Прошу вас, пройдите на рецепшен.

ГЛАВА 12

Благополучно преодолев первую преграду, я достиг второй. За стойкой сидела миловидная дама лет тридцати, с бейджиком «Ирина» на груди. Увидав меня, она профессионально улыбнулась:

— Слушаю.

Я изобразил растерянное лицо:

— Пожалуйста, не смейтесь.

— Вам не нравится моя улыбка? — мигом начала кокетничать Ирина.

— Она прелестна, я хотел сказать, не смейтесь надо мной.

— А что случилось?

— Купил в вашей фирме тур и забыл, у кого и куда! Секретарша поперхнулась, но быстро взяла себя в руки:

— Еще и не такое случается. Вы уверены, что обращались в «Злату»?

— Вот это помню совершенно точно!

— Тогда попытаюсь помочь. Ваша фамилия?

— Разрешите представиться, Иван Павлович Подушкин.

— Очень приятно, — кивнула Ирина и включила компьютер.

— Сотрудник, который оформлял мои документы, дал телефон, — быстро сказал я и сунул Ирине под нос бумажку, — может, знаете, чей это номер? Сегодня звонили, сказали, виза готова, но меня не было на месте.

Девушка отодвинула мышку и повертела в руках клочок.

— Естественно, знаю.

— Чей? — обрадовался я.

— Вот, — ткнула Ирина пальчиком в аппарат, стоявший на стойке.

Я насторожился:

— Это вы звонили?

— Нет, конечно, я работаю простым секретарем, с клиентами не общаюсь.

— Да? А вот мне посоветовала вашу фирму знакомая Марина Райкова, говорит, что с ней занималась Ирина и великолепно организовала тур!

Секретарша слегка сдвинула брови. Тут из коридора выбежал потный мужчина, схватил трубку и закричал:

— Даша! Египет подорожал на пятьдесят баксов! Брать?

— Ирина, — пробормотала секретарша, — наверное, Мефодьева, куда ваша подруга ездила, не помните?

— В Египет, — отмахнулся я, — а что, этим телефоном можно воспользоваться?

— Естественно, он для всех стоит.

— И для посторонних?

Ирина улыбнулась и выдала заученную фразу:

— Здесь не бывает посторонних, все клиенты — наши друзья и дорогие гости. Звоните сколько влезет.

Вот это да! Аппаратом мог воспользоваться любой, и секретарша, скорей всего, не обращает внимания на чужую болтовню.

— Вам, наверное, мешают тараторящие люди, — решил я подъехать к Ирине с другой стороны.

— Абсолютно нет, — покачала головой девушка, — я просто не слышу никого, научилась отключаться.

Так я и думал. Ладно, попробуем еще раз.

— О, — хлопнул я себя ладонью по лбу, — наверное, еще не пора пить таблетки от склероза! Я вспомнил! Со мной занималась Алена!

— Какая? У нас их две.

— Худенькая девушка с пышными каштановыми, очень красивыми волосами. У нее вот тут, над губой, крупная родинка.

— Шергина, — пробормотала Ирина.

— Точно!!! Где она сидит?

— Алена уволилась.

Я сначала удивился, услышав это заявление, но потом подумал, что сотрудникам, дабы не отпугнуть клиентов, велено молчать о смерти коллеги.

— Вы идите в восемнадцатую комнату, — защебетала Ира, — там найдете Милу, она такой же хороший специалист, как Алена, они раньше вместе работали, не волнуйтесь, Мила все в лучшем виде сделает.

Я прошел метров сто по бесконечному, застеленному зеленой ковровой дорожкой коридору, отыскал нужное помещение и открыл дверь.

— Вы позволите?

Хорошенькая девушка лет двадцати пяти приветливо улыбнулась:

— Ну конечно, я здесь для того, чтобы вам помочь.

Интересно, какая зарплата у сотрудников «Златы», если они столь вежливы и предупредительны?

— Садитесь. — щебетала девушка. — Чай? Кофе? Может, коньяк?

— Спасибо, я за рулем.

— Есть безалкогольное пиво, — суетилась служащая.

— Нет-нет, благодарю. Простите, а где Алена?

Мила замолчала, словно налетела на кирпичную стену, и осторожно ответила:

— Уволилась.

— Вот жалость! Шергина обещала мне чудесный тур! — решил я врать дальше.

— Не расстраивайтесь, — вновь оживилась Мила, — я-то осталась! Давайте сначала определим, на какую сумму вы хотите взять товар?

Меня слегка удивила последняя фраза, но, может, девушка, как большинство населения нашей страны, плохо говорит по-русски?

— Ну, думаю, примерно на тысячу долларов, — поддержал я диалог, надеясь впоследствии вырулить на обсуждение личности Шергиной.

— Да, не слишком-то много, — пробормотала Мила, села к столу и принялась листать амбарную книгу, — только начинаете, да? В первый раз?

На всякий случай я кивнул.

— Единственное, что приходит пока в голову, — это иголки в Бангладеш, — вздохнула Мила, — они там улетают по безумной цене.

— Иголки, — оторопел я, — в Бангладеш? Какие иголки?

— Швейные, — пояснила Мила, — по-моему, неплохо. Ввезете на тысячу, уедете с двумя в кармане. Правда, навар невелик, но ведь и исходная сумма мала. Алена-то что предлагала?

— Тур в Австрию, — ляпнул я.

— С чем? — удивилась Мила. — Австрия очень дорогая страна! У вас ведь всего тысяча, я правильно поняла? А для Вены хорошо бы иметь как минимум десять!

— Что за цены в вашем агентстве, — искренне возмутился я, — в наш почтовый ящик постоянно бросают рекламные листовки, там предлагают Париж за четыреста долларов, Германию от трехсот, Турцию почти даром. А вы хотите десять тысяч.

Мила отложила книгу:

— Так вы на отдых?

— Конечно, а что, разве вы устраиваете на работу?

— Ну, — замялась Мила, — нет, просто даем возможность оправдать поездку.

— Это как?

Мила подвигала по столу скрепер:

— Если не секрет, откуда вы знаете Алену?

— Она подружка Ильи Наметкина, моего приятеля.

— Ясно, — протянула Мила.

— Правда, мы давно не общались, с полгода примерно.

— Понятно.

— Так как можно оправдать поездку?

— Заняться экономическим туризмом.

— Стать «челноком»? Ну уж увольте!

— Вовсе нет, — оживилась Мила, — экономический туризм ноу-хау нашей фирмы, он позволяет простому человеку, во-первых, отдохнуть в комфортных условиях, а во-вторых, сделать это практически бесплатно, а чаще всего и с выгодой. Вот слушайте.

И она начала рассказывать. Я только диву давался, вот уж не предполагал, что такое возможно.

У наших людей всегда было мало денег, а заграница полна соблазнов. У советских туристов, которых после тщательной проверки выпускали в ГДР, Болгарию и Чехию, в чемоданах обязательно лежали пара бутылок водки и несколько банок черной икры. В странах социалистического лагеря выпивка и «рыбьи яйца» были очень дороги. Зато там в изобилии имелись дефицитные у нас женские колготки, мужские рубашки и постельное белье. Оказавшись «за бугром», наши люди совершали, как говорят сейчас, бартерную сделку. Икра и водка менялись на «мануфактуру». Впрочем, некоторые, особо оборотистые, везли в Болгарию электрические утюги, а в Польшу крохотные радиоприемнички. Но основной поток ввозил водку, икру, гжель и матрешки.

Сейчас времена изменились. Наша «Столичная» никому не нужна. На Западе хватает своего алкоголя, а бурно пьющие финны, шведы и датчане предпочитают «запой-тур». Приезжают в Питер на два дня, а потом их грузят, как дрова, в автобус. Потеряла актуальность и икра. Теперь цена баночки в Москве и Вашингтоне почти одинакова, почти, потому что в Америке она дешевле. К тому же на Западе предпочитают есть серую белужью, а сей деликатес в России стоит столько, что при взгляде на ценник начинается тошнота.

Впрочем, есть страны, где население испытывает дефицит спиртных напитков, Саудовская Аравия, например. Но ввозить туда, где действуют законы шариата, «огненную воду» просто опасно. Оказаться на пару лет в тюрьме, по сравнению с которой Бутырский изолятор покажется курортом, не хочется никому.

Давно не пользуется популярностью набор гжель-палех-хохлома, никому не нужны наши часы, лекарства и жостовские подносы вкупе с жуткими утюгами и электрочайниками. И тем не менее некоторые туристы ухитряются сделать неплохой гешефт, а фирма «Злата» им в этом помогает.

Сотрудники «Златы» сделали ставку на коллекционеров и не прогадали. Чего только не собирают люди: таксофонные карточки, старую посуду, поношенные туфли, газеты, пачки от сигарет, фантики...

В «Злате» существует специальный отдел, который отслеживает таких людей через Интернет, договаривается с ними и... вперед.

Один раз напали на немца, который собирает раритетные радиоприемники. Мужик, купивший тур в Берлин, не вызвал на таможне никакого удивления. Ехал он с семьей, вез с собой допотопную «Спидолу», у сынишки имелся собственный, выпуска 60-х годов, приемничек, а у жены в сумке нашли здоровенную дуру под названием «Эстония».

— Друзья у меня там, — пояснила баба, — вот, подарок везу.

Сами понимаете, что устаревшие приемники не считались антиквариатом. Троица благополучно пересекла все границы, а назад вернулась на собственном авто. А недавно проявился аптекарь из Голландии, которому требовалось определенное количество лекарственных трав. В стране коров и мельниц нет проблем лишь с марихуаной, а со зверобоем, крушиной и ромашкой напряженка. Работники «Златы» провели изящную операцию. Они отправили в Амстердам даму с... кроликом. На грызуна был выдан ветпаспорт, и он благополучно съездил по маршруту Москва — Амстердам — Москва. Фишка состояла в том, что туда туристка волокла мешок с сеном, чтобы кормить домашнего любимца. Сами понимаете, сухая трава не вызвала никакого ажиотажа, и назад дамочка явилась «в шоколаде», посмотрела Голландию, оправдала поездку да еще накупила себе нарядов.

Запад падок на всякую ерунду. Великолепно идет морская символика, вплоть до табличек с номерами кают. Фуражка с «крабом» времен Второй мировой войны улетит за пару тысяч баксов. Старые карты, военная форма, навигационные приборы — невозможно все и перечислить. Открытки, плакаты, автографы, лотерейные билеты... Люди собирают чужие письма, телефонные аппараты, обертки от мороженого.

А вот задачей Милы и Алены является отыскать такую личность и направить к ней «экономического» туриста. Кстати, ничем незаконным тут не занимаются, антиквариатом не балуются, золото, бриллианты не берут. Исповедуют принцип «курочка по зернышку клюет». Оправдал человек поездку — хорошо. Получилось еще что-то купить? Совсем здорово.

— Алена гениально работала, — качала головой Мила, — у нее практически не случалось проколов, вот у меня пару раз бывали.

— Какие? — насторожился я.

Мила начала перекладывать на столе бумаги.

— Иногда начнешь договариваться, думаешь, все в порядке, отправишь человека, тот потратится, купит товар, привезет за три моря, и бац, не подходит. Либо внешний вид испорчен, либо фирма не та... да мало ли что бывает.

— И что делают потом «экономические» туристы?

Мила махнула рукой:

— Меня убивают, один даже в суд подал, впрочем, его можно понять! Ехал, тащил, и фиг вышел, да еще деньги в Москве выбросил на абсолютно бесполезные вещи. Хотя я на самом деле не виновата, и все клиенты перед отъездом подписывают контракт, где черным по белому написано: «Фирма «Злата» не несет ответственности в случае несостоявшейся сделки».

У меня неожиданно вспотели ладони.

— Скажите, с Аленой тоже случались подобные казусы?

— Очень редко.

— Можете назвать фамилии и адреса недовольных ею клиентов?

Мила удивилась:

— В общем-то да, только зачем это вам?

— Очень надо.

— Извините, я не имею права разглашать служебную информацию, — твердо ответила девушка.

Я вытащил удостоверение.

— Вы из милиции, — протянула Мила, — а-а-а, значит, не клиент!

В ее голосе послышалось глубокое разочарование и легкое раздражение.

— Я не имею никакого отношения к государственным правоохранительным органам, — быстро сказал я, видя, как она мгновенно нахмурилась, словно летнее небо в душный полдень.

— Но тут написано...

— А вы внимательно прочитайте.

— Частный детектив, — провозгласила Мила. — Ой, вы как этот, ну, такой, с усами... Эркюль Пуаро!

— В общем, да, но он был намного старше, сантиметров на сорок короче и родом из Бельгии.

— И зачем вам адреса?

Я оперся локтями на стол.

— Милочка, меня наняли родственники Шергиной, чтобы найти убийцу Алены.

Девица стала пунцовой, на висках у нее проступили капельки пота.

— Убийцу?! Да вы что! Алена погибла в автокатастрофе, пьяная села за руль и не справилась с управлением.

— И кто вам это сказал?

— Олег Пантелеевич, вице-президент, велел не болтать, а клиентам говорить, что Алена уволилась, — растерянно пробормотала Мила.

— Вы дружили с ней?

Мила покачала головой:

— Нет, просто мы сидели в одной комнате, общались лишь по работе, она была отличным специалистом. Я про нее вообще ничего не знала, Шергина про свою личную жизнь не рассказывала. Замужем она не была, детей не имела, это, пожалуй, все, что я знаю. Ей звонили сюда кавалеры, но Алена очень быстро сворачивала разговор, впрочем, я, если могла, сразу выходила, когда понимала, что речь идет не о работе. Она лишь один раз чуть-чуть душу приоткрыла.

— Когда?

— Да недели за две до смерти, — пояснила Мила, — телефон у нее зазвонил...

Мила сразу смекнула, что у коллеги какой-то неприятный разговор, и выскользнула в коридор. Когда она вернулась, Шергина стояла у открытого окна с сигаретой.

— Извини, — быстро сказала она, — холод напустила. Вот сволочь!

— Кто? — осторожно поинтересовалась Мила. — Очередной клиент?

— Да нет, — скривилась Алена, — Андрей Лазуткин, хахаль мой. Прикинь, вчера ходили в ресторан, и ничего, а сейчас позвонил и заявил: извини, дорогая, полюбил другую. Представь, по телефону! Сволочь!

— Наплюй, — посоветовала Мила, — зачем тебе такой кадр?

Алена выбросила на улицу окурок и с треском захлопнула раму.

— Да я и не собиралась за него замуж, нужен он мне больно! Слюнтяй! Так просто время проводила, исключительно из-за постели, вот там с ним хорошо, а стоит одеться... Только меня никогда не бросали, я сама выбирала момент, когда нужно избавиться от любовника, и Андрей сильно ошибается, полагая, что может вышвырнуть меня, словно ненужную бумажку. Нет, я его сначала верну, а потом сама выгоню.

— Охота тебе возиться, — покачала головой Мила, — не проще ли другого завести?

Алена села на место.

— Мне надо Андрею хвост прищемить. Да и никого другого пока на примете нет.

— А Пыжиков? — оживилась Мила. — Он сюда только из-за тебя приходит.

— Кретин, — отрезала Алена, — нет, сначала с Лазуткиным разберусь.

Все, больше они на личные темы не разговаривали. Правда, Мила попыталась на следующее утро вновь завести разговор об Андрее, но Алена не пошла на контакт.

— Вы дадите мне координаты недовольных ею клиентов?

Мила включила компьютер.

— Значит, так, пишите: Дюкин Мирон Сергеевич, потом Елистратова Наталия Федоровна и Колпаков Олег Анатольевич.

— Что у них стряслось, не знаете?

Мила стала наматывать на указательный палец прядку волос.

— Точно не скажу. Дюкин вроде на каких-то медалях погорел, у Колпакова с фото казус вышел, точно не знаю, он с Аленой шептался, когда я вошла, но он себя прилично вел. Услышала только, как Алена сказала: «Ладно, новые снимки недолго сделать».

— Хорошо говорить, — взвился Олег, — а мне время и деньги опять тратить.

— Ну так никто не виноват, что так вышло, — начала было Алена, но потом увидела входящую Милу и замолчала.

Мила не удивилась, в «Злате» не принято лезть в чужие дела.

А вот Елистратова! Та просто всю контору на уши поставила, пообещала бандитов наслать! Деньги назад требовала от Алены, да так грубо...

Я поблагодарил Милу, дошел до рецепшен и воспользовался телефоном. Секретарша не соврала, она не проявила никакого интереса к разговору, печатала какие-то бумаги, уткнувшись в компьютер.

— Хорошо, — велела Нора, — сначала поезжай к этой Елистратовой, сдается мне, что автор всех затей с кислотой, пакетом молока и газом женщина.

Я не стал спорить с хозяйкой, хотя придерживался совсем иного мнения. На жестокое преступление вряд ли способна хрупкая дама, тут явно замешан мужик.

ГЛАВА 13

Елистратовой не было дома, за закрытой дверью лаяла собака. Телефон, номер которого она дала сотрудникам «Златы», оказался мобильным. И я все время слышал одну и ту же фразу из трубки: «Абонент находится вне зоны действия сети, попробуйте позвонить позже».

Впрочем, ни у Дюкина, ни у Колпакова никто тоже не спешил ответить на мой звонок. Очевидно, они находились на работе и связываться с ними надо вечером.

Я приехал домой, отчитался перед Элеонорой, покормил Филимона «Докторской» колбасой и выбросил свои домашние тапки, вероломно описанные Василием. Потом вспомнил добрый совет, данный парнем с бриллиантовой сережкой, взял блюдечко с «Вискас» и, поставив его возле ботиночницы, позвал:

— Кис-кис-кис.

«Диверсант» лениво вылез в коридор.

— Иди, Василий, — лицемерно сказал я, — угощайся, мой ангел.

Кот сел около блюдечка и начал брезгливо обнюхивать малоаппетитное с виду содержимое.

Я постучался в дверь к Миранде:

— Ты уже дома?

— Угу, — ответила девочка, — зачем я тебе понадобилась?

Услыхав про поход в гости, она скривилась:

— Ненавижу шляться к бабкам! Настькина мать меня терпеть не может! Прикинь, на Новый год к ней отправили. — В голосе Миранды зазвучала обида. — Настька в кабак подалась, а меня к Соньке!

— Сонька — это кто? — решил уточнить я.

— Мать Настькина.

— Твоя бабушка?

— Ну вроде, — хмыкнула Миранда, — тетя-крокодил, у нее люди собрались, за стол сели и меня устроили. Правда, сначала Сонька мою тарелку на кухне оставила, только я ее принесла и со всеми осталась. Так она на меня все глазами зыркала, а едва куранты пробили, заявила: «Детям спать пора, ступай, Маша, незачем со взрослыми толкаться».

— Ты разве Маша?

— Нет, конечно, но Сонька говорит, что Миранда — это не имя, а собачья кличка. Я, естественно, в кровать не пошла, протянула руку к икре, хотела бутерброд намазать, а Сонька схватила меня и как зашипит: «А ну не трогай, это для гостей».

Я покачал головой. Да уж, любящая бабушка, приятная старушка, обожающая внучку.

— Твоя Соня в молодости, случайно, не в тюрьме работала?

Миранда захихикала:

— Клево придумал. Нет, русский язык в школе преподавала. Чуть что, орет: «Пушкина надо читать, там есть ответы на все вопросы». Я ее, правда, спросила: «А что ваш Пушкин советовал делать, если комп все время виснет?»

— Наверное, твоя бабушка разозлилась?

Миранда довольно прищурилась:

— Чуть не лопнула. Сначала синяя стояла, а потом как взвизгнет: «Тебя надо изолировать от общества!»

— Не обращай внимания, пожилые люди часто нетерпимы.

Неожиданно Миранда спокойно ответила:

— Старость — не повод для хамства.

Я изумился, девочка-то вовсе не глупа.

— Ты уж извини, но придется тебе сходить к моей матери, очень прошу!

— Ради тебя я готова на все, — с жаром заявила Миранда.

— Вот и здорово, одевайся, только сделай одолжение, надень платье.

— Без проблем, — кивнула Миранда.

Успокоенный, я отправился в свою комнату, влез в смокинг, причесался и вновь пошел к Миранде.

— Иду, — ответила девочка и распахнула дверь.

Я онемел. Миранда натянула ярко-красный футляр из материала, похожего на бархат. Очень узкое вверху, внизу платье просто превращалось во вторую кожу, поэтому модельер, придумавший фасон, предусмотрел разрез от пояса до пола. Миранда стояла чуть боком, выставив вперед ногу. Такую позу частенько избирают манекенщицы, чтобы смотреться особенно соблазнительно. Я невольно опустил глаза вниз. Так вот почему девочка кажется неожиданно высокой. Она надела босоножки, состоящие из узенького ремешка и бесконечного каблука. Но нижняя часть наряда выглядела вполне прилично по сравнению с верхней. Ни рукавов, ни плеч у платьишка не было, оно заканчивалось корсажем, из которого вываливалась неожиданно большая грудь странного цвета. Очевидно, Миранда, как дамы девятнадцатого века, напудрила декольте. На правом плече у нее блестела татуировка: красно-зеленый дракон с разинутой пастью, левое обвивал растительный орнамент. Но самая невероятная метаморфоза случилась с головой. Лицо покрывал густой слой тонального крема, глаза щетинились слишком черными ресницами, веки стали сине-зелеными, и издали казалось, что ребенку кто-то наставил «фонарей», брови превратились в прямые линии, бегущие от переносицы к вискам. Волосы Миранда начесала, уложила в «башню», а сверху воткнула птичку, сделанную из бисера. Во времена моего детства подобными украшали новогодние елки. В результате всех предпринятых усилий вполне симпатичная девочка стала выглядеть, как потрепанная вокзальная проститутка лет двадцати.

— Готова, только сумочку возьму, — прочирикала страшно довольная дурочка.

Я наконец обрел дар речи:

— Прости, дорогая, нет ли в твоем гардеробе чего-нибудь другого?

— О чем ты? — удивилась Миранда. — Знаешь, сколько стоит это платье и туфли? Вообще говоря, они не мои, а Настькины.

— Замечательно красивые, вижу, — быстро сказал я, — но лучше надеть простую белую кофточку, черную юбочку, смыть макияж, а из волос сделать хвостик.

Пару мгновений Миранда смотрела на меня, не моргая сине-зелеными веками. Потом надула намазанные ярко-красной помадой губки.

— Тогда отправляйся без меня, я уродкой не поеду! Да кто сейчас ходит в белой кофточке? Ваня! Ты отстал от моды!

Я тяжело вздохнул и описал Миранде ситуацию, в которую попал. Девочка возмутилась:

— Ну и сволочи! Ты же старый!

Я кивнул:

— Конечно, только Николетта в гневе, сделай милость, помоги мне.

Неожиданно Миранда оживилась:

— Здорово!

— Чего же хорошего?

— Я собираюсь после школы идти на актерский, я талантливая, ты не волнуйся, такую пусеньку изображу. У нас в классе есть Ленка Мостова, от нее все учителя тащатся, знаю, что твоей матери надо.

— Отлично, — обрадовался я, — ступай переодеваться.

— Но у меня только джинсы!

Я взглянул на часы:

— Вот что, поедешь прямо так, возле дома Николетты огромный универмаг, найдем тебе подходящий наряд, только умой лицо.

В торговом зале мы произвели фурор. Когда Миранда, семеня ногами в босоножках, шла сквозь толпу, народ застывал. Хорошо еще, что девочка накинула на себя коротенькую дубленочку и ополоснула мордочку. Когда мы наконец добрались до нужного прилавка, моя спутница вздохнула:

— Что-то холодно!

— Еще бы! Почему ты поехала в босоножках? Надо было сапожки надеть!

— У меня только кроссовки, — возразила Миранда, — прикинь, как они подходят к этому платью.

Я хотел было сказать, что девочка ее возраста, одетая холодным февральским вечером в вызывающе обтягивающий наряд для коктейля и обутая в пляжные босоножки, выглядит еще более глупо, но сдержался. В конце концов, ребенок не виноват. Где ему было набраться хороших манер и воспитать вкус? Похоже, бабушка более чем специфическая личность, матери совершенно наплевать на дочь, а с отцом Миранда, скорей всего, и незнакома.

В отделе, где торговали готовым платьем, скучали две продавщицы, не слишком-то оживившиеся при виде нас.

— Мне надо, чтобы эта девочка выглядела, как ребенок двенадцати лет, — попросил я.

Одна из девушек лениво спросила:

— Размер?

Миранда сняла дубленку. Торговки сначала выпучили глаза. Потом одна растерянно сказала:

— Кажется, сороковой, как думаешь, Катька?

— Нет, Светка, — ответила вторая, — по плечам пройдет, а в груди застрянет, у нее же размер четвертый, не меньше.

— Боюсь, ничего не подберем, — повернулась ко мне Катерина, — нестандартная фигура, плечи мелкие, бюст крупный. Только на заказ, или по бутикам ищите!

— Да у меня груди-то нет, — сообщила Миранда и щелкнула себя по выпирающим окружностям, — это лифчик такой, с силиконовыми вставками!

Продавщицы переглянулись и принялись носить наряды. На десятом я приуныл.

— Разве это детское?

— Сейчас так шьют, — пожала плечами Света, — как для взрослых, только маленького размера.

— Понимаете, я хотел нечто вроде пионерской формы — простая юбочка плиссе, белая кофточка...

— Вряд ли такое найдете, — покачала головой Света, — купите ей джинсы.

— Знаете что! — воскликнула Катя. — Ступайте на первый этаж, у лифта налево, магазин «Интим», там точно есть то, что вам нужно.

— Вы уверены? — переспросил я, удивленный в душе, что отдел, торгующий детской одеждой, носит столь странное название.

— Идите-идите, — велела Света, — только туда, Катюха права.

Мы проделали обратный путь, нашли павильончик с зашторенной дверью, вошли внутрь, и я обомлел. На полках лежали гуттаперчевые фаллосы, у стены стояла резиновая кукла с вульгарно разинутым ртом, везде развешаны плетки, ошейники и белье из кожи. Все ясно — дурно воспитанные продавщицы, решив поиздеваться над невыгодными покупателями, отправили нас в секс-шоп.

— Пошли, — велел я Миранде, — мы не туда попали.

— Туда-туда, — выскочил из-за прилавка паренек с бейджиком «Консультант Виктор», — не стесняйтесь, говорите, что вам нужно.

— Нет-нет, мы явно не к вам, мне хотелось приобрести одежду для девочки, типа пионерской формы.

— Пожалуйста, — заявил Виктор и выбросил на прилавок темно-синюю плиссированную юбочку и простую белую блузку.

Я изумился:

— Ну надо же! Это то, что нужно.

— Я сказал вам, у меня все есть, — улыбнулся парень, — еще гольфы, туфельки и галстук, думаете, вы один такой любитель?

— Галстук — это лишнее, — пробормотал я, глядя, как Миранда, путаясь в платье, идет в примерочную.

— Многим нравится, — усмехнулся Виктор, — возьмите тогда капроновые бантики, тоже прикольно получается.

Спустя полчаса Миранда стала выглядеть так, как смотрелись мои одноклассницы на седьмом году обучения.

Виктор ловко запаковал красное платье и босоножки, отдал мне пакет и, подмигнув, сказал:

— Завидую, она очаровательна.

— Это совсем не то, что вы подумали! Девочка — дочь моей знакомой!

— Конечно-конечно, — закивал торговец, — удачного вечера и не спокойной ночи.

С тяжелым сердцем я вышел из секс-шопа, вот уж не предполагал, что самую обычную одежду для маленькой девочки можно купить лишь в отделе для извращенцев!

Николетта сама распахнула дверь и грозно сдвинула брови:

— Ну?

Я подтолкнул Миранду. Девочка боком втиснулась в прихожую и пролепетала:

— Здравствуйте, тетя Николетта.

Потом она сняла дубленку.

— Да ей лет двенадцать! — подскочила маменька.

— Мне скоро исполнится тринадцать, — прошептала маленькая актриса и опустила вниз нахальные глазки.

— Ступай помой руки, — велела Николетта.

Миранда покорно пошла в ванную.

— Ну что за люди! — злилась маменька. — Весь вечер мне намеки делают, сейчас увидят и замолчат. Какие мерзавцы! Маленький ребенок! Знаешь, Ваня, что мне рассказали?

— И что же?

— Будто ты привел в салон к Валерию абсолютно невероятное существо, вокзальную малолетнюю «прости господи», велел превратить ее в блондинку, а потом завалил на диван в холле и принялся целовать и раздевать!!!

— Даже обидно, что ты поверила в такую глупость, — возмутился я, — если не секрет, кто автор информации?

— Первой позвонила Вика Хогарт, а потом уж остальные телефон оборвали, — сердилась Николетта. — Ну ладно, сейчас они вас увидят и заткнутся! Ступай в гостиную.

Я расстегнул сумку, в которой сидел Филимон, чтобы к кролику шел приток воздуха, и отправился в комнату. Филимон очень спокойный, ему и в голову не придет выбраться из кошелки, просто будет тихо спать.

Когда мы с Мирандой появились на пороге гостиной, шум голосов стих и все мигом повернули к нам любопытные лица. Честно говоря, я слегка стушевался, в глазах гостей Николетты горел неприкрытый интерес, но Миранда не растерялась, взялась за край юбки пальцами, присела и тоненьким дискантом пропела:

— Здравствуйте, тетеньки и дяденьки.

На мой взгляд, она переигрывала, но возраст основной массы присутствующих зашкаливал за шестьдесят, и на их лицах появилось умиление. Впрочем, тридцатилетняя Нана Аветисян тоже заулыбалась.

— Знакомьтесь, — отчеканила Николетта, — это э...

— Машенька, — произнесла с самым невинным видом безобразница, — я учусь в седьмом классе, на одни пятерки, дядя Ваня, можно взять конфету?

— Конечно, деточка, — заорала Николетта, — кушай все, что хочешь, тебе чай или кофе?

— Мама разрешает мне пить только минеральную воду без газа, — прошептала нахалка.

— Ой, какая строгая, — улыбнулась заклятая подруга Николетты Кока. — Где же твоя матушка?

— Она в командировке, — не поднимая глаз, сообщила Миранда, — приедет через неделю, а меня оставила у тети Норы и дяди Вани, чтобы они за мной присмотрели.

Вымолвив последнюю фразу, она занялась пирожным, схватила корзиночку со взбитыми сливками, откусила огромный кусок, мигом перемазалась до ушей кремом и обсыпалась крошками.

— Возьми салфетку, ешь над тарелкой, — велела Кока и потеряла к девочке всякий интерес.

Впрочем, остальные тоже отвернулись от нас, и в гостиной начался привычный разговор.

— Воловцев слишком откровенен в своих книгах.

— О да, ему не стоило столь смаковать некоторые сцены...

— Ну, по сравнению с Рябовым Воловцев ребенок.

— Вы бы еще вспомнили об Елине...

— У Елина, кстати, великолепные описания природы!

— Позвольте вам возразить!

Я расслабился. Кажется, сработало. Так, пойду погляжу, чем угощают.

— Ваня, — прошептала Миранда, — ну как?

— Ты неподражаема! Актерский факультет по тебе плачет!

— Я еще не так могу! — ухмыльнулась девочка.

138

— Нет-нет, вполне достаточно, теперь посиди тихонько в уголке, я перекушу, и уедем.

— Наешься как следует, — посоветовала Миранда, — похоже, здесь полно вкусного, а ваша кухарка Ленка готовит парашу!

— Миранда, ты же умеешь разговаривать нормально. — Я попытался заняться воспитанием ребенка. — Параша! Ну что за выражение!

— Ваня, — хихикнула девочка, — не занудничай, тебе не идет, или хочешь походить на этих недорезанных мумий?

От неожиданности я ответил правду:

— Нет.

Миранда подавила смешок и, подхватив тарелку, уселась на диван, старательно натянув подол юбчонки на колени. Я заметил, что к ней приблизился Петр Александрович Шмаков, и со спокойной душой отправился за бутербродами с бужениной. Петр Александрович профессор, милейший человек, пусть Миранда с ним пообщается! Я же чуть-чуть отдохну...

ГЛАВА 14

Внезапно из коридора раздался дикий вопль, потом такой звук, словно на пол уронили мешок, звон... Все кинулись к двери. Я, оказавшись первым, увидел свою бывшую няню, а теперь домработницу Николетты, сидевшую около подноса. Рядом с ней валялись остатки чашек, руины чайника и растеклась темно-коричневая лужа.

— Нюша, — всплеснула руками Николетта, — ты упала.

Потом она повернулась к гостям:

— Бога ради, извините, держу дуру из милости! Сейчас принесут чай.

Дамы, составлявшие абсолютное большинство среди присутствующих, шушукаясь, вернулись на диваны.

Когда в коридоре остались только я и хнычущая Нюша, Николетта сердито велела:

— Вставай, хватит сопли лить! Опозорила меня, корова косоногая. Теперь начнут языками молоть: у Николетты Адилье не могут чай нормально подать! Как тебя угораздило шлепнуться, да еще у самой гостиной? Чего орала? Коли свалилась, так прикусила бы язык, тихонько собрала грязь и новый чай заварила. Зачем визжать!

— Простите, ради Христа, — ныла Нюша, — испугалась больно!

— Чего! — взвилась Николетта. — Совсем на старости лет мозгов лишилась? Впрочем, у тебя их и в молодости не имелось. Что тебя перепугало? Привидение увидела?

— Нет, черта, — абсолютно серьезно сообщила Нюша и, кряхтя, принялась собирать на поднос осколки.

— Кого? — подскочила маменька.

— Так сатану, прости господи, к ночи помянула, — перекрестилась Нюша. — Иду себе спокойно, а он под ноги прыг, лохматый, глазья горят, шипит. Чуть не умерла от жути, вот и скопытилась! Надо завтра батюшку привести, пусть углы святой водой покропит.

— С ума сойти! — воскликнула Николетта. — Какой священник! С утра отправишься к психиатру! Ваня, что с ней делать? Слышал? Она уже чертей видит!

— Я не сумасшедшая, — обиженно протянула Нюша, — такой мягкий, шерстистый, между ног шмыгнул.

— И откуда он взялся? — злилась маменька. — Из стены вышел?

— Вы уж скажете, — надулась Нюша, — зачем из стены, с вешалки спрыгнул, вон оттуда.

И она ткнула узловатым пальцем в сторону многочисленных пальто. Не успел я посмотреть туда, как Нюша завопила:

— Свят-свят, вон он! Глаза жуткия!

Я вздрогнул, на верхней полке вешалки сидело нечто густо-черное с ярко-горящими на огромной морде глазами.

— Мама родная! — завизжала Нюша. — Дьявол!

Из комнаты вновь выскочили гости. Николетта пыталась выдавить из себя слово, но, очевидно, лицевые мышцы не повиновались хозяйке, потому что маменька лишь дергала губами. Зато Нюша орала за двоих, тыча рукой в вешалку.

— Спасайтесь! Дьявол пришел! Отче наш...

— Ой, страшный какой, — зашлась Кока, — помогите!

Вопль мигом подхватили остальные присутствующие. Толпа легко внушаема, а уж женщины всегда готовы удариться в истерику. Крик перешел в визг. «Дьявол», напуганный не меньше людей, свалился на пол, и я мгновенно узнал в нем кота Василия.

— Он нас сейчас разорвет, — легко взяла верхнее «до» Кока, — растерзает!

Услыхав эти слова, Жоржетта Миловидова, никогда не упускающая случая привлечь к себе всеобщее внимание, закатила глаза и картинно улеглась на полу. Но сегодня она явно просчиталась, присутствующие были напуганы всерьез, никто не собирался хлопотать вокруг упавшей. Гости забились в комнату.

— Спокойно, — я попытался перекрыть визг Коки, — это всего лишь кот! Самый обычный, безобидный!

Кока прекратила изображать из себя паровозную сирену.

— Кот?

— Ну да, посмотрите внимательно, черненький, беззащитный...

— Почему же ты не сказала нам, что завела киску? — с укором повернулась Кока к Николетте.

— Так я сама в первый раз ее вижу, — отмерла Николетта. — Откуда взялось животное? Терпеть не могу кошек!

Я посмотрел на вешалку, заметил внизу пустую сумку, в которой должен сидеть кролик Филимон, и сразу все понял. Собираясь к Николетте, я настолько был шокирован внешним видом Миранды, что не посмотрел внутрь перевозки, просто застегнул «молнию», думая, что Филимон внутри, но длинноухий ускакал, а его место занял нахал Василий.

— Она симпатичненькая, — бросилась в другую крайность Кока, — кис-кис-кис, поди ко мне! Наверное, с улицы прибежала, поди сюда, кошечка...

Но Василий был напуган, обозлен и обладал дурным характером. Стоило Коке, растопырив руки, двинуться к коту, как он, изогнув спину и подняв хвост, ставший вмиг похожим на ершик для мытья бутылок, с утробным шипением бросился вперед. Кока вскрикнула, Василий, сверкая глазами, пролетел мимо нее и вскочил на продолжавшую изображать глубокий обморок Жоржетту. На ее бежевом вечернем платье появилась цепочка красных капель. Госпожа Миловидова в растерянности села, увидела кровь и опять упала на пол. На этот раз, похоже, она и в самом деле лишилась чувств.

142

— Ловите его, — заверещала Николетта, — эта дрянь сейчас всех перекусает!..

Я хотел было пойти на кухню, принести воды и попытаться привести в чувство Жоржетту, но события начали разворачиваться молниеносно. Исцарапав мадам Миловидову, Василий издал победный клич и понесся в гостиную. Оглушительно вопящие дамы расступились, и кот беспрепятственно проник в комнату, которая после темноватой прихожей казалась слишком ярко освещенной. Наверное, свет множества стоваттных лампочек совсем перепугал Василия, потому что он взлетел на стол и стал метаться по нему, сшибая рюмки, стаканы, бутылки с водой и салатники, заполненные всяческой снедью. Вам и в голову не придет, какой разгром способно учинить одно не слишком крупное животное, впавшее в безумие.

Через пару секунд гостиная стала походить на кошмар. Гости вопили от ужаса, посуда валялась на полу, Николетта, схватившись за виски, рыдала, Жоржетта Миловидова, сумевшая без посторонней помощи прийти в чувство, напоминала жертву разнузданного маньяка: вся в крови, с взлохмаченной головой и размазанным макияжем.

— Ловите его, — визжала Кока, — немедленно! Мужчины!

Лиц сильного пола в компании представляли я и разваливающийся Петр Александрович. Последний сделал вид, что ничего не слышит, закрыл глаза и откинулся в кресле, а мне категорически не хотелось гоняться за бешеным котом.

— Ваня! — отчаянным голосом взывала Николетта. — Ну сделай же что-нибудь!

— Сейчас, — трусливо ответил я, — никак не соображу, каким образом его взять.

— Руками, — посоветовала Кока.

Ну спасибо, очень ценное замечание, а то я уже собрался пустить в ход ноги или зубы. Ясное дело, что следует поймать этого мерзавца, но как? Когти у Василия как бритвы. Впрочем, кажется, у Нюши на кухне есть такие толстые варежки, при помощи которых она вытаскивает из духовки раскаленные противни.

Но не успел я сделать шаг в коридор, как Миранда, до сих пор мирно жевавшая кусок пирога, вскочила, подняла одну из упавших бутылок с «Аква минерале», открутила пробку и вылила содержимое на плюющегося огнем Василия. Кот от неожиданности присел и замер. Девочка ухватила его за шкирку, потрясла и заявила:

— Мудак, ты всем надоел!

Отчего-то Василий не стал сопротивляться. Он неожиданно мирно болтался в воздухе, сложив лапки, маленький, мокрый, несчастный, совершенно непохожий на бесноватое чудище. Миранда, конечно, молодец, но вот ругаться ей не стоило, сейчас гости заклюют бедняжку. Но, видно, стресс оказался слишком сильным, потому что все пропустили замечательное слово на букву «м» мимо ушей.

— Деточка, — дрожащим голосом осведомилась Николетта, — это твоя кошка?

Вот тут я испугался по-настоящему, сейчас Миранда ответит: «Да», и с Николеттой случится сердечный припадок, вернее, она его изобразит, но мне-то от этого не станет легче!

Миранда тряхнула Василия:

— Первый раз вижу этого кота, когда мы с дядей Ваней входили, он с лестницы прошмыгнул, я думала — ваш!

Я судорожно вздохнул. Негодница врала с таким честным лицом, что не поверить ей было невозможно.

— Какая ты храбрая девочка, — прохрипела Кока, — а теперь, сделай милость, вышвырни его на улицу.

— Запросто, — заявила Миранда и ушла.

Вызванная Нюша принялась убирать останки ужина, Николетта увела гостей в комнату, которая раньше служила моему отцу кабинетом, и попыталась спасти вечеринку.

— Сейчас гостиную приведут в порядок, и выпьем кофе.

Я наклонился к вернувшейся Миранде:

— Куда ты его дела?

— Взяла из кармана твоего пальто ключи и сунула мерзавца в машину, — шепотом пояснила та, — надо было и впрямь вышвырнуть... Василий — идиот, но Настька его обожает, она меня убьет, если кот пропадет.

Я решил, что на сегодняшний день приключений хватит, и громко сказал:

— Спасибо, Николетта, нам пора.

— Но еще рано, — попробовала возразить маменька.

— Девочке завтра в школу.

— Тогда конечно, — сдалась Николетта, — ты, наверное, деточка, хорошо учишься?

— Я отличница и больше всего люблю Пушкина, — заявила маленькая врушка.

— Вот, — умилилась Кока, — а еще говорят, что современные дети думают лишь о компьютере. Смотрите, перед вами чистейшей прелести чистейший образец. Скажи, душенька, тебе ведь понравилось у тети Николетты? Придешь еще раз?

Миранда кивнула:

— Обязательно, только вон тот дядя плохой!

— Петр Александрович? — удивилась Николетта. — Чем же он тебе не угодил?

Миранда сильно покраснела:

— Сначала дядечка щипал меня за попу, а потом сказал: «Приходи ко мне завтра, после школы, Барби посмотреть», — но меня мамочка предупреждала, если кто зовет в гости, одной никогда не ходить. Дядя Ваня, пойдешь со мной на Барби смотреть?

В гостиной стало тихо-тихо, воздух сгустился и словно превратился в вязкое желе.

— Петр Александрович, — всплеснула руками Николетта, — как вы могли! В моем доме! Ужасно!

Профессор, который в течение всего времени, пока Миранда говорила, пучил глаза, словно гигантская рыба, замахал руками:

— Николетта, голубушка, не было ничего такого и в помине. Ребенок зачем-то выдумал эту историю.

— Я никогда не вру, — заявила пунцовая Миранда, — меня мамочка так учит: всегда говорить только правду.

— Но сейчас ты лжешь! — вскипел Петр Александрович. — Между прочим, мне семьдесят лет!

— Седина в бороду, бес в ребро, — припечатала его Кока. — Если мне память не изменяет, ваша покойная жена, очаровательная Лада, была на сорок лет вас моложе. Теперь понятно, отчего она скончалась, не пожив как следует. Вы — старый развратник.

— Ладу сгубил рак! — потерял самообладание Петр Александрович.

Кока сморщилась:

— Ну да, ясно! Ваня, забирай бедную девочку, и уходите. Естественно, ребенок сказал правду, смотрите — она вся красная от стыда!

Миранда упорно смотрела в пол.

— Сначала уйду я, — сердито заявил профессор.

— Не смею задерживать, — ледяным тоном отчеканила Николетта, — вам отказано от дома.

— Ко мне тоже более прошу не являться, — отрезала Кока, — мне педофилы в гостиной не нужны!

Петр Александрович, бледный, вылетел в коридор.

— Сейчас этот пакостник оденется, и ты спокойно уедешь, — маменька погладила девочку по голове.

— Спасибо, тетя Николетта, — прошептала Миранда, сохранявшая огненно-красный цвет лица.

Мне стало жаль ребенка, в душе бушевала злоба: ну, профессор!

— Это безобразие, — заорал из прихожей Петр Александрович, — кот уделал все мое пальто!

— Так вам и надо, — мигом ответила Кока, — животные всегда чуют подлецов.

Спустя десять минут мы плавно двигались в не слишком плотном потоке машин. Василий вел себя очень смирно, забившись в самый дальний угол заднего сиденья.

— Надеюсь, он не описает подушки, — вздохнул я.

Миранда обернулась:

— Нет, небось все на пальто профессора истратил.

— Ты извини, детка, но я и предположить не мог, что Петр Александрович выкинет подобный фортель.

— Ерунда.

— Представляю, как тебе неприятно.

— Успокойся, Ваня, он ко мне не приставал.

От неожиданности я выпустил руль.

— Ты наврала! Зачем?

— Отомстила, — начала было Миранда и закричала: — Ваня, тормози!

Я машинально повиновался, но поздно: «Жигули» плавно въехали в джип.

— Ты, козел! — загремел, вылезая, шофер, здоровенный бугай в кожаной куртке. — Фару разбил, бампер помял, ну ты попал на две штуки баксов.

Я, как мог, попытался успокоить мужика:

— Естественно, я все уплачу.

Сотрудников ГИБДД пришлось прождать больше часа. Наконец появились двое парней в форме и стали составлять протокол. Сначала опросили бугая, потом обратились ко мне, но тут Миранда, вновь пунцовая, заявила:

— Дядя милиционер, тот шофер врет, он ехал задом и сам в нас попал.

Бугай разинул рот.

— Да? — удивился патрульный. — А почему же твой папа с ним соглашается?

Миранда ухватила меня за руку:

— Папочка испугался, тот дядечка пообещал его убить.

— И не стыдно вам? — налетел сержант на водителя джипа.

— Да ты че, командир? — ответил тот. — Девка пургу гонит, без понтов говорю, этот фраер в меня сам впендюрился.

— Ребенок не врет, — покачал головой второй милиционер, — вон, вся красная. Так как?

— Если ко мне претензий нет, то я поеду, — быстро сказал я, вталкивая слабо сопротивляющуюся девочку в машину.

Шофер джипа крякнул и сказал Миранде:

— Далеко пойдешь! Еще встретимся! Уши тогда оборву.

Девочка молча шмыгнула в салон, я отъехал на соседнюю улицу, припарковался и налетел на ребенка:

— Почему соврала инспектору?

— А зачем тот шофер тебя козлом обозвал? — парировала Миранда. — За козла отвечать надо. Мне не нравится, когда тебя обижают!

— Я сам способен разобраться.

— А вот и нет.

— По какой причине ты оболгала профессора?

— Гнида! — поморщилась Миранда. — Сижу я, значит, на диване, изображаю придурка, а к этому Петру Александровичу подкатывает тетка расфуфыренная, в бежевом платье, ну та, которую Василий поцарапал...

— Жоржетта Миловидова, дальше!

— Села около этого хмыря и загундосила: «Ну, сегодня у Николетты скучно. Отчего она не позовет побольше мужчин?» А профессор отвечает: «Хочет сына женить, надеется, что ее великовозрастный оболтус наконец найдет пару, вот и стягивает сюда молодых женщин, а юноши ей не нужны. Слишком ее сынок инфантильный, разбалованный, будет на чужом фоне бледно выглядеть. Впрочем, он всегда на дурака похож».

— Ну и что?

— Он обидел тебя!!!

— Миранда, это светская вечеринка, у людей всегда яд с языка капает.

— Он обидел тебя, а я отомстила.

Не найдясь, что ответить, я поехал домой, но потом все же спросил:

— Как же тебе удается столь естественно краснеть?

— Я всегда бордовой делаюсь, когда смешно, а смеяться нельзя, — сонно пояснила Миранда. — Имей в виду: враги моих друзей — мои враги.

ГЛАВА 15

К Елистратовой я попал на следующий день, часам к пяти вечера. Едва она распахнула дверь, как стало понятно, ее следует звать Наташенькой, Наточкой,

Натой, но только не величать по отчеству, потому что ей, очевидно, едва исполнилось двадцать.

— Это вы от фирмы «Злата»? — нежным голосом спросила она.

Я кивнул:

— Да, Иван Павлович Подушкин, мы по телефону договаривались о встрече.

— И что вам надо? — нахмурилась Елистратова. — Я больше никогда не буду пользоваться вашими услугами. Впрочем, входите, снимайте пальто.

Через пять минут я оказался в комнате, служащей, очевидно, гостиной. До этого момента, очутившись случайно в мебельных магазинах, я недоумевал: ну кто приобретает все эти жуткие изделия из бело-голубой кожи, на бронзовых «львиных» лапах?

И вот теперь сам сидел на таком диване.

— Так что вам надо? — поинтересовалась Елистратова. — Только не вздумайте совать мне рекламные буклеты.

Я улыбнулся:

— Неужели вы так рассердились на «Злату»?

Наташа заявила:

— Знаете, сначала я хотела взорвать ваш офис, но потом вышло по пословице: не было бы счастья, да несчастье помогло.

— Нельзя ли поподробней?

— Да в чем дело?

Я вспомнил, с каким честным лицом врет Миранда, и вдохновенно начал:

— Наша фирма озадачена тем, как лучше обслужить клиентов.

— Оно и видно, — фыркнула Наташа.

— Случаются досадные проколы, — кивнул я головой. — Чтобы совсем от них избавиться или свести к минимуму, в «Злате» создали специальный отдел расследований, и меня назначили его заведующим. Я должен тщательно разбираться с каждым конкретным негативным случаем. Буду очень благодарен вам, если расскажете, что произошло с вами. Смею заверить, что виновные будут примерно наказаны.

Наташа улыбнулась:

— Сейчас мне хочется этой Алене цветы послать, но сразу после поездки... Ладно, слушайте. Мне посоветовала обратиться в «Злату» Оля Шабанова.

Подружка прибежала к Наташе и, захлебываясь, рассказала, как отлично смоталась в Лондон. Она привезла туда самую ерундовую вещь: коллекцию значков с символикой Московской олимпиады 1980 года и несколько статуэток мишек, сделанных на фабрике «Гжель». В детстве Оля собирала значки, потом повзрослела, забросила коллекцию на антресоли и, честно говоря, собиралась ее вышвырнуть. Но тут в «Злате» нашли некоего Джона Монтогомери, к которому и отправили Олю.

Поездка оказалась волшебно-прекрасной. Джон поселил Ольгу в своем загородном доме, а его жена провезла по магазинам, не позволив гостье ни разу заплатить. Домой Оля явилась переполненная впечатлениями, с чемоданами, набитыми подарками, и с кредитной карточкой, на которой лежала очень приличная, по ее понятиям, сумма.

Наташе тоже захотелось такого путешествия, и она прибежала в «Злату». Алена Шергина радушно приняла клиентку и стала предлагать разные варианты, но все они не подходили, потому что первоначально требовали вложения капитала в России, а у Наташи денег хватало только на билет в одну сторону в какую-нибудь страну, желательно не очень далекую. Коллекций она не собирала и ничего предложить не могла. Было видно, что Алена Шергина находится в некотором затруднении. Она попросила Наташу подождать недельку, и Елистратова приуныла, понимая, что ей, скорей всего, никуда не поехать либо надо рискнуть, занять денег, купить какой-нибудь товар в надежде на то, что он за рубежом хорошо продастся. Наташа — боязливая, очень осторожная, взять чужие деньги, пусть даже ненадолго, для нее большая проблема. Вот девушку и одолевали тяжкие раздумья: и мир посмотреть хочется, и деньги одалживать неохота. Впрочем, Наташа уже была почти готова к тому, чтобы попросить у одной из своих подружек некоторую сумму, как позвонила Алена и радостно сообщила:

— Ну, все чудесно устроилось! Ни копейки не потратите даже на билет, вам оплатят дорогу в оба конца. Правда, отправим вас ненадолго, всего на три дня, но это только начало. Гостиница будет самая дешевая, номер без всяких удобств, но ведь вам там не всю жизнь проживать.

— Так куда надо отправляться? — еле живая от радости, задала вопрос Наташа.

Она ожидала услышать — в Турцию или в Египет, но Алена выпалила:

— В Париж!

Елистратова едва не потеряла сознание от счастья. Париж! Вот это номер!

— Что же такое туда можно привезти? — недоумевала Наташа. — Вы не забыли, денег-то у меня на всякие коллекционные штуки нет.

— Вам жутко повезло, — сказала Алена, — слушайте.

История казалась невероятной. Некий подмосковный фермер решил обогатиться, разводя лягушек. Почему ему пришла в голову подобная идея, отчего он не захотел заниматься обычными курами, коровами и козами, осталось за кадром. Крестьянин оказался продвинутым и через Интернет вышел на некоего

Анри Дамеля, владельца ресторана в Париже. Через некоторое время они договорились. Парень должен был сам, за счет Анри, транспортировать в Париж пробную партию деликатесов. Фишка состояла в том, что земноводных следовало доставить живыми, в специальном контейнере. Фермер оформил все необходимые бумаги и... сломал ногу.

— Если согласитесь, — объясняла Алена, — он вам еще сто долларов за услуги заплатит, ну как? Здорово, да?

— Я лягушек боюсь, — прошептала Наташа.

— Да что вы! — воскликнула Алена. — Такое раз в жизни случается. Париж посмотрите, всех и делов-то, что контейнер передать. Да не волнуйтесь, он будет хорошо закрыт, лягушки не выскочат.

И Наташа согласилась. Шергина мигом уладила все формальности. Елистратова получила билет, паспорт с визой, сто долларов и контейнер, довольно тяжелый ящик с ручкой.

Наташа сильно волновалась, проходя таможню, это был ее первый выезд за рубеж. Но никаких сложностей не случилось. Документы были в порядке, Наташенька спокойно прибыла в Париж и встала, как ей было приказано, под табло в зале прилета.

Через два часа, поняв, что никто не собирается к ней подходить, Наташа отыскала бесплатный телефон и позвонила в ресторан. Но договориться с противоположной стороной ей не удалось, Наташа совершенно не владела французским, женщина, поднявшая трубку, не понимала по-английски и тарахтела, словно безумная погремушка, повторяя что-то больше всего похожее на ля-ля-ля-ля.

Наташа слегка приободрилась. Значит, ресторан работает, может, встречавший человек просто не нашел ее? Девушка вытащила бумажку с адресом, подошла к полицейскому... Как она добралась до места —

особый рассказ, но наконец цель была достигнута. Представьте теперь ее ужас, когда в здании номер двенадцать по улице Франсуа Араго не оказалось никакого ресторана. Это был самый обычный дом, с жилыми квартирами. Наташа еще раз попыталась позвонить, но трубку теперь никто не брал.

Только выйдя из телефонной будки, Наташа осознала ужас своего положения. Одна в чужой стране, среди людей, чей язык ей неизвестен, с контейнером, полным лягушек... Было от чего заплакать. Но она решила не сдаваться, а добраться до гостиницы, где был забронирован для нее номер, название отеля она знала.

Наташа стала останавливать прохожих, но те лишь качали головами, буркая что-то себе под нос, и убегали.

Вот тут она растерялась окончательно. В Москве вокруг потерявшейся иностранки мигом собралась бы толпа, но в Париже проявили к ней полнейшее равнодушие. Наташа решила вернуться к метро и найти там полицейского, пошла, как ей показалось, в правильном направлении, повернула налево и ахнула. Город внезапно кончился. Впереди виднелся лес или парк, чуть поодаль вилось шоссе и стояли красивые особняки. Было очень тихо, безлюдно и страшно. Наташа села на контейнер и зарыдала.

Внезапно около нее остановилась блестящая машина, выглянул симпатичный белокурый парень и спросил что-то на французском.

— Я говорю только на английском, — безнадежно ответила девушка.

Француз вышел из автомобиля и поинтересовался уже на английском:

— Что за горе приключилось? Или хочешь, чтобы в Париже началось наводнение?

Наташенька, рыдая, принялась вываливать историю своих приключений. Через какое-то время француз поинтересовался:

— Так ты из Москвы?

— Ага, — кивнула Наташа.

— Во, блин, встреча, — на чистейшем русском языке заявил француз, — давай знакомиться, Сергей.

Дальнейшие события походили на сказку. Сергей мигом решил все ее проблемы. Сначала отвез Наташу в гостиницу, другую, не ту, где была забронирована комната, а, очевидно, очень дорогую. Потому что номер оказался роскошным, с джакузи, телевизором и холодильником, набитым бутылками. Потом, взяв контейнер, Сергей отправился искать ресторан.

Вернулся примерно через час и сообщил:

— Такой харчевни в Париже нет, напутали в твоей фирме, на, держи.

Наташа уставилась на груду незнакомых бумажек.

— Это что?

— Шесть тысяч франков, — пояснил Сергей, — я твоих лягух в другую обжираловку пристроил.

— Поменяй мне их на доллары, — попросила Ната.

— Зачем? — удивился добрый самаритянин. — В Париже только франки ходят.

— Так мне деньги в Москву везти.

— Это почему? — удивился Сергей.

— Лягушки-то не мои, надо баксы хозяину отдать.

— Ни фига подобного, — взвился мужчина, — он еще тебе должен за то, что в такую историю втравил, потрать их на себя.

И Наташа понеслась по магазинам и музеям, она провела в Париже волшебные дни, но, вернувшись в Москву, прибежала в «Злату» и устроила громкий скандал.

Алена пыталась оправдаться, показывала какие-то бумаги, но Наташа пообещала взорвать офис, поколотить Шергину и выскочила на улицу с чувством выполненного долга. Естественно, она не собиралась выполнять то, о чем кричала в приемной турфирмы, просто выплеснула злость на женщину, которая доставила ей неприятности.

Уже вечером Наташа забыла об учиненном скандале, потому что на пороге ее дома появился Сергей с букетом цветов и предложением руки и сердца. Парень оказался богатым холостым бизнесменом, принц полюбил Золушку, и дело мгновенно понеслось к свадьбе. Сейчас Сережа делает в этой квартире ремонт, соседей он расселил в другие места.

— Вот, мебель купили, — гордо заявила Наташа и похлопала рукой по бело-голубому дивану.

— Значит, вы не станете подавать жалобу на Шергину? — уточнил я.

Наташа рассмеялась:

— Не-а, я послала ей приглашение на свадьбу, как ни крути, получается, что она нас сосватала.

Я ушел от нее со спокойным сердцем. Она не имела никакого отношения к смерти Алены. Следующим по списку шел Дюкин Мирон Сергеевич, и я отправился в Переделкино.

Выслушав рассказ об отделе расследований, Дюкин потер рукой затылок и заявил:

— А че? Деньги заплатить могут? Хотя это навряд ли.

— Сначала разберемся, что к чему, найдем виновных.

Мирон Сергеевич хрипло рассмеялся:

— Так они далеко, в Берлине.

— Ответственность лежит на сотруднице, которая вас отправляла, если не ошибаюсь, это Алена Шергина?

Дюкин вяло махнул рукой:

— Да ни при чем она.

— Но вы, вернувшись в Москву, устроили в офисе скандал!

— Было дело, — согласился Мирон Сергеевич, — от злости. Ведь было очень обидно, но потом я остыл, разобрался и понял, что сам старый дурак, решил на пятак рублей купить, ну и получил по заслугам...

— Если не затруднит, то поподробней, пожалуйста.

— Что ж, слушайте, — пожал плечами Дюкин, — мне спешить некуда, я на пенсии. Оттого и в историю полез, заработать маленько хотел, ну и мир посмотреть, конечно.

Дюкин узнал о «Злате» в «Рамсторе». Стоял у стеллажей с йогуртами, и тут к нему подскочила вертлявая девчонка в юбочке по самое некуда и всунула ему купон. Мирон Сергеевич всегда охотно берет то, что дают бесплатно, поэтому и ездит в «Рамстор», а не ходит в близлежащие магазины. В «Рамсторе» постоянно угощают: то кофе нальют, то чаю, то сыр предложат. Мирон Сергеевич не спеша обходит все точки, рекламирующие свой товар, и особо понравившиеся продукты без всякого стеснения пробует по нескольку раз. Поэтому он взял купон и принялся внимательно его изучать. Сначала Дюкин испытал разочарование: это оказалась рекламная листовка фирмы, организующей выезды за рубеж. Но потом его привлекла фраза в самом низу: «Каждому обратившемуся — подарок». Мирон Сергеевич приехал домой и позвонил в «Злату». Там его любезно заверили:

— Сувенир получит всякий, приехавший в нашу фирму.

— Даже если путевку не купит? — решил уточнить Дюкин.

— Да, — ответили на другом конце провода.

Мирон Сергеевич на пенсии, делать ему нечего, вот он и отправился в центр, нашел фирму, попал в комнату, где сидели две милые девушки, получил симпатичную кепку с надписью «Турфирма «Злата» и уже собрался в обратный путь, но тут девицы принялись рассказывать об экономическом туризме. Мирон Сергеевич загорелся идеей, и Алена Шергина подобрала ему тур. Дюкина отправили в Берлин, где жил коллекционер наград, а у Мирона Сергеевича имелась достаточно редкая вещь — нагрудный знак сотрудника НКВД, оставшийся от отца, и медаль «За взятие Кронштадта», которую его папенька получил в молодые годы. Алена пообещала, что за раритет ему дадут хорошие деньги. Немецкий коллекционер оплатил дорогу и гостиницу, Дюкин прилетел в Берлин.

Вначале он был очень доволен. Немец встретил его в аэропорту, отвез на своей машине в отель, осмотрел награды и тут же вручил Дюкину две тысячи марок, астрономическую сумму для Мирона Сергеевича. Следующий день Дюкин шлялся по Берлину в полном восторге, деньги он не тратил. Решил отложить на черный день. Впрочем, в Германии он не голодал, хоть и не истратил ни копейки. У немцев угощали в магазинах бесплатно даже более охотно, чем в «Рамсторе», и в Москву Мирон Сергеевич летел совершенно счастливый: сумка его была полна бесплатных приобретений: шампуни, кремы в маленьких пакетиках, пробники духов, шапочка для душа из отеля, пластмассовые очень красивые ложечки, на которые немцы кладут кусочки рекламируемых продуктов, шариковые ручки, зажигалки, презервативы, щетка для одежды...

Наверное, у Дюкина на всю оставшуюся жизнь сохранились бы наилучшие воспоминания, но, на свою беду, в самолете он разговорился с соседом, отлично одетым парнем лет сорока, похвастался перед ним удачным гешефтом.

158

Собеседник рассмеялся и объяснил Дюкину, что его облапошили.

— Поймите, вы отдали редкие вещи за копейки. Коллекционер просто воспользовался вашей безграмотностью. Да одна медаль стоит около пяти тысяч долларов. Их осталось очень мало, а про нагрудный знак сотрудника НКВД я и не слышал. Правда, торгую антикварной мебелью и, так сказать, не в материале.

Мирон Сергеевич ужасно расстроился. Видя это, сосед сказал:

— Не переживайте, это обычная ситуация, в моем деле тоже подобное случается, я сам иногда сильно цену занижаю, если вижу, что клиент ничего не соображает, это бизнес: не обманешь — не получишь прибыли. Наверное, сотрудница фирмы в доле с немецким коллекционером.

— Это как? — не понял простоватый Дюкин.

— Элементарно, — усмехнулся ушлый антиквар, — небось получит от фрица процент за ваши железки.

Как только прилетел в Москву, Мирон Сергеевич побежал в «Злату» и набросился на Алену с криком:

— Воровка!

Шергина спокойно выслушала его, потом показала подписанный им контракт:

— Видите, тут написано: «Фирма не несет ответственности за совершенные сделки».

— Обманщица! — гремел Дюкин.

Алена покраснела:

— Вам не стыдно? Я так для вас постаралась! Извините, но с коллекционером вы договаривались сами!

Мирон Сергеевич пригрозил Алене и уехал. Дома он стал выплескивать свой гнев на жену, но та неожиданно оказалась на противоположной стороне.

— Знаешь, Мирон, — возразила верная супруга, — девочка права, а ты поступил некрасиво.

— Это почему еще?! — взвился супруг.

— Ну посуди сам! Валялись бы эти знак с медалью никому не нужные, — пояснила жена, — а так ты и за границей побывал, и подарков привез, и деньги получил. И потом, ну отчего ты поверил тому парню? Может, он вовсе никакой не антиквар, а просто увидел, какой ты довольный, и решил настроение тебе испортить. Встречаются такие люди, хлебом не корми, дай ближнему в душу наплевать! Ну не могут старый значок и медаль такие деньги стоить!

Мирон Сергеевич призадумался, а потом понял, что рассудительная супруга права. Дюкин умеет признавать свои ошибки, поэтому позвонил Шергиной и сказал:

— Вы это, того, уж не сердитесь. Сдуру налетел, не подумавши.

— Ничего, Мирон Сергеевич, — миролюбиво ответила Алена, — с кем не бывает. Давайте еще один тур подберу, если хотите.

Дюкин обрадовался, что девушка не держит на него зла.

— Ну спасибо, может, когда и соберусь.

Одним словом, они расстались друзьями.

— Значит, вы не хотите подавать на Шергину жалобу, наказывать ее? — Я решил поставить точку в разговоре.

— Нет, — покачал головой Мирон Сергеевич, — она-то все хорошо сделала. Это я, дурак, поверил парню в самолете, ну и распсиховался. Вашей Алене, наоборот, благодарность объявить надо, ну когда еще мне в Германии побывать бы удалось?

Я вышел на улицу, с наслаждением закурил и стал звонить последнему из списка обиженных, Колпакову Олегу Анатольевичу.

— Да, — раздался сиплый голос.

— Позовите, пожалуйста, Олега Анатольевича, — попросил я.

В трубке воцарилось молчание, было слышно только легкое потрескиванье, шорох и далекую музыку.

— Алло, — повторил я, — Олега Анатольевича можно?

— Кто его спрашивает? — прохрипел невидимый собеседник.

— С работы, — соврал я, похоже, дядька в глубоком запое и плохо соображает, что к чему.

— Насчет работы можно и со мной поговорить, — очевидно, не понял меня пьяница.

— С вами — это с кем?

— Мы вместе снимаем вам свадьбу, день рождения или похороны?

— Я попал в фотоателье?

— Ну вроде.

— Олег Анатольевич тут работает? Его можно пригласить к аппарату?

— Тьфу, пропасть, — разозлился мужик, — на фига тебе Олег? Я тоже отлично щелкаю, между прочим, лучше его, на конкурсах побеждал! Приезжай, сделаю все в лучшем виде.

— А Олег Анатольевич будет в салоне?

Алкоголик помолчал немного и заявил:

— Ага, все тебе будет, ехай скорей.

— Давайте адрес, — попросил я.

ГЛАВА 16

Я всю жизнь провел в Москве, более того, родился в столице, там же появились на свет и мои отец с матерью, и казалось, я хорошо знаю город. Но вот про улицу с названием Пруд Ключики услышал впервые.

Пришлось лезть в атлас. К моему удивлению, она оказалась почти в центре, отходила от шоссе Энтузиастов. Я не слишком-то люблю этот район. Мало кто из нынешних москвичей в курсе, что раньше, еще до Октябрьской революции 1917 года, эта дорога носила другое название. Она помянута во многих песнях тех лет и полита слезами, потому что именно по ней гнали арестантов на каторгу. Об этом мне рассказал отец, хорошо знавший историю Москвы. Более того, в свое время он показал мне небольшой двухэтажный домик на пересечении шоссе Энтузиастов и Кабельного проезда. Мы ехали с отцом на машине, уж не помню сейчас куда, внезапно он притормозил и сказал:

— Вот, Ваня, смотри, это был пост.

— Что? — не понял я.

Отец указал на домик:

— Так называлось место, где ночевали заключенные, которых гнали на каторгу. Впрочем, думаю, в доме останавливалась охрана, а мужиков просто укладывали на дороге, а может, тут стоял еще какой сарай.

— А где рельсы? — спросил я.

Отец грустно улыбнулся:

— Эх, Ваняша, по железной дороге, в «столыпине», стали позже возить, дорогое это удовольствие для государства. Раньше пешком шли, через всю Россию, в кандалах, а то и с ядром на ноге, вот в таких постах отдыхали, ели горячее.

Я ужаснулся:

— И зимой ходили?

Отец кивнул:

— Конечно, в России-то восемь месяцев холод стоит. Печальное место, не удивлюсь, если узнаю, что большинство жителей, тех, кто сейчас имеет здесь квартиры, одолевают всякие заболевания: онкология или чего похуже. Аура тут тяжелая, черная...

Я не понял слова «аура», а спрашивать, что оно означает, не стал, но с тех пор всегда, стоит мне оказаться вблизи шоссе Энтузиастов, как начинает щемить сердце и болит голова.

На улице Пруд Ключики практически не было жилых домов, но на нее выбегало множество безымянных крохотных переулочков, в одном из них и отыскался нужный дом. Я с сомнением посмотрел на строение, больше всего напоминающее барак: двухэтажное, с облупившейся штукатуркой. Дверь подъезда была нараспашку, и когда я приблизился к ней, то понял почему. Она висела на одной петле, и закрыть ее не представлялось возможным.

Я набрал в легкие побольше воздуха и вошел внутрь. На лестнице было темным-темно, тут не горела ни одна лампочка. Слабый свет должен был проникать через заросшее грязью окно на лестнице, но на улице стемнело, и я начал чиркать зажигалкой, пытаясь осветить номера на дверях. Но их не оказалось. Я имею в виду таблички с номерами квартир, двери были на местах. Похоже, в этом доме вообще не жили люди. Потому что на мой стук никто не откликался.

В полном недоумении я поднялся на второй этаж, толкнулся в первую попавшуюся дверь и внезапно влетел внутрь квартиры. Она была не заперта. Здоровенная бабища в красном байковом халате отложила в сторону нож и хмуро поинтересовалась:

— Тебе чаво? Ишь, вломился без спросу.

Я попятился назад. В квартире не было никакого намека на прихожую, вы сразу оказывались на кухне.

— Извините, на первом этаже двери не открывали, я думал, что и тут никого нет.

— Так их всех уж выселили, — неожиданно мирно

ответила баба и подняла крышку, закрывающую черную чугунную сковородку. Я чуть не задохнулся, в нос ударил мерзостный запах. Похоже, тетка жарила на машинном масле котлетки из ближайших родственников кота Василия.

— Ищешь кого? — полюбопытствовала она и принялась тыкать вилкой в содержимое сковородки.

— Да, — ответил я, стараясь не дышать, — Олега Анатольевича Колпакова.

Липкая вонь прочно поселилась в носу, внедрилась в мозг, и я испугался, что впервые в жизни упаду, словно истеричная дамочка, в обморок.

Но тут хозяйка, на мое счастье, вернула крышку на место, вытерла руки о халат и усмехнулась:

— Ишь ты, нету здесь такого.

— Он в восемнадцатой квартире живет, фотограф.

Баба рассмеялась:

— А-а, так бы и сказал. Только его Ванькой зовут, да и какой он мастер? Пьянь подзаборная! Ступай туда.

— Куда? — не понял я.

Хозяйка указала толстой короткопалой ладонью на дверь, ведущую в глубь квартиры.

— Туда.

Ничего не понимая, я потянул ручку двери и оказался в длинном коридоре, конца которого не было видно.

— Шагай спокойно, — напутствовала бабища, — восемнадцатая комната последняя.

Тут только до меня дошло, что это общежитие, множество комнат с одной, общей, кухней.

В потолке горело несколько тусклых сорокаваттных лампочек, стены были выкрашены в грязно-зеленый цвет. Очевидно, тут все же жили люди, потому что из-за дверей раздавались разные звуки. В одном месте ругались, в другом плакал ребенок, в третьем орал дурным голосом мужчина:

— Эй, наливай, ищо давай!

Никогда до сегодняшнего момента мне не приходилось бывать в подобном месте, я и предположить не мог, в каком кошмаре обитают некоторые москвичи!

Наконец я дошел до последней двери и постучал согнутым пальцем о филенку.

— Заходь, — донеслось изнутри.

Я шагнул в комнату и вновь ощутил приступ дурноты. Узкое, пеналообразное помещение напоминало комнату, в которой жил Раскольников[1]. Правда, меблирована она была иначе.

Посреди нее громоздился двухтумбовый письменный стол, заваленный всякой дрянью. Возле одной стены маячила самая простая раскладушка без матраса, накрытая серо-синим застиранным байковым одеялом. У другой стены громоздились картонные коробки, из которых торчали грязные шмотки.

— Тебе чего? — сиплым голосом спросил мужик, сидевший на раскладушке.

Хозяин был, очевидно, мой ровесник, но, надеюсь, я выгляжу намного лучше.

— Где можно увидеть Олега Анатольевича? — Я решил сразу хватать быка за рога.

Хорошо хоть в этой грязной комнате не пахло никакой едой, в воздухе лишь витал запах дешевых сигарет и чего-то горького, похоже, лекарства.

— Зачем тебе Олег? — поинтересовался неопрятный мужик и поскреб голову грязными пальцами. — Ты, что ли, хотел на съемку нанять? Звонил, да? Так я лучше сделаю! Олег не умеет классно работать.

---

[1] Родион Раскольников — главный герой романа Ф. М. Достоевского «Преступление и наказание».

Поняв, что хозяин сейчас станет изо всех сил добиваться заказа, я быстро сказал:

— Вас ведь вроде Иваном зовут?

— Не-а, — протянул хозяин, — Митькой.

Я удивился:

— Только что на кухне я встретил женщину, она сказала, что в восемнадцатой комнате Ваня живет.

Фотограф с трудом поднялся на ноги и поддернул замызганные спортивные штаны.

— Кто сказал, где, чего... наплевать. Я Митя, и проживаю здесь пятнадцатый год, чтоб ему сгореть!

Я пропустил мимо ушей корявую фразу и решил все же выяснить, где господин Колпаков. Похоже, парень в турфирме дал не свой адрес, сомнительно, чтобы человек, прозябающий в этом бараке, решил отправиться за рубеж.

— Извините, но мне нужен Олег Анатольевич.

— Заладил, — сердито буркнул хозяин, — сказано, нет его, а я есть, чего еще надо?! Думаешь, раз тут живу, так алкоголик? Вовсе нет, пью, как все, просто грипп у меня был, голос сел, теперь шатает от слабости. А на вещи не гляди, нас переселяют, вот в коробки и пакую. Давай говори, что снимать надо?

— Вы меня неправильно поняли, — натужно улыбнулся я, — Олег Анатольевич уже снял мой юбилей, теперь я хочу снимки забрать!

— Так и езжай к нему, — сердито бросил хозяин.

— Но он мне дал этот адрес!

— Совсем сдурел, — забубнил Митька, — охренеть можно! Нет, он в другом месте живет... улица Гальперина, туда отправляйся.

Во мне неожиданно проснулся детектив.

— Да? Странно, однако, отчего бы Олегу сообщать чужие координаты?

— Прописан он тут, — зевнул Митька, — братья

мы, понял? Только Олег здесь жить не захотел, снял квартиру и ту-ту, а мне остаться пришлось.

Я покосился на ободранные стены и затоптанный пол, что ж, незнакомого Олега можно понять, мало кому будет комфортно в такой обстановке!

На улице бушевала февральская метель. Колкий снег летел пригоршнями в лицо, по тротуару неслась поземка, но я с наслаждением вдохнул холодный воздух. После «ароматов» барака он показался упоительно свежим.

Не успел я завести машину, как раздался звонок телефона.

— Ваня, — недовольным голосом произнесла Николетта, — уже шесть! Ты где?

— А где я должен быть? — изумился я.

— Как? — завопила Николетта. — Так я и знала! Забыл! Звонила тебе, звонила, а ты трубку не берешь, безобразие!

— Извини, я случайно оставил аппарат в машине.

— Ваня, — злилась Николетта, — сто раз напоминала, что сегодня мы идем в театр! С Меркуловыми!

Я приуныл: действительно, всю неделю Николетта твердила о том, что в пятницу я обязан сопровождать ее на представление. Но мой мозг устроен самым диковинным образом. Я обладаю достаточно хорошей памятью и телефоны многих знакомых помню наизусть. Так вот, есть люди, домашние номера которых никак не укладываются в голове. Это особи, которые мне не слишком приятны. И еще, я забываю о мероприятиях, на которые страшно не хочется ходить. Просто вытесняю их из памяти, наверное, я так подсознательно защищаюсь, потому что на сознательном уровне очень ругаю себя и даже завел «склерозник», куда тщательно записываю, что надлежит сделать. Но вот про поход с Меркуловыми в театр я позабыл напрочь, и знаете почему?

Николетта давно лелеет мечту увидеть меня женатым. Зачем это ей, не знаю, может, из природной вредности хочет лишить сына спокойной, размеренной жизни. Лет десять тому назад она начала нудить:

— Ваняша, пора искать невесту.

— Зачем? — спросил я.

Маменька покраснела и дала аргументированный ответ:

— Так надо.

Пару раз я, почти готовый сходить в загс, знакомил Николетту с предполагаемыми спутницами жизни. Эффект был весьма неожиданным. Нывшая о том, как она мечтает видеть сыночка семейным человеком, маменька мигом выставляла иголки и принималась вести себя так, что мои невесты в ужасе убегали, как только понимали: выйдя замуж, они получат *эту* в роли свекрови. Едва очередная кандидатка исчезала за поворотом, Николетта мигом вызывала меня и устраивала разбор полетов. Раскрасневшись от возмущения, она вещала:

— Ваня! Какой мезальянс! Ну где ты их отыскиваешь! Такая страшная! Дурно воспитана! Ела торт не вилочкой, а ложкой! Одета безвкусно, по прошлогодней моде, накрашена отвратительно, не может поддержать беседу. И потом, у нее шуба из собаки! Опять нашел нищую, которая сядет тебе на шею и свесит ноги, я не могу этого позволить.

Это верно, Николетта предпочитает сидеть на моей шее в одиночестве, тут ей не нужны компаньонки.

Не надо думать, что маменька пассивно стоит в стороне, поджидая, пока я найду себе пару. Нет, она проявляет активность, даже, на мой взгляд, чрезмерную, подыскивая подходящих, с ее точки зрения, кандидаток. Все они богаты и отвратительны. У нас с Николеттой абсолютно разные взгляды на женскую привлекательность. И потом, я не готов быть игрушкой для обеспеченной дамы с многокилометровым счетом в банке, поскольку роль альфонса и жиголо не по мне.

Честно говоря, в последние годы я перестал думать о женитьбе, но Николетта с потрясающим упорством предлагает все новые кандидатуры. Лишь один раз мне понравилась приглашенная девушка, ее звали Люси[1], и у нас возник роман. Но он так и не привел к свадьбе. Непонятным образом любовные отношения трансформировались в дружеские. Люси вышла замуж, но не за меня. Сейчас она ждет ребенка и, судя по всему, очень счастлива, а мне предстоит отправиться в театр вместе с Николеттой и господами Меркуловыми.

— Ладно, — слегка сбавила тон маменька, — поскольку я была абсолютно уверена в твоей безответственности, то заказала себе такси. Ты же изволь ровно в семь встречать меня у входа, адрес помнишь?

— Нет, — признался я, чем вызвал новую бурю негодования.

Наконец Николетта успокоилась и назвала улицу. Я глянул на часы, туда успею, а вот добраться до дома и переодеться — нет. Значит, предстоит выдержать еще один скандал от матушки. Впрочем, скорей всего, она не станет заводиться при посторонних.

Сняв шубку, Николетта окинула меня взглядом и прошипела:
— Отвратительно, пиджак...

---

[1] См. роман Дарьи Донцовой «Букет прекрасных дам».

Но тут к нам с фальшивыми улыбками на лицах приблизились господа Меркуловы, и маменька мигом стала сладко-любезной.

— Ваняша, познакомься, Маргарита Иммануиловна, моя новая подруга.

Я поцеловал костлявую ручку. Да, мамаша выглядит ничего. Очевидно, в молодости была красавицей. Во всяком случае, глаза, большие, карие, очень хороши, да и черты лица говорят о том, что Маргарита Иммануиловна дама тонкая, аристократическая. Вот только фигура подгуляла, мадам Меркулова, начиная от шеи, напоминала сухую тараньку. Вероятно, она переборщила с диетой, даме надо срочно начать есть жирное, сладкое, мучное...

Супруг ее похож на колобка, видно, обожает пиво.

— Сергей Прокофьевич, — протянул мне руку папенька.

Я пожал потную, липкую ладонь. Да, красавцем его не назовешь в отличие от жены, в лице господина Меркулова не было ничего интеллигентного. Простецкая рязанская физиономия с носом-картошкой, маленькими голубыми глазками и скошенным подбородком. Обозрев родителей, я глянул на дочь.

Ну почему природа столь безжалостна? Отчего дети наследуют худшие качества своих предков? Девушка ведь могла получить фигуру отца, которая в женском варианте, скорей всего, выглядела бы соблазнительно, и лицо матери-красавицы. Но нет, передо мной стояла молодая сухая таранька с рязанской мордашкой. Даже элегантное платье и эксклюзивные украшения не спасали положения. Девица была страшней смертного греха.

ГЛАВА 17

— Ну, Ваняша, — подтолкнула меня маменька, — что же ты застыл? Знакомься, Альбина.

Девица глупо захихикала, обнажив идеально ровные, слишком белые зубы. Я приложился еще к одной костлявой ручонке, пахнущей незнакомыми сладкими духами. Скорей всего, у нее коронки. Наверное, как Миранда, нацепила на себя лифчик с какими-то хитрыми приспособлениями, иначе как можно объяснить наличие бюста у девицы, похожей на решетку?

Очевидно, Николетта поняла, какое впечатление произвела на меня очередная кандидатка, потому что железным тоном велела:

— Ваня!!! Отведи нас в буфет, до начала представления полно времени, выпьем по бокалу шампанского!

— Я бы лучше пивком побаловался, — опрометчиво заявил Сергей Прокофьевич.

Красивые губы Маргариты Иммануиловны превратились в нитку, но она сдержалась и сказала:

— Ах, шампанское! Чудесно!

Альбина потупилась и промолчала. Я решил продемонстрировать хорошее воспитание:

— Прошу вас сюда, присаживайтесь. Шампанское? Пирожные? Вы, Альбина, какие любите? Эклеры или корзиночки?

Девушка захихикала:

— Ах, что вы! Они такие калорийные! Нужно беречь фигуру, а алкоголь я не употребляю! Принесите минеральной воды без газа.

Я отправился исполнять заказ. Так, она дура, жеманница и ханжа. Ладно, отмучаюсь пару часов — и домой, в свою спальню, где на тумбочке ждет любимая книга, а на кровати сладко спит Филимон. Если задуматься, этот кролик лучший спутник жизни, а главное, он всегда молчит.

Устроившись в зрительном зале, я развернул программку и вздрогнул. Островский. «Гроза». Ну и ну, неужели нельзя было найти более современную пьесу?! Ладно, хорошо хоть во время действия можно не разговаривать. Но Альбина была иного мнения. Она беспрестанно дергала меня за плечо и изрекала глупости:

— Ах, Ваня, посмотрите, какие шикарные декорации!..

— О, смотрите, на ней платье моего любимого цвета.

— Ба, да она завела себе любовника!..

Последняя фраза относилась к Катерине, и я тяжело вздохнул: ну каким образом Альбина ухитрилась закончить школу, не прочитав каноническую фразу «Луч света в темном царстве»? Мы «Грозу» проходили в течение года, и пьеса опостылела всем до зубовного скрежета.

В антракте пришлось, взяв девушку под острый локоток, ходить по фойе, выслушивая ее дурацкие замечания об одежде, обуви и прическах присутствующих. Николетта отлучилась в туалет, Сергей Прокофьевич испарился в неизвестном направлении, а Маргарита Иммануиловна села на банкетке и следила за мной и дочерью напряженным, нехорошим взглядом, губы ее вновь сжались в нитку.

Второе действие, к счастью, оказалось короче. И вот наконец подкрался счастливый момент.

Актриса, изображавшая Катерину, сорвала с головы платок и с воплем: «Прощайте!» — ринулась по лестнице на верх декорации, изображавшей крутой берег Волги. Режиссер решил добиться наибольшей достоверности, и лицедейке предстояло прыгнуть вниз с довольно большой высоты. Скорей всего, с той стороны «обрыва» навалены подушки и маты.

Наступила кульминация. По сцене заметался луч прожектора, за кулисами загрохотал гром. Кто-то усиленно тряс за драпировками железный лист. Катерина воздела руки вверх и принялась что-то вопить. Слов из-за шума было не разобрать. Меня всегда удивляло, почему режиссеры забывают о реальности в сценах, где гибнет главный герой. Ну скажите, вам придет в голову, перед тем как утопиться, сначала скакать, потом орать, а затем долго и нудно объяснять незнамо кому причины самоубийства?.. Лично я бы просто, без лишнего шума, сиганул под воду.

Но всему приходит конец. Грохот стих, Катерина трагическим шепотом заявила:

— Ухожу навсегда.

Потом она приблизилась к краю декорации и с утробным воплем шагнула вниз.

Я обрадовался: все, можно бежать в гардероб! Но не успела на моем лице появиться счастливая улыбка, как случилось невероятное. С душераздирающим криком, на этот раз не постановочным, многократно отрепетированным, а с настоящим, полным ужаса, актриса, только что фальшиво исполнившая сцену самоубийства, взлетела вверх над декорацией, изображавшей обрыв, и тут же упала.

Я удивился. Однако! Местный режиссер оригинал и шутник!

Через секунду явление повторилось в той же последовательности: дикий вопль, полет под потолок, падение.

Зал загудел, раздались робкие хлопки, за кулисами послышался топот и тихие, но вполне четкие фразы:

— Оттащите в сторону!

— Ловите ее!

— Хватайте за ноги!

Очевидно, по ту сторону декорации пытались остановить Катерину. Но актриса, скорей всего, сошла с ума, потому что скакала, словно мячик, по которому била безумная рука. Может, хотела таким образом сорвать овацию? Но потом, приглядевшись к ее выпученным глазам и ярко-красному лицу, я понял, что она находится на гране обморока. Интересно, отчего она все время подлетает к потолку?

Решив узнать ответ на этот вопрос, я обратился к билетерше, стоявшей в проходе:

— Интересная сцена! Сколько времени она длится?

Пожилая женщина, старательно пытавшаяся сохранить невозмутимый вид, сказала:

— Да, оригинально вышло.

Но тут вся серьезность с нее слетела, и капельдинерша захохотала во все горло.

— Значит, это не режиссерская находка! — догадался я.

— Нет, — довольно смеялась старушка, — это Колька!

— Какой Колька? — не понял я.

Бабуська сунула программки под мышку и удовлетворенно сказала:

— Ишь летает! Харитонова, ну актриса, которая Катерину исполняет, очень противная особа. Ее тут все терпеть не могут, живет с нашим главным режиссером, поэтому и имеет все лучшие роли. Другая бы радовалась своему счастью, но только не Харитонова! Вечно на всех кляузничает, скандалы затевает, сплетни разносит, тьфу. Вот Колька, наш помреж, и поклялся ей отомстить. Вон чего придумал! Чтобы Катерина не ушиблась, когда с обрыва сигает, ей с той стороны на полу маты стелют, понятно?

Я кивнул.

— Конечно, наверное, так везде поступают, иначе актрис на главные роли не напастись!

— Ага, — удовлетворенно улыбнулась билетерша, — но у нас есть в репертуаре спектакль «Ярмарка». В нем за декорацией помещают батут, на котором прыгают акробаты, ясно?

Я рассмеялся:

— Ваш Коля поставил Катерине батут?

— Точно, — обрадованно сообщила старушка, — во летает, никак не остановится! Интересно, как теперь наш главреж из ситуации выйдет?

Между тем в зале потихонечку начали смеяться. Продолжая взлетать над «обрывом», Катерина по-прежнему орала, но теперь каждое ее появление вызывало радостное оживление зрителей.

— Оригинально задумано, — заявила Николетта, — но зачем она так долго скачет?

Я рассказал маменьке про батут. Николетта вздрогнула и громким голосом принялась передавать информацию Меркуловым. Ее мигом услышали в соседнем ряду, и через минуту зал стонал от хохота. Нудная, скучная пьеса, отвратительная игра актеров, примитивная режиссура — и такой финал! На мой взгляд, помреж Коля заслуживал премии, но, скорей всего, мужика уволят.

Наконец за кулисами слегка пришли в себя и решили спасать положение. На сцене вновь появилась Кабаниха и, тыча рукой в то появляющуюся, то исчезающую Катерину, забормотала:

— Вот, не принимает матушка-Волга грешницу, та хочет помереть, да не может! Сейчас, наверное, потонет!

Лучше бы режиссер оставил все как есть, потому что последнее явление вызвало просто стон в зале.

Несчастные зрители уже не могли смеяться. У меня по щекам текли слезы.

И тут кто-то наконец догадался закрыть занавес.

В гардеробе люди говорили только о заключительной сцене. Завтра весть разнесется по всей Москве, и зрители ринутся в театр. Если режиссер не полный дурак, он оставит батут стоять на том же месте и сделает вид, будто так и было задумано.

Маргарита Иммануиловна тронула меня за локоть:

— Ваня, завтра у Альбины день рождения.

— Поздравляю, — улыбнулся я.

— Ей исполняется двадцать пять лет, — быстро пояснила мать.

Я с сомнением покосился на начинающую увядать шею девушки. Кажется, Сара Бернар[1] говорила: «Между двадцатью пятью и двадцатью шестью годами я прожила тридцать восхитительных лет».

— Ждем вас к семи, — щебетала Маргарита Иммануиловна.

Я собрался было соврать, что занят на работе, но тут Николетта наступила лаковой туфелькой на мой ботинок и прочирикала:

— Ах, очень мило, мы придем обязательно.

— Душенька, — запела Маргарита Иммануиловна, оглядывая Николетту взглядом голодной змеи, — взрослых не будет никого, мы с Сергеем Прокофьевичем уйдем в гости, пусть молодежь сама веселится.

Николетта изменилась в лице. Было видно, как в душе маменьки борются разнообразные чувства. С одной стороны, было обидно услышать, что ее не зачислили в молодежь, с другой — срочно хотелось женить меня на этой сушеной селедке.

---

[1] С а р а Б е р н а р — великая французская актриса.

Наконец второе победило.

— Конечно, — защебетала Николетта, — лучше не мешать детям.

— Значит, в семь, — еще раз уточнила Маргарита Иммануиловна и увела мужа с дочерью.

— Знаю, что ты решил не идти на день рождения, — сурово заявила Николетта, — так вот, спешу предупредить, не вздумай отлынивать!

— Честно говоря, — я решил посопротивляться, — не испытываю особого желания...

— Вава, — мигом обозлилась матушка, — знаешь, кто такая Маргарита Иммануиловна?

— Жена Сергея Прокофьевича и мать Альбины, — ответил я.

— Прекрати издеваться! — взвилась Николетта. — Сия дама владелица сети предприятий, она зарабатывает бешеные деньги, твоя Элеонора ребенок по сравнению с ней.

Я вспомнил змеиное выражение глаз предполагаемой тещи, ее губы, сжатые в нитку, и удивленно спросил:

— Но зачем она хочет выдать дочь замуж за меня?

Я всегда считал, что люди, обладающие огромными средствами, ищут детям пару в своем кругу, сливают капиталы.

— Не корчи из себя самого умного, — фыркнула матушка, — у нее столько денег, что ее от них тошнит. У них огромная квартира в Москве, дом в коттеджном поселке, дача в Испании... Это только то, о чем она рассказывает.

— Но почему именно я?

— А почему нет? — пожала плечами маменька. — Если ты захочешь, сумеешь произвести хорошее впечатление. Впрочем, эта Альбина уже на крючке, она на тебя так смотрела и все время вертелась, словно уж на сковородке!

Я не стал комментировать поэтическое сравнение потенциальной супруги со скользким земноводным и решил не отступать.

— Наверное, там завтра будет штук двадцать кавалеров, одним больше, одним меньше... Никто не заметит моего отсутствия.

Николетта вцепилась острыми коготками мне в плечо и зашипела:

— Слушай внимательно! Там никого не будет, кроме тебя и Альбины! Даже прислуге велено удалиться. Подадут на стол и уйдут, ясно?

— Почему? — попятился я, ощущая себя конфетным фантиком, который несет по тротуару сильный ветер.

— Потому что Маргарита надеется, что ты соблазнишь Альбину!

— Зачем?! — в ужасе пробормотал я.

— Более глупого вопроса и задать нельзя, — подскочила маменька, — затем, что потом, как честный человек, ты обязан будешь жениться!

— Так сразу?! Нет, я не могу. Отчего эта Иммануиловна открыла на меня охоту?

Николетта нырнула в «Жигули» и вздохнула:

— Ужасная машина, тесная, некрасивая, произведена русским неумехой, но ничего, скоро мы будем ездить на «Мерседесе». Думаю, Маргарита подарит его вам в день бракосочетания. Кстати, мне давно нужно сделать ремонт, обновить мебель в гостиной. Ваня, скажи мне спасибо! Ты сможешь бросить тупую работу, уехать от Норы.

Да уж, хуже нет, когда другие люди начинают лепить ваше счастье. Я вовсе не собираюсь бросать службу, к тому же мы распутываем сейчас очень интересное дело... Сказав мысленно последнюю фразу, я удивился: что за черт? Мне нравится работа частного детектива?!

— Откуда ты узнала, что меня решили оставить с девушкой вдвоем?

Николетта хитро прищурилась.

— Маргарита весь антракт просидела в фойе. Я отошла в туалет, вернулась — она по телефону тихонько говорила, скорей всего, с близкой приятельницей. Я не захотела ей мешать, встала в стороне и случайно услышала. Кстати, госпожа Меркулова очень торопится сбыть с рук Альбину.

— Почему ты так решила?

— А она сказала: «День рождения назначу на завтра, надо торопиться, чтобы этот олух ничего не понял».

От возмущения я выпустил руль.

— Ни за что никуда не пойду!

Николетта стала бело-зеленой и решительно заявила:

— Имей в виду, если упустишь сей шанс, я заболею и попаду в кардиологический центр, на три месяца, с инфарктом!

Да, и это правда, Николетта вдохновенная симулянтка, а в реанимации кардиоцентра работает одна из ее лучших приятельниц, Эллочка Загорулько. Элла доктор наук, профессор, отличный специалист, талантливый человек, но это не мешает ей быть самозабвенной сплетницей, болтушкой, любительницей светских вечеринок, раутов и коктейлей. Как все вышеперечисленные качества могут великолепно уживаться в одной особе — лично мне непонятно. Но факт остается фактом: умная, талантливая Элла мигом превращается в идиотку, переступая порог чужой гостиной. И она очень любит Николетту, потакая всем ее затеям.

Пару лет назад маменька, сказавшись смертельно больной, улеглась к Загорулько в стационар. Поверьте, страшней месяцев в моей жизни не было. Дело даже не в том, что в больницу улетело огромное количество денег, Николетта, естественно, залегла в коммерческую палату. Нет, хуже всего были постоянные телефонные звонки от маменьки, вызовы меня по каждому поводу, например: «Мне не принесли градусник», бесконечные требования фруктов, конфет, газет, телепрограмм, постельного белья, косметики, цветов... Я отнюдь не готов пройти через подобное испытание еще раз, поэтому быстро сказал:

— Хорошо, обязательно пойду к Альбине.

Николетта ничего не ответила, но по ее довольной улыбке стало понятно: маменька находится в самом чудесном расположении духа.

Вечером мне не читалось, глаза бегали по строчкам, но в голове копошились посторонние мысли. Кролик Филимон, очевидно, почуявший, что в душе хозяина разлад, легко вспрыгнул на кровать и лег мне на грудь. Я начал машинально гладить его хрупкое тельце, прикрытое нежной шубкой. Как завтра сделать так, чтобы Альбина прониклась ко мне отвращением? Ковырять в носу вилкой? Изображать хама? Честно говоря, эта роль мне не слишком по вкусу, но еще меньше нравится «невеста»...

Внезапно за стеной послышалась громкая музыка, Миранда включила магнитофон.

И тут мне в голову пришла отличная идея. Миранда, вот кому следует поручить дело! Я схватил халат и ринулся в комнату девочки.

Выслушав меня, Миранда ухмыльнулась:

— Не волнуйся, сделаю все в лучшем виде, она от тебя убежит, роняя тапки.

— Только без грубостей, иначе Николетта обозлится.

— Не переживай, обставлю дельце замечательным образом, — успокоила меня девочка и добавила голосом умудренной старушки: — А сейчас ступай, ложись спать, утро вечера мудренее.

Самое интересное, что после этих слов я совершенно успокоился и заснул крепким, здоровым сном.

ГЛАВА 18

К Колпакову я на свой страх и риск приехал в полдень. Если разобраться, поступил я очень глупо, девяносто процентов за то, что он на работе и мне никто не откроет дверь, но она распахнулась мгновенно.

В темном, довольно грязном коридоре стояла девушка лет двадцати, в рваных джинсах и линялой футболке.

— Вам кого? — спросила она и, прищурившись, слегка отпрянула назад.

Наверное, дальнозоркая, а очки не носит из кокетства.

— Олег Анатольевич дома? — поинтересовался я и улыбнулся.

Девушка помолчала и ответила:

— Нет. Вы хотите заказ сделать? Могу принять, расценки те же, качество хорошее, желаете посмотреть образцы?

Ну отчего все, кто окружает господина Колпакова, хотят отнять у него заработок? Сначала его брат-алкоголик, теперь эта девчонка в непотребных штанах.

— Так его нет дома?

— Нет.

— А когда будет?

— Очень не скоро.

— Он уехал? Не подскажете куда?

Девчонка замялась:

— А зачем он вам? Я тоже очень хорошо снимаю, посмотрите мои работы.

— Олег Анатольевич уже выполнил мой заказ, я хочу забрать готовые снимки, — соврал я.

— Входите, — со вздохом произнесла девица.

Она провела меня в просторную комнату, служащую фотостудией. Тут повсюду были расставлены треноги, висели странные зонтики из фольги и валялись большие куски разноцветного картона. Девушка подошла к полкам, занимавшим всю стену напротив двери, и со вздохом спросила:

— Фамилию скажите.

Я оглядел армию картонных коробок, громоздящихся на стеллажах, и неожиданно для себя ответил:

— Меня прислала Алена Шергина.

Внезапно девушка побелела так, что я испугался. В ее лице разом исчезли все краски, даже ресницы поблекли.

— Поверьте, — прошептала она, — я не брала ничего, честное слово. Олег их отдал, вы же знаете, наверное...

Я хотел было улыбнуться и начать ее успокаивать, но девушка, коротко всхлипнув, свалилась на пол. В гостиной Николетты дамы частенько изображают обмороки, и мне тотчас же стало понятно, что передо мной лежит женщина, на самом деле потерявшая сознание.

Я выбежал в коридор, нашел довольно неопрятную кухню, налил в чашку воды и вернулся в комнату. Хозяйка сидела, опершись спиной о стеллажи.

— Вам лучше?

— Мне станет совсем хорошо, когда вы уйдете, — прошептала девушка. — Вас послали убить меня?

— Господи! С чего вы такое подумали? — изумился я и вытащил удостоверение.

Девушка бросила взгляд на книжечку и вновь побледнела.

— Вы из милиции!

Я испугался, что она опять лишится чувств, и быстро сказал:

— Не имею никакого отношения к правоохранительным органам, прочитайте спокойно текст, я всего лишь частный детектив. Меня наняли, чтобы расследовать обстоятельства смерти Алены Шергиной. Давайте познакомимся, Иван Павлович, а вас как величать?

— Галиной, — пробормотала девушка и внезапно вскрикнула: — Как смерти Шергиной? Алена умерла?

Я кивнул.

— Ужасно, — зашептала Галя, — значит, моя очередь следующая. Сначала Олег, потом Алена, теперь...

Кровь вновь покинула ее лицо.

— Выпейте воды, — посоветовал я, — и успокойтесь. С Аленой, скорей всего, произошел несчастный случай, она упала в реку, шофер не справился с управлением, и автомобиль утонул!

Галя тяжело задышала, потом разом опрокинула в себя стакан и безнадежно усталым голосом заявила:

— Нет, ее убили. Сначала Олег погиб, потом она.

Настал мой черед удивляться:

— Колпаков умер?

Галя судорожно вздохнула:

— Под машину попал, милиция решила, что несчастный случай произошел. Только я уверена в обратном, впрочем, фотографии не нашлись.

— Какие?

— А то вы не знаете?

— Нет.

Внезапно Галя вскочила на ноги, схватила меня за руку и бессвязно затараторила:

— Иван Павлович! Спасите меня, спрячьте, увезите, умоляю. Они скоро забудут... Прошу вас! Помогите! Я вам за это... Денег у меня нет... Хотите, вашей любовницей стану? Я красивая, молодая, вот, глядите.

И она быстрыми движениями принялась стаскивать с себя свитер, но запуталась в рукавах и заплакала.

Я осторожно вернул ее пуловер на место, по-отечески погладил по голове и проникновенно сказал:

— Ангел мой, я не привык брать плату за услуги натурой, если бы понравился тебе, тогда другое дело, ты красивая девочка, но поверь, я просто не способен принять это от тебя в качестве гонорара. Лучше расскажи мне, в чем дело, я постараюсь помочь.

Галя затряслась, словно былинка на ветру.

— Бесплатно?

Беда с этим поколением пепси! С раннего детства их приучили, что за все надо платить звонкой монетой.

— Не возьму с тебя ни копейки, перестань рыдать, успокойся и говори, — велел я.

Очевидно, Олег Анатольевич Колпаков был из тех мужчин, которые предпочитают молоденьких любовниц. Спору нет, женское тело в восемнадцать лет намного аппетитнее, чем в сорок пять. Но беда в том, что к телу, как правило, приставлена голова со ртом, в котором без устали болтает язык. А я категорически не переношу глупостей. Меня совсем не умиляют нимфетки, которые на предложение пойти в консерваторию отвечают:

— Ну, терпеть не могу консервы, у тебя че, денег на нормальный ресторан нет?

Кое-кому такие девушки кажутся забавными, меня же они раздражают, предпочитаю иметь дело с дамами своего возраста, но Олег Анатольевич Колпаков принадлежал к обширному племени мужиков, обожающих Лолит.

Девочкам тоже нравился веселый фотограф, шутник, балагур, заводной дядька. Последние два года Олег жил вместе с Галочкой. Он научил девушку обращаться с фотоаппаратом и иногда отправлял ее на маловыгодные заказы. Но это не мешало ему заводить параллельные связи. Олег отлично зарабатывал, имел имя в своей тусовке, от клиентов у него отбоя не было: свадьбы, дни рождения, крестины, похороны. Еще он совсем не пил, чем выгодно отличался от большинства собратьев, был очень аккуратен, всегда держал данное слово, и поэтому его охотно печатали в самых разных изданиях. Пару раз Колпаков даже получил премии за свои работы.

Но основной доход он имел не от хороших заказов и не от занятий фотожурналистикой. Золотой дождь лился совсем из другой тучи.

Очень многие мужчины, как и сам Олег, любят молодое, крепкое, красивое женское тело. Кое-кто покупает себе девочку, а кое-кто с удовольствием рассматривает соответствующие фотографии. Цена подобных снимков велика, но она делается заоблачной, если снимки реализовать за границей. В нашей стране много говорят о детской порнографии, но практически ничего не делают для того, чтобы искоренить это явление. А во многих странах Европы человека, купившего альбомчик с «картинками», на которых запечатлены подростки в откровенных позах, ждет суровое тюремное наказание. Да и стоят там подобные «деликатесы» очень и очень дорого.

Сначала Олег торговал «фотками» в России. Девочек он находил в самых разных местах: на вокзалах, в магазинах, кинотеатрах. Мог подойти на улице. Специально выбирал ярко накрашенных дурочек в вызывающе вульгарной, дешевой одежде. К подросткам в дорогих шмотках он не обращался никогда.

Колпаков выглядел презентабельно, душился хорошим одеколоном и представлялся фотографом, который работает в модных журналах. Вы и не представляете себе, сколько глупеньких мотыльков слеталось на свет керосиновой лампы.

Впрочем, не надо думать, что Олег, приводя девочек домой, начинал их насиловать, мучить, бить... Нет, все происходило иначе. Хороший ужин, ванна с пеной, а утром небольшой конвертик с приятной суммой. Если девочка пугалась, Олег не настаивал, предлагал просто сняться обнаженной, за деньги. Кое-кто убегал, и Колпаков никогда не бросался следом. Но большинство глупышек, детей из так называемых неблагополучных семей, предложение «поработать» за определенную плату не пугало.

Постепенно у Олега появилась группа постоянных «моделей», готовых на все. Снимки уходили влет. Колпаков, естественно, не торговал ими в переходах у метро. У него имелся узкий круг клиентов, обеспеченных, солидных людей.

Потом случай столкнул Олега с Аленой Шергиной. Галя не знала, где парочка свела знакомство, да это и неважно. После того как в дело включилась Алена, бизнес принял совсем иной размах. Колпаков вышел на международную арену. Он начал ездить через фирму «Злата» за рубеж. Олег всегда сам возил продукцию клиентам.

Как ему удавалось провозить через таможню порнографию, осталось для Гали загадкой. Но она знала другое: зарубежные любители «клубнички» заказывали альбомы, объединенные одной темой. Например, «Больница», «Свадьба» или «Вдвоем на необитаемом острове». Нечто вроде комиксов, где вместо рисунков — фотографии. И платили за такое огромные суммы.

В результате довольны оказывались все: Олег, Алена, Галя и девочки, которым подняли зарплату.

Неизвестно, сколько бы времени просуществовал бизнес, но тут у Олега появилась новая «модель», очаровательная Сонечка.

Колпаков познакомился с ней в кафе, вернее, это она сама подошла к фотографу и, весьма нагло улыбаясь, осведомилась:

— Сигареткой не угостишь?

Олег галантно вынул пачку и оглядел девчонку. Она была одета в дорогой пуловер, пахла отличными духами, и в ушах покачивались сережки с крупными бриллиантами. С подобными экземплярами Колпаков не связывался никогда. Не успеешь наладить фотоаппарат, как примчатся родители. Ну зачем ему неприятности, когда по Москве ходит так много никому не нужных детей? Поэтому, дав девчонке сигарету, он спокойно занялся своим салатом, но тинейджерка не ушла, плюхнулась за столик и велела:

— Закажи мне кофе, голова после вчерашнего болит.

Через полчаса она выложила про себя все. Звали красавицу Сонечкой, и от роду ей было четырнадцать лет. Имелся папа — крупный чиновник Министерства иностранных дел, мотающийся без остановки по заграницам. Была и мама, домохозяйка, не работавшая в жизни ни дня, впрочем, никто и не ждал, что она пойдет на службу. Денег в семье хватало на все и так. В этом благополучном, набитом дорогими вещами доме выросла, словно сорная трава, Сонечка. Папы никогда не было в Москве. Он заскакивал в квартиру, бросал в бачок грязные рубашки, хватал из шкафа чистые, принимал душ, выпивал кофе и уносился вновь в какой-нибудь Китай.

— Козел, — шипела ему вслед жена, Инга Владимировна, потом открывала бар, добывала оттуда бутылку коньяка и уходила к себе в спальню.

Мама у Сонечки была алкоголичкой, отнюдь не из

тех, что валяются в луже у метро или выпрашивают у прохожих пару рублей на дешевую водку. Нет, Инга пила в обставленной антикварной мебелью комнате коньяк «Хеннесси» многолетней выдержки, но суть происходящего от этого не менялась. Утром матушка прикладывалась к бутылке, вечером храпела на шелковых простынях. Сонечкой никто не занимался. Правда, сначала у нее имелись няня и домашние педагоги. Но когда папа Леонид Михайлович понял, что его жена — алкоголичка, он принял решительные меры. Сначала переколотил в баре все бутылки, а потом отнял у Инги кредитную карточку. Оставил только тщательно высчитанную сумму на продукты и педагогов для дочери.

Естественно, деньги на жратву были пропиты в первые три дня — «Хеннесси» пятнадцатилетней выдержки дорогое удовольствие, следом отправились и средства, предназначенные для оплаты учителей. Как все алкоголики, Инга оказалась очень хитра, и Леонид Михайлович оставался в приятном неведении. Он даже начал думать, что жена бросила пагубную привычку. К его возвращению она всегда была как стеклышко.

К четырнадцати годам Сонечка попробовала все, кроме наркотиков. В ее классе «училось» несколько детей, крепко сидящих на героине, и девочка увидела, что произошло с ними через год. Но это была единственная разумная мысль в ее голове, потому что Соня курила, пила, перепрыгивала из постели в постель и появлялась в школе раз в месяц, в основном для того, чтобы поболтать с приятельницами. О СПИДе, венерических заболеваниях и своей будущей судьбе девочка не задумывалась.

Олег привез нимфетку в студию. Сонечка с восторгом восприняла идею стать моделью, и Колпаков отщелкал много пленок. Кстати, девочка оказалась явно талантливой, могла изобразить перед объективом все, что угодно, от смеха до бурных рыданий. Олег даже пожалел, что не снимает кино.

Гром грянул в самом конце прошлого года. Колпаков как раз смотался в Испанию и отвез туда альбомчик, набитый пикантными фотографиями, главным действующим лицом на которых была Сонечка.

Получив от одного из местных депутатов кругленькую сумму, Колпаков вернулся в Москву в самом радужном настроении. Через два дня ему позвонил мужчина и предложил приехать в закрытый частный клуб для получения заказа.

Не думавший ни о чем плохом фотограф явился по указанному адресу. Его провели в шикарно обставленную комнату, где в кресле сидел великолепно одетый мужчина лет пятидесяти.

Дождавшись, пока лакей, приведший Олега, уйдет, мужчина сухо представился:

— Леонид Михайлович.

Потом вытащил из кейса альбомчик, тот самый, сделанный для испанского сластолюбца, и поинтересовался:

— Твоя работа?

— А в чем, собственно говоря, дело? — старательно изобразил недоумение Колпаков.

— Изволь отвечать, — рявкнул Леонид Михайлович, — твоих ручонок дело?

— Вы хотите заказать нечто подобное? — нашелся Олег. — Но это запрещено!

— Ты мне тут баки не заливай, — прошипел Леонид, потом подошел к двери, расположенной между книжными шкафами, дернул ручку... Появилась заплаканная Сонечка, без привычной косметики и бриллиантов.

— Он? — резко спросил мужчина.

Девочка кивнула.

— Пошла вон, — велел Леонид Михайлович.

Сонечка незамедлительно скрылась.

— Значит, так, голубок, — спокойно произнес Леонид Михайлович, — я мог бы велеть, чтобы тебя убили, но не стану этого делать. Завтра в девять утра на сороковом километре Минского шоссе будет стоять темно-синяя «Волга», старая и помятая. В ней найдешь парня, Виктора. Передашь ему все фото и негативы, понял?

— Нет, — решил не сдаваться Олег, — честно говоря, я совсем не врубаюсь.

— Ладно, — кивнул Леонид Михайлович, — иди сюда, глянь в окно.

Колпаков послушно приблизился к стеклу.

— Вон та «десятка», зеленая, твоя?

Олег кивнул.

— Впрочем, — продолжил Леонид Михайлович, — сам знаю, что твоя. Хорошо, погоди секунду.

Он вытащил из кармана мобильник, набрал номер и спокойно сказал:

— Давай.

Раздался глухой хлопок, «Жигули» сначала подскочили на месте, потом в полной тишине осыпались стекла, и вверх взметнулось пламя.

Олег онемел.

— Считай это предупреждением, — улыбнулся Леонид Михайлович, — имей в виду, я знаю про тебя все, не вздумай скрыться, хуже будет. Значит, до завтра. Да не забудь собрать все. Если где-нибудь еще всплывет Сонина фотография, тебе не жить.

— Но я отвозил альбомы еще в Германию и Англию, — неожиданно для себя ляпнул Олег и тут же прикусил язык.

Поздно, Леонид Михайлович нахмурился.

— Кому? Адреса, телефоны...

Но Колпаков уже пришел в себя.

— Сразу не скажу, клиентов много, надо домой съездить, посмотреть.

— Хорошо, — кивнул Леонид Михайлович, — значит, завтра еще принесешь и эти сведения, а сейчас пошел вон.

На подламывающихся ногах Олег побрел к метро, в столь скверную ситуацию он попал впервые. Впрочем, неприятности случались и раньше. Пару раз к Колпакову являлись родители «моделей», однако фотограф шутя улаживал проблемы при помощи денег, но этому Леониду Михайловичу, с легкостью взорвавшему чужой автомобиль, сто долларов не предложишь.

Придя домой, Олег осторожно выглянул в окно и увидел двух крепких парней, прохаживающихся перед входом в подъезд, рядом шумела мотором непрезентабельная с виду, помятая машина. Колпаков отпрянул в сторону. В голову ему пришла простая мысль: он жив, пока снимки у него. Стоит Леониду Михайловичу получить требуемое, как за жизнь Олега и копейки нельзя будет дать!

ГЛАВА 19

Колпаков взял сумку, побросал туда кое-какие вещички, конверт с негативами, вышел из квартиры, поднялся на крышу, прошел на чердачное помещение другого, стоящего рядом дома, спустился вниз и уехал. Галю он забыл предупредить об опасности.

Девушка вернулась вечером домой, слегка удивилась, увидав, что Олега нет, но в панику не впала. Колпаков частенько исчезал дня на три-четыре, не ставя об этом в известность Галочку. Он не слишком считался с любовницей.

Утром она ушла на работу, после восьми, усталая, с сумкой, набитой продуктами, ввалилась в квартиру, сначала засунула мясо и молоко в холодильник, затем умылась и лишь тогда вошла в комнату, служащую одновременно фотостудией и архивом.

Крик застрял в ее горле. По комнате словно тайфун прошел. Ящики, в которых хранились фотографии, пустыми валялись на полу, конверты с негативами, а их было очень много, пропали, картотека клиентов и «моделей» разбросана по полу... Кроме того, воры переколотили всю аппаратуру, засветили имеющиеся пленки, а в качестве завершающего аккорда разбили люстру, сломали кушетку и разрезали ножом обивку на креслах и диване.

Не зная, что и думать, Галя не пошла в милицию, а принялась названивать Олегу на мобильный, но там работал автоответчик, и девушка наговорила не то пять, не то шесть сообщений, пока Олег наконец соединился с ней.

Встретились они через неделю, в Серпухове, в придорожной гостинице. Олега было не узнать. Он явился на свидание в парике, в очках, с наклеенными усами и бородой. Галя привезла ему чемодан, куда любовник велел положить необходимые вещи и документы.

— «Хвост» не притащила? — нервно спросил Колпаков, забирая саквояж.

— Нет, — ответила любовница, — осторожно себя вела, как ты велел.

Олег слегка расслабился и рассказал Гале, что стряслось.

— Ты прикинь, — ужасался он, — этот Леонид Михайлович, отец Сони, оказывается, очень влиятельный человек.

— Как к нему альбомчик попал? — изумилась Галя.

Олег потер затылок:

— Дурацкая история! Я позвонил клиенту в Испанию, тот сам до сих пор в себя прийти не может. Все оказалось очень просто. Испанец, тоже крупный чиновник, хорошо знал Леонида и пригласил того к себе домой. Поужинали, закусили, поболтали, скатились на разговор о бабах. Хосе, к тому времени основательно окосевший, вытащил альбом с фотографиями...

С Леонидом Михайловичем чуть не случился припадок, когда в девочке, запечатленной на фотографиях в самых разнообразных и немыслимых позах, он узнал собственную дочь. Естественно, Хосе дал ему все координаты Колпакова.

— Лучше верни ему негативы, — посоветовала Галя.

— Ты дура, — заявил Олег, — я жив, пока они у меня. Нет уж. Вот что, держи конверт. Поезжай сейчас срочно на эту улицу, вызови Кудимова Сергея, отдай ему письмо и скажи, что я свяжусь с ним.

Галочка глянула на адрес и вздохнула. Газета «Микроскоп», отвратительное издание, помещающее на своих страницах всякие мерзкие статьи, типа «У N имеется любовник, десятилетний ребенок». Еще полосы «Микроскопа» украшали фотографии, в основном знаменитостей, застигнутых в такие моменты, когда человеку хочется побыть в одиночестве. Что за папарацци работал в «Микроскопе», не знал никто, в отличие от большинства фотожурналистов, гордящихся своими скандальными снимками, этот не открывал имени, а проходил в газете под псевдонимом Гном. В свое время Олег, тыча пальцем в разворот «Микроскопа», недоумевал:

— Ну как он это делает, а? Что за оптику использует? Может, умеет видеть сквозь стены? Ты только посмотри сюда. Звезда эстрады на унитазе с бутылкой! А этот писатель, оказывается, бьет жену! Да уж, представляю, сколько он получает, я имею в виду фотографа.

Галя решила утешить любовника:

— Твои снимки намного лучше, у этих качество не слишком хорошее.

— Дура ты, дура, — покачал головой Олег, — кому нужна игра света и тени от папарацци! Снимают же, как правило, в невероятных условиях, вися вниз головой на сороковом этаже. Ты лучше скажи, как он проникает в их квартиры и остается незамеченным?

— Может, это женщина, — пожала плечами Галя, — втирается в доверие...

Олег указал на фото эстрадной дивы, застигнутой в туалете.

— Нет, моя дорогая, подобное мог щелкнуть лишь мужчина.

— Но почему? — недоумевала Галя.

— Да потому, наивная ты моя, — вздохнул Олег, — что эта пятидесятилетняя бабища врет всем, что ей тридцать пять лет, и появляется на людях только при полном параде, затянутая в корсет. А здесь она голая. Грудь висит, на животе складки, морда опухшая, бутылка в руке. Наверное, парень был ее любовником и дождался нужного момента.

— Многие артисты сами провоцируют скандалы, — не сдавалась Галя, — нанимают фотографа и разыгрывают сценку, чтобы привлечь к себе внимание.

— Согласен, — улыбнулся Олег, — но только тогда они стараются предстать перед публикой в наилучшем виде. Помнишь фото Юлии Маркиной? Ну то, на котором запечатлено, как известная певица, пьяная, попала в аварию и свалилась на машине в реку?

— Да, — кивнула Галя, — его многие напечатали.

— Ну и что? — засмеялся Олег. — Юля Маркина стоит на берегу возле милицейской машины при полном макияже, с идеальной прической и в драгоценностях. Ее в таком виде выловили из воды! А на ее

194

плечи накинут роскошный плед из натуральной овчины, стоимостью в тысячу баксов. Его нежный бежево-розовый цвет как нельзя лучше оттеняет лицо Юлечки. Читателям газеты сообщалось, что снимок сделан в ту минуту, когда певичку только-только добыли из Оки, а пледик ей набросили на плечики предупредительные сотрудники милиции. Впрочем, можно предположить, что госпожа Маркина, побывав в грязной воде, ухитрилась не растрепать облитую суперлаком прическу, не смыть сверхводостойкий макияж и не потерять ни один из многочисленных браслетов. Но вот то, что в патрульной машине случайно обнаружилось одеяло стоимостью в годовую зарплату мента, мне кажется маловероятным. У Юлии Маркиной было постановочное фото, а у той, которая сидит голая на унитазе, нет.

— Но тогда, если предположить, что сей папарацци мужчина, который сначала прикидывается любовником, а потом делает эксклюзивные фотографии, как ты объяснишь происхождение снимка писателя, бьющего жену? — поинтересовалась Галочка.

Олег крякнул:

— Да уж! Светоч мысли, великий гуманист, постоянно торчащий в телеэкране с нудными монологами на тему «Возлюби все живое», и такой облом! Да еще как избивает! Пинает женщину, распростертую на полу, ногой! Не знаю! Просто снимаю шляпу, этот папарацци гениален.

— Зачем ты хочешь, чтобы я передала снимки этому Кудимову? — заерзала на стуле Галя.

Олег осторожно поправил фальшивую бороду.

— Попробую поторговаться. Предложу: или оставите меня в покое, или снимки появятся в «Микроскопе».

— Тебя же убьют!

— Вот именно, — кивнул Олег, — я так и объясню. Только меня пристрелите, наутро ждите сюрприз.

— Лучше верни им негативы, — попросила Галя.

Колпаков обозлился:

— Не хочешь ехать в «Микроскоп», так и скажи!

Пришлось девушке, взяв конверт, мчаться в редакцию.

На следующее свидание Олег вызвал ее через десять дней. Следовало приехать в Истру и привезти деньги. Галя, без конца оглядываясь, добралась до подмосковного городка. Она ощущала себя Штирлицем, пересаживаясь из одной электрички в другую и катаясь на автобусах в разные стороны. Но никто не следил за ней, и она в конце концов добралась до кафе с поэтическим названием «Белая роза».

Олег выглядел похудевшим. На этот раз парик оказался светлым, усы и борода пшеничными, он надел строгий костюм, рубашку с галстуком, наряд, который носил крайне редко. До сих пор Колпаков предпочитал джинсы и пуловер.

— Давай, — нервно сказал он, выхватывая из рук Гали конверт, — сколько принесла? Отчего так мало?

— Где же взять больше? — спросила она. — Сам знаешь, сколько я зарабатываю!

— Плевать на твои копейки, — взвизгнул Олег, — мне уезжать надо, бежать за границу, достань к завтрашнему дню десять тысяч баксов!

Галя оторопела:

— Где?

— Не знаю, — гневно воскликнул любовник, — моя жизнь висит на волоске, а ты жопу от стула оторвать не желаешь! Ладно, завтра приедешь с деньгами в Солнечногорск, кафе «Розовая птица», в восемь вечера.

Галя попыталась было вразумить Олега, но тот психанул, выскочил из кафе и быстрым шагом двинулся через улицу. Девушка, сдерживая слезы, смотрела, как он пересекает пустую проезжую часть. Дальнейшие события напоминали дурной кинофильм. Не успел Колпаков дойти до середины улицы, как слева вынырнула старая машина, сбила его и исчезла с такой скоростью, что Гале показалось, будто ее и не было. В память девушки врезался только номер — 588. Галя дальнозоркая и цифры видела великолепно.

Олег умер на месте. Травма, несовместимая с жизнью, так сказали Гале в больнице, куда «Скорая помощь» доставила уже труп.

Бедная девушка вернулась домой и теперь лишний раз боится выйти из квартиры. Ходит лишь на работу, и все.

— Этот Леонид Михайлович решил всех убрать, кто знал о фото, — всхлипывала Галя, — и Алену он убил, она же устраивала выезд за рубеж! Теперь моя очередь, точно!

— Успокойся, — велел я, — а что, «Микроскоп» напечатал снимки?

— Нет!

— Почему?

— Откуда же я знаю!

— Ты не звонила этому Сергею Кудимову, не говорила о несчастном случае с Олегом?

— Это убийство!

— Хорошо, об убийстве.

— Конечно, сказала.

— И дальше?

— Ничего, — пожала плечами Галя, — я все время «Микроскоп» покупаю, никаких снимков не появилось. Наверное, испугался. Очень хорошо его понимаю. Мне тоже жутко страшно. Господи, что же делать теперь?

— Для начала успокоиться, — велел я, — собирайся.

— Куда?

— Не надо тебе жить на квартире Олега, лучше уезжай к себе, вряд ли Леонид Михайлович все про тебя знает.

— Знает. — Галя шумно высморкалась. — Я и так у себя, это Олег у меня жил. У него комната в коммуналке вместе с братом-алкоголиком, который тоже пытается изображать фотографа. Барак под снос определен, вот Олежка и не покупал квартиру, все ждал, авось государство даст.

— Хорошо, — кивнул я, — тогда никому дверь не открывай.

— Я и не открываю.

— Меня же впустила!

— Так я думала, за заказом пришли, сами же сказали, а мне деньги очень нужны.

Я только покачал головой. Боится наемных киллеров — и преспокойно разрешает войти в квартиру постороннему человеку.

— У тебя есть близкая подруга?

— Да.

— Лучше уезжай к ней.

Галя кинулась к телефону, потом повернула ко мне растерянное лицо.

— Но она живет в Омске.

— Вот и здорово! — улыбнулся я. — Слетай туда на месячишко.

— Денег на билет нет, — пролепетала дурочка.

Я взял телефон. Мой вам дружеский совет, никогда не делайте добрые дела, потому что, начав, невозможно остановиться.

Через несколько часов повеселевшая Галочка села в самолет. Я купил ей билет и дал немного денег с собой. Когда тоненькая, щуплая фигурка, волочившая тяжелую сумку, скрылась за дверью, ведущей на летное поле, я пошел на стоянку, где меня ждали «Жигули». Хватит заниматься чужими делами, пора подумать и о себе.

У дверей квартиры Альбины мы с Мирандой были ровно в семь. Поправив гигантский букет, я позвонил. Дверь мигом распахнулась, и я постарался сдержать изумление. На пороге стояла, улыбаясь, Альбина, одетая самым невероятным образом. Тощенькое тельце обтягивало пронзительно зеленое платье. Вернее было бы назвать ее одеяние широким поясом, потому что юбочка заканчивалась, не успев начаться, а вверху ткань держалась на уровне подмышек. На ее ногах были колготки, больше всего похожие на рыболовную сеть, ступни втиснуты в черные лаковые лодочки на длинном тонком каблуке. И еще от нее разило духами «Пуазон», которые я совершенно не выношу.

— Ах, Ваня, — застрекотала Альбина, принимая букет, — какие цветы! А это кто?

Последнюю фразу она произнесла с явным раздражением.

— Знакомьтесь, — улыбнулся я, — племянница моей хозяйки Миранда. Я человек подневольный, Элеонора приказала не спускать с девочки глаз, вот пришлось с собой взять. Если я совершил бестактность, извините, мы прямо сейчас уйдем. Понимаю, конечно, у вас гости, праздник, а тут я с маленьким ребенком.

— Проходи, деточка, — процедила сквозь зубы Альбина.

Мы проследовали в гостиную, где, взглянув на

стол, я понял, что готовился ужин в интимной обстановке.

На красивой кружевной скатерти сверкало всего два прибора. Горели свечи, верхний свет был выключен, шторы задернуты, в углу дымилась ароматическая палочка, и никаких следов Маргариты Иммануиловны и Сергея Прокофьевича. Из музыкального центра лилась нежная мелодия.

Я вздохнул, ну отчего это большинство женщин всерьез воспринимает идиотские советы, которые публикует на своих страницах «Космополитен»? Один раз, сидя в парикмахерской и поджидая, пока освободится мастер, я пролистал любимый дамами журнал и изумился. Если верить напечатанному, все мужчины похотливые обезьяны, причем глупые, потому что ловить их предлагается исключительно на яркую раскраску. Нигде не было сказано, что представители сильного пола ценят самодостаточных, реализованных, невульгарных особ, с определенной долей стервозности в характере. Посоветовали бы девушкам учиться, добиваться успеха в жизни и только тогда начинать думать о браке. Нет, предлагалось напялить короткое и обтягивающее платье, зажечь на столе свечи, выставить мослястую коленку, томно закатить глаза — и распаленный самец твой. Не в силах сдержать разбушевавшиеся инстинкты, он сначала поведет тебя в загс, потом осыплет подарками, и вся оставшаяся жизнь пройдет либо при свечах, либо в ванне, наполненной ароматной пеной. Впрочем, нет, иногда он будет делать вам эротический массаж и вывозить за границу.

Самое интересное, что несть числа дурочкам, искренне верящим подобным статьям, и, очевидно, Маргарита Иммануиловна из их числа, иначе зачем она затеяла этот спектакль? Удивительное поведение

для бизнесвумен! Или это от слишком большой само-
уверенности? Случается такое с дамами, успешно ве-
дущими дела. Они считают себя самыми умными, а
остальных клиническими идиотами. Лично меня от
запаха благовоний тошнит, полумрак навевает сон, а
музыка, та, что сейчас несется из роскошной стерео-
системы, раздражает. И вообще, я предпочитаю быть
охотником, а не дичью, женщины, откровенно ве-
шающиеся на шею, не привлекают меня. Если бы не
угроза Николетты улечься в кардиоцентр, я никогда
бы не приехал к Альбине.

ГЛАВА 20

— Ванечка, садись, — без обиняков перешла со мной
на «ты» Альбина, — шампанское?

Я улыбнулся и кивнул, хотя терпеть не могу ши-
пучку. Миранда тихо сидела в углу дивана, разглядывая журнал.

— Ах, — закатила глаза Альбина, — попробуй вон
тот салатик!

Я поднес к губам вилку.

— Ваша кухарка изумительно готовит!

Альбина захихикала:

— Что ты! У нас нет кухарки.

— Ваша мама готовит сама?!

— Нет, конечно.

— Кто же тогда, отец?

Альбина расхохоталась:

— Ванечка, какой ты смешной! У плиты обожаю
стоять я! Такое изобретаю! Кстати, попробуй пирож-
ки, сама пекла, с капустой, мясом и грибами.

Продолжая светски улыбаться, я потянулся к вы-
печке. Вот еще одна особа, считающая, что путь к
сердцу мужчины лежит через его желудок. Да, атака

подготовлена по всем правилам. Почему молчит Миранда? Мы же с ней договорились!

В ту же секунду девочка одернула коротенькую юбочку, тряхнула хвостиками и просюсюкала:

— Дядя Ваня, есть хочу!

Я оглядел стол с двумя приборами.

— Сейчас, дорогая. Альбина, можно покормить ребенка?

Хозяйка поморщилась, но потом, взяв себя в руки, подошла к маленькому столику, на котором дожидались своей очереди пирожные, схватила десертную тарелочку и сунула ее Миранде:

— Положи себе сама.

Девочка принялась ковыряться в закусках. Сначала она уронила на ковер кусок рыбы, потом наступила на него, подняла, подула и вновь уложила на блюдо со словами:

— Что-то уже не хочется.

Затем рассыпала маслины и оливки. Альбина отняла у Миранды тарелку, наполнила ее салатами и резко сказала:

— Иди со мной.

Через пару минут Альбина вернулась и кокетливо улыбнулась.

— Ребенку скучно со взрослыми, пусть посидит у телевизора. Ах, какая божественная музыка! Ванечка, ты любишь танцевать? Ля-ля-ля...

Что-то она слишком торопится. Светское воспитание предписывает в подобных случаях моментально ответить «конечно», встать, подать даме руку и начать топтаться с ней между торшером и диваном.

Но поскольку мы одни, «приятный» процесс объятий можно пока отложить. Надеюсь, Миранда придумает, как меня вызволить!

— А что вон на той тарелочке? — Я прикинулся зверски голодным.

— На какой? — прошептала Альбина. — На зеленой?

Я кивнул. «Невеста» встала, взяла блюдо, потом подошла ко мне и, чуть понизив голос, сказала:

— Это салат из спаржи с артишоками, хочешь? Потрясающая вещь! Его рекомендуют для повышения потенции.

Я, стараясь не вдыхать исходящую от нее удушливую вонь французских духов, быстро заявил:

— Нет, спасибо!

— Ты не любишь спаржу? — прошептала Альбина, садясь за стол.

Хотелось, конечно, ответить: «Нет, она похожа на вату», но мое проклятое светское воспитание не позволило.

— Обожаю, просто сейчас не хочется.

Альбина положила свою ладошку на мою руку и грудным голосом проворковала:

— Ваня...

И тут раздался дикий вопль. Я с готовностью вскочил на ноги.

— Надо посмотреть, что случилось с девочкой.

— Не надо, — потянула меня обратно Альбина, — наверное, уронила тарелку с салатом, она такая неловкая!

Я дернулся, но «невеста» держала меня мертвой хваткой. Дверь с треском распахнулась, на пороге появилась Миранда в слезах.

— Дядя Ваня, — прошепелявила она, — там у них мыши!

— Не городи чушь, — вспылила Альбина.

— Точно мыши! Бегают по комнате, я боюсь, боюсь...

Продолжая канючить, она влезла прямо в туфлях на диван и захныкала:

— Мыши, мыши!

— Просто бред какой-то, — пожала плечами Альбина.

— А вы поставьте у батареи блюдечко с сыром, — посоветовала Миранда, — мышка сразу вылезет.

— Действительно, — оживился я, — давайте их выманим!

Альбина скрипнула зубами, но решила извлечь пользу от предложенной забавы.

— Ты посиди тут, — велела она Миранде, — а мы с Ваней сходим за сыром.

Девочка осталась на диване. Я переместился в соседнее помещение, забитое до упора дорогой бытовой техникой. Альбина распахнула трехкамерный хромированный холодильник, вытащила сыр и принялась беспорядочно выдвигать и задвигать ящики.

— Вы что-то ищете? — поинтересовался я.

— Ножи, — сердито ответила Альбина, — куда их только кладут?

Я постарался не рассмеяться. Ведь «невестушка» все дни проводит у плиты, готовя всевозможные вкусности. Да уж, у лжи короткие ноги. Не успела Альбина соврать про свои кулинарные подвиги, как понадобился кухонный нож, и вот теперь оказывается, что страстная повариха не в курсе, где хранится утварь.

Наконец необходимый предмет был найден. Альбина развернула сыр и поманила меня пальцем:

— Помоги мне.

Я приблизился, она призывно улыбнулась и, спрятав руку с куском «Эдама» за спину, шепнула:

— Не дам, отними!

В ту же секунду раздался громкий голос Миранды:

— А чё это вы тут так долго делаете? Сыр едите, мне тоже хочется!

Альбина позеленела, шмякнула ни в чем не повинный «Эдам» на доску и прошипела:

— На, режь тогда сама.

Девочка схватила нож и приступила к процедуре.

— Ваня, — пришла в себя Альбина, — пусть ребенок забавляется, пойдем потанцуем.

— А-а-а, — завопила в диапазоне ультразвука Миранда, — я порезалась!

Я подбежал к ней. Действительно, на указательном пальце девочки видна была тонкая ранка, больше напоминающая царапину.

— О-о-о! — выла Миранда.

— Прекрати, — вскипела Альбина, — это же сущая ерунда.

— Какая вы жестокая! — завопила девочка.

Альбина покраснела, в ее задачу входило произвести на меня наилучшее впечатление, поэтому она мгновенно перестроилась и принялась изображать из себя добрую самаритянку.

— Конечно, ерунда, не плачь, сейчас помажем йодом и забудем.

— Йодом нельзя!

— Не бойся!

— Нельзя! У меня на него аллергия, — капризничала Миранда, не забывая размазывать по лицу сопли, — несите зеленку, если нету, придется дяде Ване в аптеку идти.

Запас Альбининой доброты пришел к концу.

— Есть бриллиантовая зелень, — рявкнула она, — в аптечке, в ванной.

Мы перебрались дальше по коридору. Пока хозяйка рылась в шкафчике с зеркальной дверцей, Миранда с любопытством рассматривала все бутылочки, стоящие на стеклянных полочках.

— Это че? — ткнула она пальцем в одну из них.

— Дезодорант, — обернулась Альбина.

— Ваш?

— Да, давай твой палец.

— Сама хочу, — занудила Миранда, — а почему он без спрея?

— Это новое средство, — пояснила Альбина, — дезодорант-лосьон, ему не нужен дозатор. Следует налить жидкость на ладонь и нанести, размазывая, на нужные места.

— Клево, — бормотнула девочка, — не встречала такой.

— Он в Москве пока не продается, — ответила хозяйка, — мне из-за границы привезли. Долго нам тут еще стоять, а? Давай мажь ранку.

— Выйдите, стесняюсь вас, — заявила Миранда.

Альбина с плохо скрываемой радостью поволокла меня в гостиную, взяла с маленького столика бутылку коньяка и предложила:

— Налью тебе капельку.

— Нет-нет, и так выпил зря шампанское, я ведь за рулем.

Альбина плюхнулась в кресло, расставила ноги и заявила:

— Зачем тебе торопиться? Можешь остаться тут переночевать, у нас имеется свободная комната.

— Вряд ли Маргарита Иммануиловна и Сергей Прокофьевич обрадуются, обнаружив меня здесь! И потом, куда деть Миранду?

— Родители не приедут, они отправились на три дня на дачу, мы можем чувствовать себя совершенно спокойно, — блеснула глазами «невеста», — а девочка домой на метро доедет, немаленькая!

Не знаю, как чувствует себя заяц, когда видит на пригорке охотника с винтовкой, думаю, ему, длинноухому, вовсе некомфортно, так же, как сейчас мне.

— Впрочем, — продолжала улыбаться Альбина, — не хочешь коньяку, выпей минералочки, «Перье» — изумительная вода.

С этими словами она схватила пузатую темно-зеленую бутылку и резко скрутила пробку. Из горлышка вылетела пузырящаяся струя.

— Ай, — взвизгнула Альбина, — Ваня, подай скорей салфетку, да не бумажную, полотняную, они вон там, в буфете.

Я порылся на полках, нашел салфетку и протянул ей.

— Спасибо, Ванечка, — кокетливо протянула «таранька», — вот твой бокальчик.

У меня и впрямь пересохло в горле, я потянулся к высокому хрустальному стакану, но в ту же секунду в гостиную на огромной скорости, словно за ней несся рой пчел, влетела Миранда. Девочка выхватила из моих пальцев бокал, резко поставила его на стол и заявила:

— Фу, как вы тут сидите!

— А что тебе не нравится? — разозлилась Альбина. — Между прочим, дети твоего возраста не должны мешать взрослым, ступай куда-нибудь погулять!

Я хотел было возразить, что на дворе пронзительно ледяной, вьюжный февральский вечер и негоже выставлять во двор девочку-подростка, но Миранда неожиданно заявила:

— Точно! Уж лучше на свежем воздухе, чем в этой вони.

— Ты хочешь сказать, что здесь плохо пахнет? — удивилась Альбина.

— Как в скотомогильнике, — кивнула Миранда.

— Прекрати, — взвизгнула Альбина, — вся еда свежая, ее только-только приготовили из лучших продуктов.

— Так от стола-то хорошо пахнет, — нагло заявила девочка, — и от дяди Вани тоже, воняет от вас!

Альбина стала пунцовой, потом кровь так резко отхлынула от ее лица, что я испугался, как бы мадемуазель не упала в обморок, но она оказалась не из слабонервных.

— И чем же от меня пахнет? — Она попыталась улыбнуться. — Я душилась «Пуазоном». Тебе не нравится этот аромат?

— Аромат, — скорчила гримасу Миранда, — рыбой тянет, гнилой селедкой. Может, вы вспотели, а помыться поленились? Со мной такое иногда случается, побегаю на физкультуре, потом в душ не пойду, так спать лягу, а утром воняет!!! Ну прям как от вас! Да вы понюхайте себя!

Не понимая, что за забаву затеяла девочка, я решил на всякий случай поддержать плутовку и демонстративно подергал носом:

— Действительно, пахнет чем-то таким...

Альбина схватила тарелочку с мелко нарезанной сельдью, стоящую с краю стола.

— Вот, я не хотела, чтобы ее подавали. Сейчас вернусь!..

Миранда подскочила к двери и глянула в щелочку.

— Ага, — удовлетворенно сказала она, — все-таки пошла в ванную, сейчас начнет свой супер-пупер-дезодорант-лосьон по телу размазывать! Во здорово!

— Почему? — не понял я и потянулся к бокалу с водой.

— Не пей, козленочком станешь, — рявкнула девочка, отняла у меня бокал и сунула тот, что Альбина приготовила для себя, — вот отсюда хлебай сколько угодно.

— Почему? — Я продолжал пребывать в недоумении.

— Потом объясню, — отмахнулась Миранда и поставила отобранный у меня бокал возле прибора Альбины.

В ту же секунду в комнату вошла хозяйка, вместе с ней вплыл резкий парфюмерный запах, не такой душный и тяжелый, как от «Пуазона», но столь же малоприятный.

— Давайте доедим ужин, — весело прочирикала Альбина, — ты, Ваня, садись, а ты, Миранда, лучше ступай в кабинет, там работает телевизор...

— Можно мне еще покушать взять? — опустила глазки вниз мошенница.

— Конечно, бери.

— Можно я свет зажгу? Ничего не вижу при свечке!

— Хорошо, — сквозь зубы пробормотала хозяйка, готовая на все, лишь бы избавиться от докучливой девчонки.

Вспыхнула люстра, я увидел Альбину и вскрикнул:

— О боже!

— Мамочка! — заверещала Миранда. — Вы заболели!

— Что случилось? — подскочила Альбина.

— А туда глянь, — радостно посоветовала проказница.

Хозяйка подскочила к большому старинному зеркалу в тяжелой раме и заорала:

— Господи! Что со мной?!

Впрочем, Альбину можно было понять. Всю шею, плечи и часть бесстыдно обнаженной плоской груди покрывали неровные зеленые пятна самой причудливой конфигурации. Лицо оставалось чистым. Впрочем, ладони девицы тоже позеленели.

— Спасите! — прошептала Альбина и повалилась на диван. — Воды!

Я схватил ее бокал, протянул ей и сказал:

— Главное, не нервничайте. Ничего страшного, похоже на аллергию!

— А вот и нет, — немедленно вмешалась Миранда, — если аллергия, пятна появятся красные, а тут зелень проступила. Дядя Ваня, держитесь от нее подальше, может, она дико заразная!

Альбина одним махом опрокинула стакан и в изнеможении откинулась на подушку.

— Я знаю, что с вами! — вскрикнула Миранда.

— Что? — прошелестела Альбина.

Видно было, как она борется со сном, веки ее слипались, а язык, похоже, еле-еле ворочался во рту. Я только диву давался, глядя на странную реакцию. К тому же на Альбину нападала дикая зевота.

— Вы, наверное, плесенью покрываетесь, как гнилая колбаса, — заявила маленькая нахалка.

Альбина хотела было возразить, но тут веки ее окончательно сомкнулись, а изо рта донесся неэстетичный храп.

— Что это с ней? — изумился я. — Никак заснула?

— Ага, — кивнула Миранда. — Скажи мне спасибо. Подглядывала за вами из коридора. Знаешь, что она сделала, когда тебя к буфету за салфеткой отправила?

— Нет.

— Достала вот отсюда какое-то лекарство и в твой бокал кинула, я поэтому и поменяла воду, — пояснила девочка. — Интересно, что она задумала?

Я подошел к овальному столику, выдвинул крохотный ящичек и увидел пачку таблеток.

Ну и ну! Это же сильнейшее снотворное. Ну и Альбина! Значит, когда она поняла, что добром не получится уложить меня в койку, решила действовать обманом. Спасибо Миранде, если бы не она, это я бы сейчас храпел на диване. Вероятней всего, Альбина бы стащила с меня брюки, а с себя платье, прилегла бы рядом и стала поджидать родителей. Хорошенькое же пробуждение ожидало меня! Обнаженный, рядом с раздетой девицей, а над нами нависают разгневанная Маргарита Иммануиловна и Сергей Прокофьевич. Да мне и брюк натянуть бы не дали, прямо так, голого, повезли бы в загс.

Внезапно раздался тихий хлопок двери. Миранда без лишних слов юркнула под стол, болтающаяся до полу скатерть полностью скрыла девочку. Я быстро сел на диван возле лежащей Альбины и прикрыл глаза.

По коридору прошелестели осторожные шаги, так движется кот Василий, когда задумывает очередную пакость. Дверь в гостиную тихонько приоткрылась, Маргарита Иммануиловна заглянула внутрь и свистящим шепотом осведомилась:

— Биночка, как? Получилось? Можно звать папу?

Я открыл глаза:

— Добрый вечер, Маргарита Иммануиловна!

Дама издала совершенно неприличный визг, но уже через секунду попыталась взять себя в руки.

— Здравствуйте, Ваня, мне показалось, что вы... э... заснули.

— Нет, просто сижу в раздумье около Альбины. Очень рад вас видеть. Честно говоря, я нахожусь в глубочайшем недоумении. Мы очень мило ужинали, слушали музыку, потом Альбина на пару секунд отлучилась в ванную. Вернулась, позеленела, села на диван и крепко-крепко заснула. Сначала я испугался, подумал, ей плохо, но потом понял, она просто во власти Морфея.

— Ничего-ничего, — забормотала Маргарита Иммануиловна, нервно бегая глазами по сторонам, — с ней такое случается, Альбиночка девочка эмоциональная, тонко чувствующая. Чуть перенервничает и засыпает...

Я, вежливо улыбаясь, слушал лепет несостоявшейся тещи. Маргарита Иммануиловна, продолжая нести чушь о ранимой Альбине, приблизилась к дивану и заорала:

— Что это с ней?

— Где?

— Да вот, жуткие пятна.

— Я же только что объяснил вам, что она пришла из ванной зеленая.

— Я думала, это такое поэтическое сравнение, — продолжала, заикаясь, маменька.

— Нет, это — суровая действительность, — хмыкнул я, — вы разрешите откланяться? Альбина, очевидно, проспит до утра, не хочу мешать.

— Да-да, — пробормотала Маргарита Иммануиловна, — она вам обязательно позвонит.

Я спустился во двор, сел в «Жигули» и включил печку. Теперь нужно подумать, каким образом выручить Миранду, сидящую под столом в гостиной. Но в голову, как назло, не приходило ничего дельного. Выкурив сигарету, я уже совсем было решил подняться к Альбине, но тут дверь подъезда распахнулась и тоненькая фигурка метнулась к машине.

— Слава богу, — обрадовался я, открывая дверь, — хотел уже идти тебя выручать!

— Я сама из любой западни вылезу, — засмеялась Миранда. — Знаешь, почему они так торопились тебя в загс отвести?

— Ну, дочку пристроить хотят, перестарка. Похоже, на нее никто до сих пор не польстился.

— Вот тут ты сильно ошибаешься, — веселилась моя юная напарница, — нашелся любитель, Альбина беременна!

— С чего ты взяла?

Миранда снова захихикала:

— А только ты ушел, мамаша папашу позвала.

Не успел Сергей Прокофьевич шагнуть в гостиную, как жена налетела на него с упреками:

— Вот, смотри, вся в тебя!

— Что случилось, кисонька? — попятился муж.

— Что случилось! — передразнила его Маргарита Иммануиловна. — Я нашла ей нужную кандидатуру. Думаешь, легко? Чтобы воспитанный, интеллигентный, не транжира, не пьющий, мать, правда, у него с загребущими ручонками, да я бы ей живо пальцы поотшибала. Ну и дура!

— Кто? Мать жениха? — спросил малопонятливый муженек.

— Твоя дочь! — злобно заорала Маргарита Иммануиловна. — Должна была угостить этого Ивана снотворным, а проглотила его сама. Вся в тебя, жуткая дура!

— Почему? — растерялся папенька.

— Уж не знаю, — хмыкнула маменька, — ничего моего — ни ума, ни красоты. Очень не повезло девочке!

— Я спрашиваю, почему его надо было таблетками кормить? — осведомился незлобивый Сергей Прокофьевич.

— Потому что! — разъярилась Маргарита Иммануиловна. — Ты никак забыл, что через несколько месяцев станешь счастливым дедушкой? Твоя безголовая дочурка сначала легла в кровать с первым попавшимся, потом молчала, как партизан, и сообщила о беременности тогда, когда предпринимать что-либо уже поздно! Кому она будет нужна с довеском! Вот мы и хотели этому Ване внушить, что он отец!

— Как бы это у вас получилось? — высказал здравое сомнение папенька. — Небось мужик в курсе, что беременность девять месяцев длится!

— Сережа! — взвизгнула жена. — Мы специально нашли идиота, обвели бы его вокруг пальца. Господи, я все сама сделала, придумала, стол накрыла, только маленькую таблеточку в вине осталось дуре растворить. Он бы заснул, мы их — рядом в кровать... Все шито-крыто! Так нет! С ерундой не справилась, идиотка! Может, теперь ее к твоей кретинке сестричке в Дудинку отправить? Родит там потихоньку, оставит ненужного младенца и домой!

— Что ты, Ритуся, внуки — это же радость, — совершенно некстати высказал свое, никого не интересующее мнение Сергей Прокофьевич.

— Молчи лучше, — процедила сквозь безупречные коронки жена, — давай бери эту идиотку, оттащим ее в спальню.

— Отчего она такая зеленая? — недоумевал папенька.

— Не знаю! — рявкнула маменька. — Позеленела от дури! Неси молча.

Когда родители унесли дочь, Миранда выскользнула за дверь.

— Интересно, — удивился я, — отчего Альбина стала зеленой?

Миранда захохотала:

— Ваня, я в ее супер-пупер-дезодорант-лосьон пол-пузырька зеленки вылила! А потом стала говорить, что в гостиной рыбой воняет! Она в ванную побежала и по себе жидкость размазала! Я думала, она испугается и к врачу кинется, про тебя забудет! Но вышло-то еще лучше! Видишь, я какая хитрая! Можешь на меня в любой ситуации положиться, всегда выручу!

Я посмотрел на раскрасневшуюся, совсем счастливую Миранду и предложил:

— Может, хочешь в «Макдоналдс» или в «Пицца-хат»?

— Не, — скривилась девочка, — я там всегда обедаю.

— Тогда пойдем в кино, купим поп-корн, вон, смотри афиша «Звездные Войны».

— Йес!!! — завопила спутница. — Ванька, ты суперский, я тебя обожаю!!!

Я ухмыльнулся и сказал совершенно искренне:

— А я тебя!

ГЛАВА 21

Нора выслушала мой отчет в «зимнем саду». Честно говоря, растения выглядели плохо. Большинство зеленых листочков пожухло, и в комнатке поселился крайне неприятный, чем-то знакомый резкий запах. В книгах Рекса Стаута ни слова не говорилось о том, что в оранжерее у Ниро Вульфа несло какой-то дрянью. Но, с другой стороны, автор ни разу не упомянул о том, что у его главного героя проблемы со здоровьем. А мне кажется, что обладавший завидным аппетитом толстяк, выпивающий каждый день не одну бутылочку пива, должен был иметь как минимум больную печень. Наверняка и у него в оранжерее стоял не только аромат орхидей, ведь пользовался же его садовник удобрениями.

— Ясненько, — Нора побарабанила пальцами по подлокотнику кресла, — наконец-то в деле забрезжил рассвет. Все предельно просто. Этот Леонид Михайлович решил убрать тех, кто отправлял снимки его оторвы доченьки за рубеж. Сначала Колпакова, потом Шергину, все складывается одно к одному. Эта девушка, любовница Колпакова, ну та, которую ты отправил в Омск...

— Галя?

— Да, она сообщила милиции номер машины, задавившей фотографа?

— Нет.

— Почему? Очень странно!

— В первый момент, когда автомобиль сбил Олега, Галя настолько перепугалась, что впала в ступор, практически ничего не соображала. Когда ее стали допрашивать приехавшие на место происшествия сотрудники ГИБДД и милиции, девушка только лепетала, что поругалась со своим кавалером, он выбежал на улицу и попал под колеса. Галя же не могла сказать правду про Леонида Михайловича, Соню и порноснимки, она побоялась, что ее сочтут соучастницей.

Элеонора вытащила свои вонючие папиросы.

— Можешь не объяснять мне очевидные вещи. Ежу понятно, отчего она не стала вводить милицию в курс дела, но номер машины-то почему не назвала?

Я пожал плечами:

— Она говорит, вспомнила его только ночью, приехала домой, мигом заснула и увидела вновь сцену несчастья. И номер! Пятьсот восемьдесят восемь!

Элеонора повертела в руках мундштук.

— Бывает такое, описано в учебниках по психологии. Вот что, Ваня, конечно, маловероятно, что этот Леонид Михайлович сидел за рулем собственной машины, да еще сам. Более того, я совершенно уверена, что автомобиль украли специально для того, чтобы убить Олега, но проверить не мешает. Выясню сейчас, кто его хозяин, а ты съездишь и посмотришь, что к чему. Подожди немного.

Кресло выкатилось в коридор, я остался сидеть в вонючем «садике». Дверь приотворилась, и появилась Ленка.

— Ушла Нора?

— Сейчас вернется. Скажи на милость, чем тут пахнет?

Домработница сокрушенно сказала:

— Опять, да?

— Что опять? — не понял я.

— Василий теперь гадит не в ботинки, а в кадки, — пояснила Ленка, — вот стервец! И еще, он начал почему-то в баретки всем «Вискас» запихивать! Вчера стала одеваться, ногу в сапожок засовываю, а там, мама родная, сплошные крошки от этой дряни. Ну что за животное такое!

— Ты бы лучше придумала, что делать с испорченными растениями, — прервал я ее заунывные жалобы.

— Так я выкидываю их, — пояснила Ленка, — вона, листья сбрасывают, а Нора расстраивается так! Прям жалко смотреть! Дались ей эти метелки! Можно же букетов накупить, искусственных, и расставить кругом, красота!

Ага, как на кладбище. Не успел я донести до Ленки эту мысль, как вернулась Нора и, сердито сказав: «У тебя на кухне что-то подгорает», выставила ее в коридор.

— На, — она протянула мне записку, — машина с таким номером зарегистрирована на Мальцеву Олесю Викторовну, проживающую в Москве. Я оказалась права, автомобиль объявлен в розыск, но ты все равно съезди к женщине да узнай, что к чему, идет?

Последний вопрос был задан чисто для проформы, потому что Нора, естественно, не стала дожидаться моего согласия. В самом великолепном настроении, напевая себе под нос какую-то песенку, она вынеслась в коридор. Я вздохнул и начал набирать указанный телефон.

— Алле, — раздался из трубки детский щебет.

— Можно Олесю Викторовну?

— Ма, тебя! — заорал ребенок.

Очевидно, мать разозлилась, потому что я услышал далекий голос:

— Скажи, что меня нет! Ну сколько раз тебе объяснять, Женя! Завтра заказ сдавать! Времени на болтовню никакого!

— Мама ушла, — мигом сообщила врунишка.

— Женя, скажи маме, что я звоню по поводу заказа, — не растерялся я.

— Ма, — вновь закричала девочка, — это заказчик!

Послышался грохот, потом легкий вскрик, шорох, а затем слегка запыхавшаяся женщина недовольно произнесла:

— Слушаю.

— Я хочу сделать заказ, — осторожно сказал я.

— Размер? — коротко поинтересовалась Олеся.

— Ну... — забормотал я, мучительно соображая, что ответить, — а какой вы посоветуете?

— Я же не знаю, для чего он вам, — парировала собеседница, — все зависит от того, куда пойдет.

— Может, я просто подъеду?

— Давайте сначала сразу определимся с размером, — не дрогнула женщина, — сейчас у меня много работы, если очень большой, я не возьмусь сделать, а маленький могу.

— Совсем крошечный, — быстро сообщил я, — десять сантиметров.

— Сколько? — возмутилась она. — Вы издеваетесь? Или в домик для Барби заказываете?

— Нет, конечно, — я попытался выкрутиться, — это предназначается совсем для другого. Очень хорошо заплачу, сразу, долларами, полностью, до выполнения заказа.

— Ладно, — сдалась Мальцева, — приезжайте.

— Когда можно?

— Да хоть сейчас! Весь день буду дома.

Примерно через два часа, попав во все возможные пробки, я стоял в маленькой прихожей, украшенной африканскими масками. Помещение выглядело мрачно, будь у меня собственная квартира, ни за что бы не согласился оформить ее таким образом. Да еще все стены были увешаны дикими коврами самой невероятной расцветки. Чудовищный красно-черный палас, сильно смахивающий на попону, которую набрасывают на лошадь, тянущую катафалк, лежал на полу, голубой — висел на стене.

Девушка лет двадцати, открывшая мне дверь, весьма нелюбезно указала на вешалку и сказала писклявым, детским голоском:

— Пальто сюда, ботинки сымите, тапки в ящике.

Мне не очень-то нравится пользоваться грязной, засаленной обувью, которую надевали другие люди, поэтому я сказал:

— Можно я так пройду? В носках.

— Нет, — сердито поджала губы девица, — напачкаете, у нас повсюду ковры, авторская работа, эксклюзив, а тут вы с носками.

Пришлось покориться судьбе и натягивать на ноги нечто серо-зеленое, больше всего напоминающее полотняные бахилы, которые во времена моего детства выдавали посетителям в музеях.

Квартира казалась нескончаемой, я шел и шел по извилистому коридору, дивясь на диковинный интерьер. По стенам развешаны ковры, на полу ковры, на дверях ковры... Просто юрта безумного кочевника, гордящегося своим богатством. Интересно, сколько часов в день они убирают? Может, не ложатся спать ночью, а все пылесосят, пылесосят... Несмотря на обилие ковровых изделий, в воздухе совершенно не ощущался запах пыли.

— Сюда, — велела грубиянка и пнула дверь.

Все сразу стало на место, я понял, какие заказы берет Олеся и отчего вокруг такая необычная обстановка. Посреди широкого пространства высился громоздкий станок. Мальцева ткала ковры.

— Это вы звонили? — спросила женщина, вставая с низенькой табуреточки. — Хотели палас размером десять сантиметров?

— Разве такие заказывают? — я прикинулся дурачком.

Олеся убрала с лица легкую темно-русую прядку и улыбнулась.

— Недавно ко мне заявился один из современных нуворишей, ему потребовались коврики для собачьей будки.

— Вы его выгнали?

— Нет, конечно, кто же откажется от заказа. Содрала с парня денег побольше и сделала. Если не секрет, зачем вам десятисантиметровый палас?

— На этот вопрос я не отвечу.

— Почему? — удивилась Олеся. — Что-то тайное?

— Нет, просто не знаю ответа.

— Как? Сами же недавно по телефону...

— Это был не я.

— А кто?

— Понятия не имею, я вам не звонил, просто приехал. Разрешите представиться, вот мое удостоверение.

— Иван Павлович Подушкин, частный детектив, — медленно прочитала Олеся, — это вы?

— Да.

— И зачем я вам понадобилась? Только, если можно, рассказывайте побыстрей, сейчас заказчик должен прийти, — с самым суровым выражением на лице заявила хозяйка.

Я улыбнулся Мальцевой:

— Вы сообщали об угоне машины «Жигули»?

Внезапно она растеряла всю суровость. На ее лице появилась заискивающая улыбка.

— Да, было дело, какие-то негодяи утащили мою развалюшку. Зачем она им понадобилась, ума не приложу! Старая раздолбайка! В милиции сказали, такие иногда на запчасти разбирают! Заявление даже брать не хотели...

— Я знаю, где ваша машина.

Олеся стала серой, тихо опустилась на табуретку и прошептала:

— Где?

Я внимательно посмотрел на нее. Однако странная реакция. Хозяйке сообщают, что известно, куда делась ее угнанная машина, а она не испытывает никакой радости, более того, пугается до такой степени, что почти теряет сознание. Тут дело нечисто!

— Где? — еле шевеля белыми губами, повторила Оксана.

— Разрешите, сначала кое-что расскажу?

— Хорошо, — прошептала Оксана, — слушаю.

Я начал медленно излагать историю с наездом, и, когда сказал: «Она отлично запомнила номер этой машины», Олеся схватилась рукой за станок и едва выдавила из себя:

— Хорошо, сколько она хочет?

— Кто?

— Ваша свидетельница, Галина.

— За что?

Олеся подняла на меня глаза, полные слез.

— Хотите поиздеваться надо мной, да? Помучить? Ладно, я виновата, но что оставалось делать! Господи, да ведь девочку бы в тюрьму посадили! Скажите этой Гале, что заплачу любые деньги, сколько захочет.

Только пусть особо не заламывает! Мы живем не слишком шикарно. Впрочем, могу ей парочку ковров сделать, они очень ценятся! На руках у меня всего пятьсот долларов!

Я не успел ничего сказать. Олеся неожиданно вскочила со стульчика, подбежала к секретеру, вытащила оттуда несколько зеленых бумажек и принялась совать их мне в руки, повторяя:

— Вот, передай, совсем новые, мне вчера заплатили, отвези. Тебе тоже приплачу, только не губите девочку.

— Сядьте, — попросил я, — успокойтесь, пожалуйста, и уберите деньги, они не нужны.

Олеся неожиданно замерла. Легкие ассигнации, словно невесомые осенние листья, спланировали на мои ноги в дурацких тапках.

— Как не нужны? — прошептала Олеся. — Почему? Ваша Галя обязательно хочет засадить девочку в тюрьму, да? Господи, ну за что нам такое? Хочешь, квартиру продам? Все ей отдам! Мужика-то не вернуть, а Женечке всю жизнь поломаете! Умоляю, возьмите!

Продолжая выть, она упала на колени, ударилась лбом о пол и замерла, странно скрючившись, словно гигантский младенец.

— Женя! — закричал я.

Последнее время мне везет. Стоит начать разговор с женщиной, как та валится без чувств.

Девушка вошла в комнату.

— Чего?

— Быстро принеси воды, твоей маме плохо стало.

Девчонка убежала в глубь квартиры. Я попытался поднять Олесю, но потерпел неудачу. Впрочем, женщина не лишилась сознания, она лежала на боку с открытыми глазами, из ее рта иногда вырывался странный звук, то ли хрип, то ли стон.

— Вот, — прокричала запыхавшаяся Женя, — сейчас!

Я посмотрел на синий пузырек с каплями.

— Это что?

— У мамы мерцательная аритмия, — пояснила девушка, помогая Олесе выпить снадобье, — чуть понервничает, приступ начинается: сердце бьется невпопад, кровь к голове не поступает, и мама падает. Сейчас пройдет!

— Видишь, как нехорошо, — тихо сказал я, — мама больна, а ты ей столько неприятностей доставила.

Женя уставилась на меня круглыми глазами:

— Я? С чего вы взяли? Между прочим, я отлично учусь, наркотиками не балуюсь, не пью, не курю...

— Зато очень плохо водишь машину.

Синий пузырек шлепнулся возле продолжавшей лежать Олеси. В воздухе повис резкий запах лекарства.

— Вы знаете? — прошептала Женя. — Откуда?

— Послушай, я не собираюсь причинять вам никаких неприятностей. Вот, смотри, это мое удостоверение.

— Мамочка, — просвистела Женя, — детектив! Вы меня посадите, да?

Я тряхнул ее за плечи:

— Только не вздумай упасть в обморок, хватит того, что твоя мать почти без чувств. Лучше помоги мне отнести Олесю на кровать, у одного не получится! Потом поговорим, только хочу предупредить сразу, я не имею никакого отношения к милиции и шантажистам. Занимаюсь совсем другими делами, история с вашей машиной... Впрочем, лучше бери маму за руки, а я ухвачу за ноги.

ГЛАВА 22

Вы не поверите, но на кухне у них тоже висели и лежали ковры, даже табуретки были прикрыты этакими серо-зелеными кусками, сотканными из буклированной шерсти. Хорошо хоть Олеся не сделала чехлы для кастрюль и сковородок.

Женя, слегка успокоенная моими объяснениями, заварила отвратительный чай, налила его в огромные кружки и стала рассказывать.

Олеся живет с дочерью одна, ее муж давным-давно ушел к другой женщине. Девочку мать любит до потери памяти, нещадно балует и никогда не отказывает, если Женя о чем-нибудь ее просит. Пару месяцев тому назад Женечка сдала на права, но опыта самостоятельного вождения автомобиля у нее нет, девушка ездила только вместе с инструктором. К тому же на дворе сейчас непогода, слякоть, грязь, иногда гололед, вот Олеся и взяла с дочери обещание, что та до наступления весны не сядет одна за руль. Женечка тоже любит маму и старается слушаться ее, но получается это у нее плохо, потому как мама уже старая, в прошлом году справила сорокалетие, и частенько говорит невероятные глупости. Например, не ходи по улицам после одиннадцати вечера, может напасть насильник. Ну не смешно ли? Оно, конечно, случается, что к девушкам пристают негодяи, но к ней, к Женечке, никто никогда не подойдет. С ней не произойдет ничего плохого! Такое невозможно!

Пообещав мамочке не трогать машину зимой, Женя преспокойно нарушила данное слово, когда ее пригласила на вечеринку одногруппница, живущая в Истре. «Электричка — такой отстой!» — подумала Женечка и схватила ключи от машины. Самоуверенную глупышку не остановило ничто: ни жутковатая погода, ни обещание, данное маме, ни полное отсутствие водительского опыта. В тот день Женя впервые села за руль одна, без опытного инструктора. «Ничего, — подбодрила она себя, — надо же когда-нибудь начинать».

Самое интересное, что дебютантка добралась до места без приключений. На шоссе было мало машин, наверное, другие автовладельцы предпочли в этот день не выезжать на трассу, которая походила на тарелку со студнем, такая же блестящая, гладкая и скользкая.

Женечке достался исключительно авторитетный ангел-хранитель, который уговорил господа помочь неумехе. На въезде в Истру девушка расслабилась, закурила и стала поглядывать по сторонам, страшно жалея, что никто из близких знакомых не видит, как она шикарно смотрится за рулем: молодая, красивая, уверенная...

Увлеченная приятными мыслями, Женечка не заметила, как прямо под колеса метнулась тень. Потеряв голову от ужаса, девочка сделала то, что ей показалось наиболее верным, нажала на газ и понеслась домой, в Москву, к маме, которая всегда с успехом вытаскивала ее из всех передряг.

Разрешите небольшое отступление? Дорогие автовладельцы, если вы, не дай, конечно, бог, сбили человека, никогда не уезжайте с места происшествия. Коли находитесь в трезвом состоянии, лучше оставаться на месте. Во-первых, сшибленный пешеход может быть жив, и вы, вызвав «Скорую помощь», спасете его, а во-вторых, если вы скрылись, умчались, то нарушили закон.

А это уже серьезно. Допустим, вы остались. Вполне вероятно, вас на суде оправдают, учтут то, что несчастный пешеход нарушил правила дорожного движения, пересекая дорогу в неположенном месте или на красный свет. А вот если вы уедете, пусть сбитый вами человек целиком и полностью виноват, вам впаяют срок именно из-за того, что удрали. И не надо думать, будто улица пустынна и никто не заметил номера вашего автомобиля. Кругом много всевидящих глаз. Вот проехал троллейбус с пассажирами, а в том доме у окна стоит с биноклем любопытный дедушка, чуть поодаль, на балконе, женщина развешивает белье. Вы-то их не заметили, но они стали свидетелями и не поленились сообщить цвет, марку и номер вашей машины приехавшим ментам. Дальше — просто, от удара на автомобиле остаются следы, а на проезжей части валяются осколки от фары... В городе Электросталь существовала когда-то целая колония, в которой делали сетку-рабицу парни, решившие, что лучше укатить с места происшествия, чем объясняться с соответствующими службами.

Понимаете, в какой ужас пришла Олеся, увидав рыдающую дочку? Мать мигом кинулась спасать глупое дитятко. Олеся села за руль и погнала в Ленинградскую область, в деревню Тетеркино, где обосновался один из ее бывших любовников, художник Володя. На следующее утро «Жигули» разобрали полупьяные пейзане на запчасти, а Олеся на поезде прикатила в Москву и подала заявление об угоне тачки. Причем, сунув следователю сто долларов, она «убедила» его, что «жигуль» пропал не в пятницу, когда был совершен наезд, а в четверг утром.

Посчитав проблему решенной, Олеся вздохнула спокойно. Правда, они с Женечкой первое время дергались от каждого телефонного звонка, но потом успокоились. Время шло, стало понятно, что свидетелей наезда нет, в Тетеркино никто не наведывался, машину, похоже, искать не собирались. Одним словом, Олеся совсем успокоилась, и тут появился я с рассказом о Галочке, запомнившей номер машины.

Я посмотрел на бледную заплаканную мордочку девочки.

— Значит, это ты сидела за рулем?

— Ага, — с самым несчастным видом кивнула дурочка, — что теперь будет?

— Ничего, — вздохнул я, — меня наняли расследовать не это дело, я сейчас уйду. Скажи, у тебя нет знакомого по имени Леонид Михайлович?

Женечка насупила гладкий, без единой морщинки узкий лобик.

— Леонид Михайлович... это кто ж такой... А! Леньку Кротова имеете в виду? Да, мы с ним в одной группе.

— И сколько ему лет? — для проформы поинтересовался я.

— Ну, наверное, как мне, девятнадцать или двадцать.

Я вздохнул:

— А про женщину, которую зовут Инга Владимировна, что-нибудь слышала? У нее еще имеется дочка Сонечка.

— Не-а, — удивленно ответила Женя, — хотя можно у мамуси спросить, у нее полно заказчиков. Зачем вам эти люди?

— Да так, — пожал я плечами, — долго объяснять.

Когда Нора услыхала эту историю, она покраснела и воскликнула:

— Ты уверен, что они сказали правду?

Я кивнул.

— Абсолютно. Одна перепугалась до полусмерти и принялась совать мне деньги, а вторая просто маленькая дурочка, не способная ни к какой систематической умственной деятельности.

— Может, их все-таки наняли, чтобы убить Колпакова? — цеплялась за последнюю надежду Нора.

— Только если этот Леонид Михайлович полнейший идиот, — отрезал я, — да кругом полно мужиков, профессионалов, которые на самом деле украдут машину, сделают черное дело и растворятся в огромном мегаполисе. Ну кто же будет пользоваться в таком случае своей машиной? И кто наймет двух баб-истеричек в качестве киллеров? Глупее не придумаешь.

— Ладно, — сухо сказала Нора, — отбрасываем этот вариант, хотя он казался таким привлекательным. Впрочем, я не оставляю мысли о том, что Шергину убрал Леонид Михайлович. Вполне вероятно, что он и Колпакова собирался устранить, да повезло, вмешался Господин Случай. Так, завтра поедешь к Кудимову Сергею в газету «Микроскоп» и вытрясешь из него все сведения об этом Леониде Михайловиче. А там уж соображать будем.

— Вы думаете, он знает подробности об этом человеке?

— Конечно, ведь Колпаков отослал ему негативы, небось сопроводил их записочкой.

Я пошел к себе и обнаружил на постели, на подушке, нагло развалившегося кота. Возле его живота, подобрав под себя лапки и прижав ушки, мирно дремал Филимон.

— Вы, ребята, никак подружились?

— Мур, мур, — пел Василий.

Очевидно, ему было приятно тепло от прильнувшего к нему кролика. Услыхав мой голос, Филимон открыл глаза, потом сел и задергал в воздухе передними лапками. На его мордочке виднелись следы чего-то коричневого. Я наклонился и понюхал длинноухого. «Вискас»! Кролик от души угостился кормом, которым упорно потчуют Василия. К слову сказать, котяра терпеть не может «лакомые кусочки в желе» и жрет их только тогда, когда понимает, что альтернативы нет.

Впрочем, я давно не видел кота таким беспредельно счастливым, и, кажется, у него на усах повис кусочек еды, но оранжевого цвета.

Я провел рукой по морде Василия.

— Мур, мур, — еще громче запел шельмец.

Знаете, что это было? Небольшой ломтик морковки. Страшно удивленный, я сходил на кухню, принес два блюдечка, одно с мелко натертой каротелью, а другое с вонючим «Вискасом», и сунул под нос приятелям. Животные мигом проснулись и бросились к еде. Филимон начал закусывать консервами, а Василий, жмурясь от удовольствия, потянулся к моркови. Вот это фишка! Закончив трапезу, зверушки облизнулись. Филимон преспокойно заснул, а Василий шмыгнул в коридор. Я осторожно пошел за ним, просто стало интересно, чем он решил заняться.

Не замечая преследователя, кот вел себя естественно. Сначала он подошел к вешалке и начал обнюхивать пальто, затем решил изучить обувь. Но в нашем доме теперь все, наученные горьким опытом, прячут ботинки в тумбочку и закрывают дверцу. Оплошность сегодня допустил лишь я, пришел домой, скинул сапоги и оставил стоять у входа.

Василий стал рассматривать продукцию фирмы «Саламандра». Было видно, что он в легком недоумении. Потом котяра, издав громкое «мур», потерся круглой головой о мой брошенный в прихожей ботинок и подошел к тумбочке. Я великолепно понимаю, что вы мне не поверите, но далее дело обстояло именно так. Кот поскреб лапой дверцу, но та, естественно, не собиралась распахиваться. Василий постоял пару секунд в раздумье, глядя на тумбочку, его хвост нервно ходил из стороны в сторону. Затем кот изменил тактику, вытянул вперед слегка согнутую правую лапу и, подцепив дверцу, потянул ее на себя. Раздалось тихое «щелк», и тумбочка открылась. Василий с довольным видом оглядел стоявшие рядком туфли и стал их изучать. Кроссовки Миранды он даже не понюхал, сапожки, принадлежащие Норе, красивые, темно-коричневые, из натуральной кожи, с опушкой из норки, тоже не привлекли его внимания, Василий заинтересовался обувью Ленки. Сначала котяра поскреб их лапой, потом осмотрел, прищурив пронырливые круглые глаза. Казалось, он размышляет: стоит ли? Но через секунду, очевидно, вспомнив, как домработница сегодня утром шлепнула его посудным полотенцем, принял решение, влез в тумбочку и сел на Ленкин ботинок с крайне довольным видом. Я хотел закричать: «Василий, брысь», но не успел, котяра спрыгнул на пол и, довольно урча, закрыл дверцу лапой.

Я онемел. Тумбочка выглядела нетронутой, Ленка сломает голову, пытаясь понять, каким образом ее обувь оказалась испорченной. Василий медленно, сохраняя полное спокойствие, пошел вперед, хвост его, прямой, словно мачта, бодро торчал вверх. Путь кота лежал мимо моих сапог. Шельмец притормозил, вновь потерся о них ушастой головой и торжественно, будто церемониймейстер на дне рождения короля, уплыл в кухню. Я вернулся к себе. Вот уж предположить не мог, что этот пакостник настолько умен. И потом кот, кажется, решил завязать со мной дружбу.

Утром я обнаружил на кухне записку: «Иван Павлович, когда станите ухадит, паставте дверь на кот. Лена». Не надо думать, что домработница, обнаружив описанные сапожки, просила опустить дверь на голову наглеца Василия. Нет, Лена хотела написать слово «код», квартира Норы подключена к пульту вневедомственной охраны. Тот, кто уходит последним, набирает номер, говорит дежурной свой цифровой код и слышит от нее название города, предположим, «Тамбов». Все, можно убегать. Над входной дверью вспыхивает красная лампочка, и у мелкого воришки мигом срабатывает стоп-сигнал: в эту квартиру лучше не соваться. Конечно, от хорошего профессионала вас ничто не убережет, но кражи чаще совершаются по принципу — данную дверь легко открыть. Возвращаясь домой, вы проделываете процедуру в обратном порядке. Сначала называете оператору город, потом свой номер... Вообще говоря, хорошая система, если бы не одно «но». Чаще всего подключение производит Ленка. Пароль меняется каждый день, и наша домработница пару раз забывала его, тупо повторяя в трубку:

— Сочи, Воркута, Ростов...

Приезжал патруль с собакой, проверял документы, выписывал квитанцию на штраф. А еще она постоянно путала цифры нашего личного кода. В конце концов Ленке надоело объясняться с милиционерами, и она, написав на бумажке необходимые сведения, приклеила «дадзыбао» на самое видное место у входной двери. Тут же, на тумбочке, лежит и блокнотик, куда она методично записывает очередной город. На мой взгляд, глупее ситуации не придумать. Вор входит в квартиру, и первое, что он видит, — это пароль, необходимый, чтобы отключить сигнализацию квартиры.

Но сегодня совершить все процедуры предлагалось мне.

На кухню, зевая, вошла Миранда.

— Ты не в школе? — удивился я.

— Нет, — буркнула девочка.

— Почему?

— Велели, чтобы сегодня к пяти вечера пришли родители, — мрачно пояснила Миранда.

— Что ты натворила?

— Ничего.

— Так отчего зовут маму?

— Они отца хотят, а где я им его возьму? — хмуро объяснила Миранда.

— Учительница не знает, что ты растешь без папы? Девочка пожала плечами:

— Дура она. «Если отец не придет, выгоним». Да пошли они, подумаешь, нужен мне их отстой! Уйду в другую, не привыкать. Только мне пообещали «волчий билет» выдать, ты, случаем, не знаешь, что это такое?

Я нахмурился. Интересно, что натворила Миранда? Все-таки я уже хорошо знаю ребенка, девочка, конечно, сложная, но она не отпетая хулиганка, курильщица и наркоманка, скорей всего, речь идет о какой-нибудь мелкой шалости вроде разбитого окна или языка, показанного учительнице. Но нельзя же из-за этого лишать подростка права на образование.

— Быстро собирайся, отвезу тебя к третьему уроку.

— Нет, все равно не допустят.

— Скажешь, что отец приедет в пять.

— Кто? — удивилась Миранда.

— Ты меня два раза выручала, теперь мой черед, — пояснил я, — давай собирайся. Кстати, не знаешь, куда все подевались?

Миранда пожала плечами:

— Нора очень рано уехала, Шурик за ней в семь утра зашел, а Ленка унеслась около восьми, небось на рынок подалась.

— Тебе на сборы десять минут!

— А мне только кроссовки надеть, — сообщила повеселевшая Миранда.

Выпроводив девочку открывать машину, я положил Филимона в сумку и позвонил на пульт.

— Здравствуйте, номер...

Девушка молча выслушала мое заявление и, резко ответив: «Козел», бросила трубку.

Я покачал головой и снова позвонил. Ну зачем же так грубо? Каждый может случайно попасть не туда. И потом, молоденькую девушку не украшают подобные высказывания. Козел! Кстати, отчего именно это животное не нравится людям? На мой взгляд, в нем нет ничего противного, скунс или гиена значительно неприятней.

— Пульт, — раздалось из трубки.

— Здравствуйте, — обрадовался я.

Оператор выслушала мою фразу и, обронив: «Козел», отключилась.

Я редко прихожу в негодование, но тут обозлился до крайности. Какое безобразие! Ладно, допустим, я что-то перепутал, но дежурная не имеет права хамить людям. Полный негодования, я вновь набрал номер и каменным тоном заявил:

— Девушка, мой код...

— У вас охрана не срабатывает? — неожиданно вежливо поинтересовалась грубиянка. — Вы уже третий раз звоните. Там, у входной двери, висит коробочка, гляньте на нее, может, забыли кнопочку нажать?

Отчего-то ее вежливость совсем выбила меня из колеи.

— Как вам не стыдно!

— А что случилось? — недоуменно спросила дежурная.

— Неужели не понимаете?

— Нет.

— Вы правильно заметили, что я звоню уже в третий раз, знаете почему?

— Ну... наверное, жилплощадь на пульт не берется...

— Вы два раза обозвали меня козлом. Очень некрасивый поступок!

Из трубки послышалось тихое хихиканье, потом кашель, затем девушка подчеркнуто официально произнесла:

— Мужчина, вы не поняли. Пароль сегодня «Козел».

— Как это? — растерялся я.

— Ну просто, город такой есть, Козел.

— Где? — недоумевал я.

— Понятия не имею, — вздохнула оператор, — нам только название сообщают, а месторасположение — нет. Козел.

И она отсоединилась.

Чувствуя себя полным идиотом, я написал на бумажке «Козел» и запер дверь.

ГЛАВА 23

Машин на дороге было мало, и мы быстро доехали до школы. Я посмотрел на мрачную Миранду.

— Пошли доведу до двери.

— Немаленькая, — буркнула моя спутница, но было видно, что ее обрадовало это предложение.

Я взял рюкзачок, лежавший на заднем сиденье.

— Отдай, — велела Миранда.

— Мужчина должен помогать женщине нести тяжести.

Девочка ухмыльнулась, но ничего не сказала. Мы пошли по тротуару, внезапно Миранда рассмеялась:

— Смотри, рыбу удит.

Впереди, у открытого канализационного люка, стоял мужчина в оранжевой куртке. В руках он держал кабель или толстую веревку, уходившую под землю.

Иногда трос подрагивал, внизу кто-то работал. Пролетарий очень походил на рыбака, и я улыбнулся. Миранде нельзя отказать в наблюдательности. Лицо у дядьки было таким же напряженно-задумчивым, как у тех парней, что скапливаются на берегах водоемов.

Не успели мы поравняться с «удильщиком», как девочка неожиданно рявкнула:

— Чего стоишь зеваешь! Клюет давно, подсекай!

Мужик отработанным движением рыболова-любителя со всей силы дернул кабель. Очевидно, сработала некая кнопка в мозгу, включающаяся при слове «подсекай». Из люка донесся отборный мат. В ту же секунду до рабочего дошло, что он сделал. Не дожидаясь его ответной реакции, я ухватил Миранду за шершавую ручонку и побежал в сторону школы. Давно не носился с такой скоростью, в спину нам летели такие выражения, что впору было остановиться и попросить повторить. Во всяком случае, большинство словосочетаний звучали для меня ново.

У входа в школу я, переведя дыхание, сказал:

— Если ты проделала нечто подобное в классе, лучше расскажи об этом сразу.

— Да ничего я не делала, — фыркнула девочка, — тише воды сижу.

Я кивнул:

— Ладно, тогда побудь тут до пяти, вместе домой отправимся.

На обратной дороге машин прибавилось, но пробок не было, и я без особого труда докатил до харчевни «Солнечная пицца». Вчера, когда договаривался с Кудимовым о встрече, хотел приехать в редакцию «Микроскопа», но Сергей решительно заявил:

— В полдень, в трактире, в это время я обедаю.

Пришлось согласиться на его условия. Впрочем, когда я нашел Сергея и сел за столик, выяснилось, что трапезничать борзописец собрался за мой счет. Я не слишком люблю журналистов, во всяком случае, тех, которые копаются в чужом грязном белье. Понимаю, конечно, что спрос рождает предложение и что во многих людях сильно желание подсмотреть в замочную скважину за сородичами, но сам не читаю издания типа «Микроскоп».

Сергей оказался неприятным типом. Высокий, болезненно худой, с плохими, выщербленными зубами и маленькими, близко посаженными, бегающими по сторонам глазками, он производил отталкивающее впечатление. Впрочем, вымой парень длинные, свисающие до плеч патлы, может, и стал бы приятнее. Честно говоря, мне не слишком хотелось пожимать ему руку. Но Сергей протянул ее мне. Я быстро коснулся влажной ладони, незаметно вытер свою руку о край скатерти и натянуто улыбнулся.

Сергей схватил лежащую перед ним вилку и, вертя ее в пальцах, сказал:

— Ну, пока еду не принесли, выкладывай.

— Что? — Я решил поддержать разговор.

— Как — что? — заржал журналист. — Зачем звал? Какой компромат приволок? На кого? Имей в виду, сведения о Кате Пупкиной, главной певице вокзального ресторана Мухосранска, меня не привлекают! У тебя что? Фото? Вымай!

Я вытащил удостоверение. Сергей внимательно изучил книжечку и крякнул:

— Так. И зачем я тебе понадобился? Небось в твоем бизнесе, напротив, платят за молчание.

— Не всегда, — улыбнулся я, — иногда мы отсчитываем деньжонки тем, кто вовремя раскрывает рот.

Сергей швырнул вилку на скатерть.

— Меньше чем за сто баксов я даже не зевну.

Преодолевая отвращение, я открыл портмоне, демонстративно пересчитал зеленые купюры, выданные мне Норой на непредвиденные расходы, и сказал:

— Сначала ответь, ты знал Олега Колпакова?

— Ну, — кивнул Сергей, — слышал про такого, фотограф.

— Он передал тебе пакет с негативами, отчего не напечатал снимки, ведь Олег умер?

Сергей обнажил гнилые зубы:

— А зачем? Ничего особенного на фотках нет!

— Насколько я знаю, на них была запечатлена девочка...

— Ага, — хмыкнул Сергей, — девочка-припевочка! Не смеши меня, девочкой она была так давно, что и не помнит. Порнуха! Мы такое не даем, кстати, и законом запрещено.

Я поморщился. Вот врун. Вчера я купил «Микроскоп», чтобы познакомиться с этим изданием, и обнаружил более чем откровенные снимки известной эстрадной певицы, сделанные явно исподтишка.

— А вот вчера на ваших страницах поместили весьма интересную подборку, — не удержался я.

Сергей хмыкнул:

— Да уж, больше таких не будет.

— Что так? Вы меняете профиль издания? Станете теперь писать об искусстве? — съехидничал я. — Это денег не принесет.

— Точняк, — заржал журналист, — бабки можно огрести только на голой жопе.

— Почему же вы решили не публиковать откровенные фото?

Тут появился официант, и Сергей начал быстро резать кусок мяса. Ел журналист неопрятно, капая соусом на стол. Сначала порезал отбивную на мелкие кусочки, затем отложил нож и принялся суетливо запихиватъ в рот мясо, картошку, овощи, изредка помогая себе большим пальцем левой руки. Мне такое поведение за столом запретили года в два. Все детство я просидел около тарелок, держа под мышками две книги. Стоило расстопырить локти, как тома с грохотом рушились на пол. Николетта мигом засовывала книги назад, приговаривая:

— Вава, приличный человек никогда не отставляет локти, когда садится есть. Учись вести себя правильно, немедленно возьми нож.

Но Сергея в раннем детстве никто не ругал за неумение пользоваться столовыми приборами, поэтому прилично есть он не научился. Впрочем, ему, очевидно, не объяснили и про необходимость мыться хотя бы дважды в неделю, а поход к стоматологу и парикмахеру юноша явно считает бесполезной тратой времени.

Я подождал, пока он соберет куском хлеба остатки подливки, и повторил вопрос:

— Почему же вы решили отказаться от материалов папарацци?

Сергей отодвинул пустую тарелку, громко рыгнул и велел официанту:

— Кофе, двойной эспрессо, сахар не класть.

Потом он достал сигареты, с наслаждением закурил и заявил:

— Папарацци! Да нет, никто не собирается оставлять полосы без фотографий. Когда я сказал: «Теперь таких не будет», имел в виду снимки певицы. В каждом деле талант нужен. Человек, который работал для «Микроскопа», гений! Таких вообще нет, здоровские штуки приносил! Остальные говно тащат. У Лики Брок на тусовке из платья грудь выпала! Тьфу! Во-первых, кому нужна ее недоразвитая сиська, а во-вторых, Лика небось увидела нашего человека и быстренько сама все вытряхнула, пиар ей необходим. Наш же Гном снимал невероятные вещи, эх, да что там! Одна фотка госпожи Рыбальчук чего стоит! Сия дама появляется на публике только после того, как натянет на морду косметический чулок и наложит слой штукатурки в два сантиметра толщиной. А Гном поймал ее, так сказать, а-ля натурель.

— Кто поймал? — не понял я.

— Гном, — пояснил Сергей, — псевдоним такой у этого папарацци был, Гном. Настоящего имени никто не знал, кроме меня. Это я привел его в «Микроскоп», сам хороший фотограф, но до Гнома мне далеко! Эх, все, нету Гномика.

— А где он?

— Погиб, — сказал Кудимов и снова вытащил сигареты, — хотя, учитывая то, чем он занимался, зарабатывая денежки, думаю, ему помогли досрочно отъехать в лучший мир. Так при чем тут Олег Колпаков и дурацкие снимки похотливой нимфетки?

Я рассказал Сергею про кончину Олега, утаив от собеседника, что Колпаков погиб в результате несчастного случая, и закончил свое повествование фразой:

— Очень бы хотелось одним глазком взглянуть на этого Леонида Михайловича, думается, он виновник гибели еще одного человека, Алены Шергиной. Будьте добры...

Сергей сунул в пепельницу наполовину выкуренную сигарету.

— Кого?

— Алены Шергиной, — удивленно повторил я, — сотрудницы турфирмы «Злата», она помогала Олегу Колпакову переправлять порнофото за рубеж. Мы предполагаем, что Леонид Михайлович решил наказать всех, кто так или иначе был причастен к бизнесу.

Неожиданно с лица Сергея слетела улыбка придурка, сразу стало ясно, что парень не так уж молод, очень замотан, а голову не вымыл не из-за неаккуратности, а из-за тотальной занятости.

— Сволочь, — устало и как-то безнадежно произнес он, потом поманил пальцем официанта и велел: — Сто граммов коньяка. Или ты, Ваня, больше любишь водку?

— Я за рулем.

— Насрать, надо помянуть Аленку.

Пока не принесли спиртное, Сергей молча смотрел в окно, потом схватил рюмку, не чокаясь со мной, мигом опрокинул в себя содержимое, запил кофе и вновь сказал:

— Сволочь, яйца таким надо отстреливать, медленно, по одному. Гад, наворовал миллионы, теперь все себе позволить может. Так я и думал, что Аленку убили, сколько раз говорил ей, не лезь на рожон, вычислят. Нет, смеялась только и отмахивалась: «Не дергайся, это невозможно, стопроцентная безопасность». Жадность ее сгубила! Но про порнофотки я ничегошеньки не знал!

— Вы дружили с Аленой? — решил уточнить я.

Сергей опять посмотрел в окно.

— Мы довольно долго жили вместе, гражданским браком, потом разбежались, сохранив дружеские отношения и, конечно, профессиональный интерес.

— Какой интерес?

Кудимов мрачно улыбнулся:

— Алена была великолепным фотографом, Гном — ее псевдоним.

Я на секунду онемел, но потом справился с собой:

— Алена занималась съемками знаменитостей?

Сергей кивнул:

— Да, и делала это гениально! Но об этом не знал никто, кроме меня.

— Почему она не уходила из «Златы»? Небось «Микроскоп» платил ей хорошие деньги, — пробормотал я.

Сергей повертел пустую рюмку и крикнул:

— Эй, халдей, повтори.

Потом посмотрел на меня, почесал ухо и, очевидно, решившись на откровенность, спросил:

— Что ты вообще про Алену рассказать можешь?

— Ну... дочь художника... работала в турфирме, жила последнее время с парнем по имени Илья Наметкин, он был значительно ее моложе...

Сергей нахмурился:

— Хорош детектив! Расследуешь преступление и ничегошеньки не знаешь о личности убитой. Если удастся доказать, что в гибели Алены виноват этот гнойный пидор, Леонид Михайлович, каковы будут твои действия?

— Передам материал в соответствующие органы и потребую возбудить дело.

— Мужик с его деньгами сухим из воды выйдет, даст ментам на лапу, и конец делу, развалят в пять минут.

— Знаешь, не все берут взятки, — тихо сказал я, — пойду к человеку с чистыми руками.

Сергей хмыкнул:

— Сильно сомневаюсь, что они имеются в легавке.

— Один из них мой хороший друг.

Кудимов опрокинул в себя вторую порцию коньяка и кивнул:

— Ладно, слушай, что знаю. Авось и впрямь отомстим мерзавцу за девку. Но сначала расскажу об Алене.

ГЛАВА 24

Алене Шергиной повезло с самого детства. Она родилась в семье известного, обласканного советской властью художника. По всей необъятной стране, от Владивостока до Прибалтийских республик, висели картины, которые создал Борис Алексеевич. Ни один прием в Кремле, куда звали представителей интеллигенции, не обходился без Шергина. Награды, знаки отличия и премии сыпались на живописца как из рога изобилия. Его любил всесильный Брежнев, а значит, и остальное начальство. Братья по ремеслу недолюбливали Бориса Алексеевича. Люди искусства вообще завистливы. Знаете, чем занимаются при встрече писатели или актеры? Выясняют, кто из них гениальнее. И еще, большинство тех, кто дружит с музой, любит подсчитывать чужие гонорары, а потом с тихой злобой говорить:

— Конечно, этот отстойный «народописец» зашибает бешеные бабки. Настоящее-то искусство никому не нужно.

Выплюнув эту фразу, непризнанный гений, как правило, идет в ресторан, где в компании таких же «талантов» спокойно пропивает зарплату жены, рассказывая окружающим о своих планах. Кстати, многих творческих людей посещают замечательные мысли. Одна беда: чтобы воплотить их на бумаге, холсте или в камне, требуется упорный ежедневный труд. Но, к сожалению, подавляющее большинство талантов ленивы, любят вставать около полудня, до трех шляться по дому в халате, а потом наступает пора ехать в кабак, рассказывать о замечательных задумках, которые никогда не увидят свет. Большинство поэтов, прозаиков, художников живет за счет других людей, в основном жен и матерей, не испытывая при этом никаких угрызений совести.

Борис Алексеевич принадлежал к меньшинству. Он вскакивал в шесть утра и шел в мастерскую, по тусовкам и вечеринкам не шлялся, водку не пил, кокаином, столь популярным в среде творческой интеллигенции, не баловался и никогда не брал денег у жены. Да у него и не было супруги, Алену Борис Алексеевич воспитывал один. Когда девочка чуть подросла, он свозил ее на кладбище, показал могилу и сухо пояснил:

— Твоя мать погибла в результате несчастного случая.

Все, более об умершей жене он не рассказывал. В доме не было ни одной ее фотографии, и Алена никогда не имела бабушек. Мама Бориса Алексеевича давно умерла, а родственники с материнской стороны не появлялись. Друзья в дом к Борису Алексеевичу тоже не ходили, он любил одиночество и предпочитал проводить свободное время у проигрывателя, слушая симфоническую музыку. Алену воспитывали няни, а когда девочке исполнилось пять лет, отец нанял для нее гувернантку, даже двух, одну — этническую немку, другую француженку. В первой половине дня Алена изъяснялась по-немецки, а во второй по-французски.

Когда дочь пошла в школу, отец начал искать у нее таланты. Сначала Алене купили пианино, но через пару месяцев стало ясно, что музыканта из девочки не получится, у нее начисто отсутствовал слух. Борис Алексеевич не расстроился и определил малышку в художественную школу, куда Аленушка послушно ходила до восьмого класса, не добившись абсолютно никаких успехов. Ее картины всегда оказывались последними на выставках и, честно говоря, напоминали мазню детсадовца. Господь не дал Алене никаких талантов.

Борис Алексеевич был расстроен, он надеялся, что

династия Шергиных станет развиваться, но дочка, похоже, больше тяготела к математике, чем безумно злила отца. После восьмого класса Алену выгнали из художественной школы, она не сдала творческие экзамены, не помог даже авторитет маститого папы. По общеобразовательным предметам в дневнике девочки стояли сплошные пятерки. Языки Алена знала отлично, но по композиции, рисунку, акварели получила одни двойки и оказалась в самой обычной, общеобразовательной школе.

Борис Алексеевич так разозлился на бесталанную дочь, что не разговаривал с ней все лето. Но Аленушка была рада, что «художественный кошмар» закончился, она не чувствовала никакой тяги к мольберту и краскам, рисовать пыталась лишь потому, что так велел папа, которого она боялась до обморока.

Борис Алексеевич никогда не бил дочь, но он мог так посмотреть на провинившуюся девочку, что у той желудок мигом превращался в ледяной ком, а руки и ноги немели.

В новой школе Аленушке безумно понравилось. Во-первых, там из отстающей, тупой ученицы она превратилась в гордость класса, отличницу. Шергину любили и дети, и учителя. Первые за то, что великолепно знавшая предметы Алена всегда помогала идущим ко дну на контрольных, а вторые за послушание, старательность и услужливость.

Но главное было не это. В школе работал фотокружок. Вел его пожилой дядечка, Константин Сергеевич, бывший корреспондент ТАСС[1], вышедший на пенсию. Он показывал детям свои работы, рассказы-

---

[1] ТАСС — Телеграфное агентство Советского Союза, информационное агентство, кроме него, на территории СССР было еще АПН — агентство печати «Новости».

вал о далеких странах и, главное, был невероятным энтузиастом, повторявшим: «Фотография — великое искусство».

Аленушка записалась в кружок и неожиданно увлеклась. Когда Борис Алексеевич узнал, где дочь проводит свободное время, он чуть не убил девятиклассницу, в первый раз поднял на девочку руку, но не ударил, а выхватил у нее фотоаппарат, грохнул его о пол и заорал:

— Дура! Ты могла стать художницей, продолжить династию Шергиных, но не захотела палец о палец ударить, чтобы добиться успеха, а теперь задумала превратиться в ремесленницу? С ума сошла! Фотография! Идиотизм.

— Фотография — великое искусство, — не вовремя возразила Алена.

Тайфун «Мария», разгромивший Кубу, был ничто по сравнению со скандалом, который устроил отец, услыхав опрометчиво сказанную фразу. Поорав около часа, он категорически запретил дочери посещать фотокружок. Не помог и визит Константина Сергеевича. Журналист пришел к скульптору домой и сказал:

— Ваша дочь необыкновенно талантлива, у нее большое будущее.

Борис Алексеевич опять вспылил и спустил старика с лестницы. Потом отец ухватил дочь за плечи и, тряся ее, словно бутылку с загустевшим кефиром, прошипел:

— Фотография — это подсматривание за человеком, если желаешь сделать оригинальный кадр, а коли щелкаешь в студии, отвратительная, раскрашенная неправда. Только картина или скульптура может отобразить душу. Запрещаю, слышишь? Категорически запрещаю приближаться ближе чем на сто метров к фотоаппарату.

Алена не решилась спорить с отцом, она очень его боялась. Шергин даже хотел перевести дочь в другую школу, но, поскольку девочка уже перешла в десятый класс, не стал предпринимать радикальных мер. Но художник не учел одной детали: его маленькая дочь выросла и сочла возможным поступить по-своему. Алена стала ходить в кружок тайком, новый фотоаппарат ей подарил Константин Сергеевич, а готовые работы девочка держала у него дома. Борис Алексеевич пребывал в счастливом неведении, считая, что дочка увлеклась изучением искусства. Хитрая Алена записалась в кружок при Музее изобразительных искусств и делала вид, будто бегает туда после уроков. На самом деле все свободное время она проводила в лаборатории или дома у Константина Сергеевича.

Впрочем, Аленушка предприняла еще одну попытку открыто заняться любимым делом.

— Пойду на журфак, — сообщила она отцу, — стану потом писать о новостях культуры.

— Только через мой труп, — завизжал Борис Алексеевич, — все писаки — проститутки! С ума сошла! Выбирай, у тебя только два пути: или идешь учиться на искусствоведа, или в иняз!

Чтобы досадить папеньке, Алена выбрала иняз, меньше всего ей хотелось связывать свою жизнь с искусством. Борис Алексеевич, мечтавший основать династию людей творческих профессий, достиг противоположного результата. Алена всей душой возненавидела живопись и скульптуру. Впрочем, музыку тоже. Девушка, все детство просидевшая в залах консерватории и ходившая пять раз в неделю в музей, после смерти отца ни разу не переступила порога ни одного музея, ни консерватории.

Шергин скончался, едва дочь получила диплом, он не успел пристроить Алену на работу. Девушка похоронила отца и, как ни дико это звучит, почувствовала себя счастливой. Больше никто не мог заставить ее бросить фотодело. Денег у Бориса Алексеевича на сберкнижке лежало немерено, Алене могло хватить этих накоплений на три жизни, поэтому она спокойно решила искать место, связанное с фотографией. Сначала толкнулась в газеты и поняла, что тоже покойный к тому времени Константин Сергеевич романтизировал профессию журналиста, ничего общего с искусством это ремесло не имело. Темы давал редактор, и его не волновала ни композиция, ни игра света и тени. Тут выступали на сцену иные критерии: способность первой примчаться на место происшествия и щелкнуть аппаратом быстрее всех. Алене это было не по душе, и она от тоски отправилась в фотостудии. Сами понимаете, что убежала оттуда сразу: делать фотки на паспорт совсем неинтересно. Шергина осела дома, изредка отправляя свои снимки в разные журналы. Пару раз ее работы напечатали и даже заплатили крохотный гонорар. Алена не расстраивалась. Средств к существованию имелось предостаточно, плачущие от голода дети не сидели на лавках, и Шергина верила, что рано или поздно все устроится.

Но тут случилось то, чего никто не ждал. Сначала развалилась махина советского государства, а потом она рухнула, погребя под обломками сотни тысяч граждан, вмиг ставших нищими.

В одно далеко не прекрасное утро Алена осталась без средств. Сначала она, привыкшая не задумываться о деньгах на пропитание, быстро спустила те, что еще оставались в «тумбочке», а потом... Потом ей стало страшно, денег не было даже на кефир. Шергина начала продавать вещи, снесла в скупку столовое серебро, в ломбард драгоценности, но скоро и эти деньги пришли к концу. Бедная Алена голодала, а наступающую зиму встретила в босоножках. Прошлой весной она привычно отнесла на помойку зимнюю обувь. Большинство женщин аккуратно чистят сапоги и укладывают их на антресоли до будущих холодов, но Алена привыкла покупать каждый сезон новую обувь, мода-то меняется, зачем таскать старье.

Поняв, что больше лежать на диване не удастся, Алена принялась метаться по городу в поисках работы и в конце концов оказалась в «Злате», куда ее приняли из-за отличного владения иностранными языками...

Сергей замолчал, выпил остывший кофе, поковырял ложечкой вязкую гущу и мрачно продолжил:

— Знаешь, она дико боялась вновь остаться без денег.

Я кивнул:

— Понятное дело, кому понравится оказаться без копейки.

Кудимов тяжело вздохнул:

— Нет, ты не понимаешь, у Алены просто развилась фобия. Тот год, что она провела, бегая между скупкой и ломбардом, сильно изменил ее. У нее просто начиналась паника, если в кошельке оказывалась последняя сотня. Я не преувеличиваю, настоящая истерика, с рыданиями, всхлипываниями и криками: «Боже, я нищая! Это ужасно! Нищая!»

Одновременно со страхом бедности пришла и жадность, совершенно дикая. Алена никогда никому не давала в долг, не участвовала ни в каких посиделках на работе. Ей было жаль средств даже на себя. Шергина бегала по секонд-хендам, покупала просроченные продукты на оптовой ярмарке, а косметику — у теток, стоящих возле метро.

— Ты не поверишь, но ей было жаль и чужих денег, — объяснял Кудимов.

Один раз они вместе на машине Сергея отправились за город. Вечером перед въездом в Москву остановились у автомойки. Внезапно у Сергея прихватило живот, и он пошел в туалет, оставив любовнице кошелек со словами: «Пусть помоют и пропылесосят как следует, а то мусора в салон натащили».

Когда Сергей вышел, его тачка, все такая же грязная, стояла у обочины. Журналист удивился:

— До сих пор не начали мыть? Вот сволочи, сейчас я их подгоню.

— Сережа, — сказала Алена, — они тут хотят за мойку двести рублей.

— Ну и?.. — обозлился Кудимов. — Деньги-то я тебе оставил. Почему не заплатила?

— Дорого очень, — пробормотала Шергина, — вот Лена Латышева живет в Капотне, там за стольник все чистят.

Кудимов чуть не треснул бабу по уху, но потом сдержался и спросил:

— Ты предлагаешь пилить через всю столицу в Капотню, чтобы не тратить лишние сто рублей? Хороша экономия, посчитай, сколько бензина уйдет, да и времени жаль!

— Все равно там дешевле! — со слезами на глазах воскликнула Алена, и Сергею снова захотелось ее стукнуть.

Работа в «Злате» позволяла Алене вести скромную жизнь, в которой не было места для особых праздников. Единственное, что радовало, — это поездки за рубеж. Когда фирма собиралась открывать новый маршрут в Европе, для оформления всяких бумаг и переговоров отправляли, как правило, свободно владеющую языками Алену.

Но именно служба в «Злате» в конце концов позволила девушке припасть к водоему, в который впадал золотой ручей.

Все получилось случайно. К особо почетным клиентам сотрудники «Златы» выезжали на дом. Сами понимаете, что никто из звезд эстрады, кино или видных политиков не станет толкаться в коридорах тур-агентства. Нет, эти люди оформляют необходимые бумаги у себя дома или в офисе.

Как-то раз Алена поехала к очень модной певичке Каре Мани. Дверь открыло существо, мало похожее на грудастую, роскошную блондинку, чьи фотографии охотно печатали все газеты и журналы. Перед Аленой стояла коротко стриженная, почти бритая, брюнетка без вторичных половых признаков. Думая, что дверь открыла домработница, Алена сказала:

— Добрый день, позовите Кару Мани, я из фирмы «Злата».

— Топай в гостиную, — велело существо, — ща мы с тобой коньяку тяпнем, не тушуйся!

— Мне нужна Кара Мани, — повторила Алена.

— Это я, — рассмеялась брюнетка, — узнать нельзя, да? Под Памелу Андерсон я только на сцене кошу, ладно, давай знакомиться.

Кара оказалась отличной девкой, носящей на самом деле имя Катя и фамилию Манина.

— Вся эстрада одно вранье да пыль в глаза, — заплетающимся языком объясняла она Алене, — фальшь, ложь и мишура, имей в виду. Поем под фанеру и живем в обмане. Знаешь, сколько бы денег тебе за мой снимок вот в таком виде, как сейчас, заплатил какой-нибудь «Микроскоп»? Бешеные тысячи!

Катя продолжала сетовать на тяжелую жизнь известной женщины, которую преследуют фанаты и журналисты, но Алена перестала ее слушать. В голове мигом оформилась идея.

Ради ее осуществления Алене пришлось расстаться со всеми накопленными деньгами. Поступок героический для скряги, но девушка была уверена в успехе, и она хорошо разбиралась в фотоаппаратуре и фотоделе.

Спустя три месяца Алена выложила на стол перед любовником несколько снимков.

— Как думаешь, — спросила она, — «Микроскоп» хорошо заплатит за такое?

Сергей онемел. Объектив запечатлел в постели в недвусмысленной позе с... молодым парнем политика, пользующегося твердой репутацией отличного семьянина, человека, который без устали со всех трибун обличал современные нравы и требовал ввести для подростков комендантский час, мужика, повторявшего, что следует запретить разводы. Снимки были четкие, яркие, сделанные явно с близкого расстояния, чуть сверху.

— Ни фига себе, — отмер Кудимов, — вот это поворот!

— Мальчик — его секретарь, — пояснила Алена, — здорово вышло, да?

— Здоровее некуда, — хмыкнул Сергей, — съемка стоит больших денег. Где ты ее взяла?

— Сама сняла.

— Врешь!

Алена помахала негативами:

— Вот.

— Но каким образом? — продолжал недоумевать Кудимов. — Только не говори, что он разрешил тебе стоять в спальне с фотоаппаратом во время такого действия.

Шергина расхохоталась:

— Нет, конечно, слушай.

Уж на что был пронырлив и изворотлив Сергей, но он только качал головой во время рассказа любовницы. Алена пришла к политику домой, тот хотел отправить жену и дочь на отдых. Проявив определенную ловкость, девушка установила в спальне шпионский фотоаппарат размером чуть больше булавочной головки. Вернее, их было целых три, еще в ванной и туалете, но пикантные снимки нащелкал только тот, что она пристроила в опочивальне.

— Но как же ты туда попала? — недоумевал Сергей.

— Проще простого, — пояснила Алена, — попросила разрешения сходить пописать, потом помыла руки. Техника крохотная, ее совершенно не видно, устанавливается мгновенно, сейчас и не такое есть, я купила еще не самый навороченный вариант.

— А в спальню?

Алена ухмыльнулась:

— Я же из турфирмы. Сделала морду топориком и заявила: «Ах, в гостиницах бывают такие мерзкие кровати, надо, чтобы вашей жене положили удобный матрас, а то, не дай бог, спина заболит. Кстати, она какой предпочитает? Жесткий, полумягкий, латексный?»

Политик не смог ответить на этот вопрос и отвел Алену в спальню. Девушка со знанием дела оглядела кровать и кивнула:

— Хорошо, именно такой потребуем от отеля. Ой, у вас кошка?

— Где? — удивленно обернулся политик. — Никаких котов нет!

— Простите, — прошептала Алена, успевшая прикрепить «шпиона», — мне показалось, я жуткая кошатница...

— Снимки как забрала?

— Когда принесла билеты, путевки и страховку, —

веселилась Алена, — потом проявила пленки. Честно говоря, я рассчитывала найти что-нибудь простое. Ну, сидит пьяный на унитазе, а тут такое, прикинь, какая удача!

ГЛАВА 25

Кудимов, опытный журналюга, сразу понял, к какому «клондайку» подобралась Алена. В «Микроскоп» он отнес снимки тут же, имени папарацци не открыл, полоса эксклюзивных фото была подписана «Гном». Кто скрывается под псевдонимом, не знал никто, даже главный редактор, а деньги получал Кудимов.

Алена оказалась очень изобретательной, она легко находила повод, чтобы установить в нужном месте аппаратуру, и ни разу не попалась. Обозленные кумиры, обнаружив свои нелицеприятные фотки на страницах «Микроскопа», в гневе увольняли домработниц, охранников, стилистов, ругались с друзьями, полагая, что «капает» кто-то из близких. Никому в голову не пришло заподозрить милую, интеллигентную сотрудницу фирмы «Злата», большинство VIP-клиентов забывало об Алене, едва за той захлопывалась дверь.

Не всегда установленная аппаратура срабатывала, иногда подводила оптика, порой на пленке не оказывалось ничего интересного. Но те кадры, которые получались... О, это были самые настоящие конфеты!

— Просто мармелад с бензином, — качал головой Сергей, — так и назвали эту рубрику: «Мармелад с бензином». Справа печатали те снимки, которые рассылали пресс-агенты, совершенно мармеладные, сладкие. Вот известный писатель, нежно обнимая жену, гуляет во дворе. А слева помещали «Бензин».

Тот же литератор с перекошенным лицом пинает ногой упавшую на пол супругу. Лицо «инженера человеческих душ» перекашивает злобная гримаса, и кажется, что между этим субъектом и «мармеладным» прозаиком нет ничего общего.

Тираж «Микроскопа» мигом взлетел вверх. Редакторы других желтых изданий кусали локти и орали на своих фотожурналистов, требуя принести столь же пикантную съемку. Но Гном был единственным, кому удавалось проделать невозможное.

— Она получала такие деньги! — качал головой Сергей. — Огромные! Более того, вслед за «Микроскопом» фотки перепечатывали другие издания, не столичные, региональные, они тоже платили гонорар. «Микроскоп» оберегал права Гнома, что было понятно — курочку, несущую золотые яйца, следовало холить и лелеять. Как-то раз маленькая газетенка из сибирского городка перепечатала очередной «Бензин» без разрешения «Микроскопа». Мигом, чтобы другим неповадно было, возбудили судебный процесс, который юристы «Микроскопа» выиграли с блеском, разорив провинциальное издание.

Но Алене казалось, что денег мало. Страх вновь стать нищей сидел в ней крепко.

— Ты не поверишь, — кривился Сергей, — зарабатывая огромные суммы, она брала заказы на съемку свадеб, дней рождения и других праздников. Это были копейки по сравнению с ее основными доходами, но Аленка не брезговала ничем. Мы и расстались из-за ее дурацкой жадности. Собрались поехать отдыхать в Турцию, естественно, за мой счет, оформили все бумаги, и тут Алене предложили поработать недельку у одного банкира, юбилей тот себе устроил, семь дней гулять собрался в загородном имении и пожелал, чтобы все действо было запечатлено на пленку.

Шергина мигом согласилась, Сергей обозлился, уехал один, и любовные отношения лопнули, а профессиональные остались.

— Но я не знал, что они с Колпаковым подторговывают порнушкой, — качал головой Сергей, — это я отправил Олега к Аленке. Колпаков у нас в «Микроскопе» иногда публиковался. Пришел как-то раз, приволок съемку и сказал, что устал, хочет поехать купаться в теплом море, да боится, обманут. Вот я и дал Олегу телефончик Алены. Уж никак не предполагал, что Аленка такой штукой займется!

И он вновь заказал коньяк. Я молча наблюдал, как красно-коричневая жидкость исчезает из фужера. Конечно, занятие порносъемкой не из самых красивых, но кто сказал, что установка шпионской фотоаппаратуры лучше? По-моему, это солдаты одной роты.

— Жадность ее сгубила, — бубнил Сергей, — решила все деньги на свете заработать. Только не знаю, Головкин ли их убрал?

— Кто? — не понял я.

— Да Леонид Михайлович, — заплетающимся языком заявил Сергей, — фамилия его Головкин, не знал?

— Нет.

Кудимов пьяно рассмеялся:

— Да ты просто олух! Хорош детектив! Хоть что-нибудь-то знаешь?

Неожиданно меня обидело его заявление.

— На себя посмотри! Почему не опубликовал снимки, которые принес Олег? Он же просил.

Сергей прищурился и, еле ворочая языком, ответил:

— А за каким фигом их печатать? Профит в чем?

— Выполнить просьбу друга.

— Какой он мне друг... — икнул Сергей.

Было видно, как быстро хмель забирает парня.

— Гусь свинье не товарищ, — продолжал вхлам опьяневший журналюга.

Я хотел было уточнить, кого он считает гусем, а кого свиньей, но удержался, похоже, Кудимов сейчас окончательно потеряет человеческий облик, а мне еще нужно вытряхнуть из него кое-какую информацию.

— Куда же ты подевал снимки и негативы?

— Продал, — прозаикался Сергей, — очень даже выгодно! Машину поменял... Выгодно! Выгодно!

— Кому?

— Чего?

— Кому продал?

— Что?

Я схватил бутылку минеральной воды, вытряс туда половину солонки и, подождав, пока поверхность успокоится, сунул ее Кудимову.

— Пей.

— Зачем?

— Лучше станет.

— Мне и так хорошо!

— Кому ты продал негативы и фото, которые дал Колпаков?

— Головкиным, — пьяно захихикал Сергей, — Леониду Михайловичу и Инге Владимировне. Такая классная тетка, скажу тебе, а коньяк у нее еще класснее.

Пробормотав последнюю фразу, он схватил бокал с минералкой, залпом осушил ее и, покачиваясь, пошел в сторону туалета.

Я остался сидеть у стола. Надеюсь, после приема «Боржоми» с солью Кудимова стошнит, он временно придет в себя и сообщит мне координаты Головкина.

Однако какой странный человек! Я имею в виду Кудимова. Осуждает Алену за жадность, а сам продал Олега Колпакова. Просто рассчитал, что Головкин заплатит больше, чем «Микроскоп», и поступил с «фотосессией» совсем не так, как его просил приятель. А ведь наверняка обещал: «Да ты не волнуйся, в случае чего все сделаю как надо». Чем дольше общаюсь с журналистами, тем больше они мне не нравятся.

За спиной раздалось покашливанье. Я обернулся. Щуплый официант в слегка измятом голубом костюме вежливо спросил:

— Платить будете?

— Да, принесите счет и двойной, нет, тройной эспрессо для приятеля. Он сейчас вернется и выпьет.

Мальчишка покачал головой.

— Нет.

— Что «нет»? — удивился я. — У вас кончился кофе?

— Ваш друг спит в туалете, на диване, — пояснил парнишка, — он не станет пить эспрессо.

Я расплатился по счету и пошел в сортир. В небольшом холле, который разделял мужской и женский туалеты, на неудобной узенькой софе, неловко закинув голову, похрапывал Сергей. Рядом вытирала пол уборщица. Минералка с солью сделала свое дело, но парень не успел добежать до унитаза.

Я вытащил кошелек и протянул бабе со шваброй купюру.

— Извините, перебрал он немного.

— Еще не то бывает, — быстро пряча бумажку, сказала тетка, — вон вчера клиент два зеркала разбил и рукомойник, а ваш тихий, наблевал только, да убрать нетрудно за хорошим человеком. Пусть спит, я его ща пледом накрою. Потом кофе выпьет и домой поедет.

Я вытащил еще две ассигнации.

— Это вам за заботу, пожалуйста, закажите ему эспрессо, когда встанет.

— Обязательно, — захлопотала тетка, вытаскивая из шкафчика темно-голубое шерстяное одеяло, — у меня тут и подушка есть. Коли люди приличные, платят, так и позаботиться можно. Не волнуйтесь, пригляжу, как за родным. Глазки откроет — кофейку принесу, вещи отглажу. Знаете, давайте с него брюки и свитер снимем, я их пока в порядок приведу, а кошелек и барсетку можно сюда, в шкафчик, спрятать, у нас, правда, тихо, но лучше запереть.

Я начал расстегивать брючный ремень Сергея. Парень внезапно открыл мутные глаза, громко икнул и сказал:

— Колобок...

— Спи-спи, все в порядке.

— Колобок...

— Да-да, конечно, не волнуйся, отдыхай.

Но Сергей с назойливостью пьяного твердил:

— Колобок, колобок, колобок...

Я рывком снял с него брюки и отдал уборщице.

— Колобкова Зинка, — неожиданно твердым голосом заявил Сергей, — ты с ней поговори, она все об Аленке знает, думаю...

Дальше он не договорил, веки его закрылись, и изо рта понесся храп.

Я взял барсетку Сергея и протянул уборщице, та замялась.

— Уж извините, я вижу, вы люди приличные, но все же, откройте сумочку, проверьте содержимое, денежки пересчитайте, вдруг он потерял чего еще до похода в ресторан, а мне потом отвечать.

Однако, предусмотрительная женщина! Я расстегнул замочек, вынул кошелек, в котором оказалось три тысячи рублей и сто долларов, потом достал расческу, носовой платок, зажигалку, связку ключей, мобильный телефон и записную книжку.

— Тонька, — донеслось сверху, — ты где шляешься, а ну иди в зал, клиент тарелку уронил!

— Ой, — засуетилась уборщица, — погодите тут минуточку.

Схватив ведро и швабру, она побежала по лестнице. Я аккуратно уложил все вещи, кроме телефонной книжки, в барсетку, а потом начал перелистывать замусоленные странички.

Очевидно, Сергей пользовался книжечкой давно, все листы с двух сторон покрывали записи, сделанные разными ручками. Телефон Зинаиды Колобковой я увидел сразу, а номер Леонида Михайловича Головкина оказался записан почему-то на букву «п».

Ровно в пять часов я подошел к школе, потянул тяжелую грязную дверь и оказался в просторном холле, справа расположилась раздевалка, возле которой на ветхом стуле дремала древняя старушонка, одетая в темно-синий халат.

Я хотел было повесить куртку, но бабка неожиданно открыла блеклые глазки и гаркнула:

— Куды прешь, зараза?

От неожиданности я споткнулся о чью-то упавшую цигейковую шубку и ответил:

— Хочу повесить верхнюю одежду.

— Приперся, — протянула старуха, — где тебя носило? Уроки давным-давно закончилися. Небось косяков накурился и решил, что утро, ступай домой, проспись, образина!

— Мне к директору.

Бабка удивленно вскинула брови:

— С какой такой стати? Совсем ума лишился? Иди отседова домой, проспись!

— В вашей школе учится моя дочь.

Старушонка порылась в кармане, вытащила пластмассовые очки самого жуткого вида, водрузила их на нос и протянула:

— Так вы из родителей... Ясно тогда, а я думала, кто из одиннадцатиклассников чудит, обкурятся и дурят! Уходите из раздевалки, нечего тута стоять!

Я удивился еще больше:

— Но мне надо снять верхнюю одежду.

— Зачем?

— Как же к директору пройти?

— Раздевалка для школьников, родителям не положено!

— Но...

— Не положено!

В полной растерянности я вышел в холл и увидел бегущую ко мне Миранду.

— Вот хотел раздеться, но...

— У нас родители так ходят, — пояснила девочка, — давай понесу куртку.

Следующие десять минут мы искали директрису. Попадавшиеся изредка навстречу педагоги крайне нелюбезно буркали: «Наверное, в столовой» или «Посмотрите в кабинете математики».

— Пошли на улицу, — велела Миранда.

— Зачем?

— Сейчас увидишь, — загадочно сказала девочка.

Во дворе, недалеко от входа в здание, стояла красивая, блестящая лакированными боками иномарка.

— Марины Львовны тачка, — пояснила Миранда и, прежде чем я успел сообразить, что к чему, со всего размаху села на капот автомобиля.

Мигом взвыла сигнализация. Девочка соскочила и

притаилась за передним колесом. В то же мгновение на третьем этаже здания распахнулось окно, из него высунулась кудлатая голова пронзительно черного цвета.

— А ну отошли от машины, — заорала она, — если поцарапаете, родители в тройном размере заплатят!

Окно захлопнулось, Миранда удовлетворенно хихикнула:

— Пошли, Марина Львовна в лаборантской, у учителя физики. Как я сразу не доперла, он сегодня день рождения отмечает, с утра квасит!

Я молча шел вверх по щербатым ступенькам. Учитель физики весь день пьет, и дети в курсе дела? Гардеробщица принимает меня за малолетнего наркомана и не вызывает врача, чтобы помочь ребенку, а гонит вон?

Марина Львовна не выказала никакой радости при виде «папы» Миранды. Она вышла из кабинета физики и, распространяя запах жвачки, сурово сказала:

— Идемте со мной.

Пришлось снова спускаться на первый этаж. Кстати говоря, если вы выпили и хотите отбить запах алкоголя, никогда не пользуйтесь «Орбитом» или «Диролом». Несмотря на то что рекламные ролики поют на разные голоса про «голубые кристаллы», уничтожающие «аромат» чеснока и лука, на самом деле подобного эффекта нет, вы только больше привлечете к себе внимание. Сквозь запах мяты пробивается и остальное амбре. Мой вам совет — лучше выпейте двадцать капель валокордина, и никому и в голову не придет, что вы пропустили бутылочку пивка. Правда, сей совет действителен, только если вы не потеряли координации движений, в противном случае вряд ли что-нибудь поможет.

Но Марина Львовна, очевидно, верила рекламе, поэтому усиленно жевала «зимнюю свежесть».

Войдя в кабинет, директриса плюхнулась в вертящееся офисное кресло и, не предлагая мне сесть, заявила:

— Надеюсь, вы в курсе, что ваша дочь кандидат на отчисление?

Я почувствовал себя провинившимся школьником и, чтобы избавиться от этого весьма некомфортного ощущения, устроился без приглашения на один из стульев, стоящих вдоль стены, потом спросил:

— Что же плохого сделала девочка?

Марина Львовна всплеснула руками:

— Да она не успевает по всем предметам! Математика, физика, русский, английский, информатика — везде круглые двойки!

— Информатика? — удивился я. — Это же вроде компьютеры...

Не далее как два дня назад, вечером, около десяти, ко мне в спальню ворвалась без стука Миранда с воплем:

— Ваня, дай красный маркер!

Увидав, что я лежу в постели, девочка удивилась:

— Ты заболел?

— Нет, — зевнул я.

— Чего тогда в такую рань улегся?

— Да завтра с утра придется ехать в Подольск.

— Зачем? — удивилась Миранда.

Я поморщился:

— Нора дала интервью журналу, который пишет об инвалидах, теперь нужно отвезти в редакцию фотографии. К сожалению, журнал издается в Подольске, очень неохота туда отправляться.

— Е-мейл есть? — деловито поинтересовалась девочка. — Ща отсканируем, и все дела. У Норы в кабинете все есть — и комп, и сканер.

Я не понял ни слова из сказанного, но на всякий случай ответил:

— Телефон главного редактора на письменном столе.

Миранда захихикала:

— Ваня, ты существо из каменного века, поездка в Подольск не нужна.

Утром девочка, ловко управляясь с какими-то аппаратами, отправила фотографии в редакцию, увидела подтверждение об их получении и довольно заявила:

— Давай научу с компом обращаться, полезная штука.

Она тут же приступила к уроку компьютерной грамотности, и у меня сложилось впечатление, что Миранда великолепно разбирается в предмете. А теперь выясняется, что у ребенка «два» по информатике!

— Очень запущенная девочка, — вздохнула Марина Львовна.

Мне в нос ударил запах алкоголя, перемешанный с ароматом мяты.

— Если ребенок не успевает в школе, это не его вина, — ответил я.

— А чья? — вытаращила злые глазки директриса.

— Учителя. Он не сумел правильно объяснить материал.

У Марины Львовны от возмущения порозовели щеки.

— Теперь понятно, отчего девочка плохо успевает! Учитель, значит, виноват! Да у нас в классах по сорок человек сидит! И есть учебный план, где четко определено, какую тему сколько времени проходить! Если преподаватель станет с каждым учеником возиться, он ничего не успеет!

— Но если ребенок не понял?!

— И что? Разжевывать, пока проглотит? Имейте в виду, мы не работаем с отдельными школьниками.

— А с кем вы работаете? — оторопел я.

— С коллективом в целом, — пояснила директриса. — Если класс прошел тему, педагог дает проверочную работу и идет дальше.

Я не нашелся, что сказать. Каким образом класс в целом может усвоить урок, если отдельные дети ничего не усвоили?

— Впрочем, — неожиданно заявила Марина Львовна, — «неуды» ерунда, можно и не обратить на них внимание, но вот это сочинение, честно говоря, переполнило чашу нашего терпения, смотрите!

Директриса вытащила из ящика помятую тетрадку и швырнула ее через стол. Я на лету ухитрился поймать «посылку».

— Вот, полюбуйтесь, — зло сказала Марина Львовна.

Я раскрыл яркую обложку, украшенную наклейками, и уставился на текст, написанный крупными буквами. Почерк у Миранды был замечательный: четкий и аккуратный.

ГЛАВА 26

«Сочинение
КАКОЙ Я ВИЖУ ШКОЛУ БУДУЩЕГО

Надеюсь, это будет не моя школа. Во всяком случае, сюда я никогда не отправлю своих детей. Я лучше вообще не рожу дочку, если ей предстоит учиться в таком отстойнике. В школе будущего не должно быть русички Раисы Ивановны, которая орет на уроках, дерется указкой, а хорошие отметки ставит только тем, чьи родители приволокли подарки. И математичке Ольге Федоровне, которая визжит, словно кот, которому прищемили хвост: «Придурки! Повторяю для идиотов!», там не место. Единственный, кого можно пустить в школу будущего, — это физик Альберт Иванович. Он, хоть и зовется Альбертом, совсем даже не Эйнштейн, потому что очень часто неправильно решает задачи. Вернее, сначала пишет на доске условие, а потом списывает из задачника ответ, но путается и, зачастую глядя не туда, переносит на доску решение совсем другой задачки. Но он не злой, смеется, когда мы орем: «Ошибка вышла», стирает цифры и говорит: «Голова у меня, ребятки, болит». Все хочу ему посоветовать поменьше пить, да язык не поворачивается, потому что от Альберта Ивановича ушла жена и он теперь заливает горе водкой. Его можно поставить в гардеробе, он добрый и не стал бы драться шваброй и материться, как бабка Нюра, которую держат в школе только потому, что она свекровь нашей биологички Риммы Андреевны. Если это правда, насчет свекрови, то тогда понятно, отчего Римма Андреевна всегда злая и ставит только двойки, мне даже ее жаль, хотя все остальные зовут училку Гоблином. Самый нормальный дядька у нас физкультурник Сергей Михайлович, правда, любит рассказывать, как в молодости отсидел три года на зоне за хулиганку, мы уже выучили выдаваемый им текст наизусть, но Серегу вполне можно оставить и в школе будущего, потому что он не вредный. Когда англичанка Нонна Евгеньевна, которой муж изменил с любовницей, выгнала ни за что из класса Таню Ромашину и влепила той «кол» в четверти, Серега, увидав рыдающую Танюху, уладил дело. Пошептался с Нонной, и та, сменив гнев на милость, исправила единицу на тройку. Наши все уверены, что Сергей Михайлович живет с ней, но я думаю, это неправда, потому что Нонна Евгеньевна жутко противная и не моется. Когда она на уроке подходит ко мне, я стараюсь не дышать.

Честно говоря, я не слишком-то верю, что в школе будущего дело поставят по-иному. Где найти таких педагогов, как Януш Корчак, который пошел со своими учениками в газовую камеру? Таких нет. Если бы на месте Корчака оказалась наша директриса Марина Львовна, то она живенько бы запихнула нас в душиловку, а сама удрала бы, не оглядываясь. А то бы и предложила: «Вы их скорей поубивайте, не ученики, а отморозки». Нет, мои дети пусть лучше сидят дома, я сама их всему научу. Ну какие знания может дать Анна Геннадьевна по информатике? Я тут спросила у нее: «А у вас «аська» на домашнем компе есть?» А Анна Геннадьевна вытаращилась и заявила: «Какая Аська?» Вот ведь как, преподает информатику, а сама ничего про ай си кью не знает!»

Под сочинением стояла огромная красная двойка. Педагог, ставивший отметку, был так зол, что прорвал ручкой тетрадный листок.

— Не понимаю, — пожал я плечами, — отчего ребенок получил неудовлетворительную отметку? Во всем тексте я не вижу ошибок, ни орфографических, ни синтаксических.

Марина Львовна подскочила:

— Издеваетесь, да? Вы плохо прочитали содержание?!

— Ребенок заслужил за грамотность пятерку!

Директриса стала такой красной, что я было подумал предложить ей воды.

— За такое отличную оценку?!! Поощрить наглую хамку?!

— Но текст абсолютно грамотен, с точки зрения русского языка, в нем нет никаких погрешностей!

— Прекратите! — заорала Марина Львовна и закашлялась, очевидно, злоба душила директрису.

Я подождал, пока она перестанет давиться, и сказал:

— На вашем месте я испугался бы до ужаса, оттого что во вверенном мне учреждении работают такие кадры, и сказал бы Миранде «спасибо», похоже, остальные ученики, несмотря на юный возраст, уже стали законченными конформистами и написали в своих работах то, что хотели увидеть педагоги. Только один ребенок проявил наивность и честность, разве за это следует наказывать? На мой взгляд, двойки нужно ставить тем, кто решил заняться педагогикой в вашей, с позволения сказать, школе!

Через полчаса, выслушав подробный отчет о прегрешениях Миранды, я спустился на первый этаж. Девочка сидела на стуле возле раздевалки, на ее мордочке гуляла презрительная улыбка, но глаза смотрели испуганно.

— Что, выперли меня? — стараясь казаться безразличной, спросила Миранда и шмыгнула носом.

— Я сам забрал твои документы, — пояснил я.

— Настька меня убьет, — покачала головой девочка, — она терпеть не может, когда ей приходится улаживать такие дела. В прошлый раз обозлилась, схватила меня за волосы и как долбанет об автобус!

— Об автобус? — оторопел я.

— Ага, — снова шмыгнула носом Миранда, — у нее машина в тот день испортилась, и мы из очередной школы на автобусе ехали. Настька не сдержалась, отвесила мне плюху, а я лбом прямо на стенку налетела. Ну не поверишь, автобус помяла! Наверное, у меня башка железная!

— А за что тебя из предыдущей школы прогнали?

Миранда хихикнула:

— Классную жабой назвала.

Я покачал головой:

— Нехорошо грубить взрослым!

— А зачем она Настю проституткой обозвала, — взвилась Миранда, — и вообще, она первая начала! Вызвала меня к доске и завела: «Что за юбка? В путаны готовишься? Хотя яблоко от яблони недалеко падает! Мать проститутка, и ты такая же будешь», ну я и ответила: «Жаба старая, просто завидуешь Насте, потому что она молодая, красивая и с мужиками, а на тебя никто и не польстится уже!»

Миранда откинулась на спинку сиденья и рассмеялась.

— Прикинь, она стала зеленой-зеленой — и к директору! Между прочим, Настька скромная, она просто так одевается, но ведь ей иначе нельзя. В общем, выперли меня из школы, пришлось сюда переходить!

Я припарковал машину. Миранда удивленно распахнула глаза:

— Мы куда?

— Послушай, — тихо сказал я, — тебе следует научиться себя правильно вести, и исчезнут все проблемы.

Миранда сморщилась:

— Ваня! Только не заводись! Заранее знаю, что скажешь. Вынь сережку из носа, делай домашние уроки, ложись спать в девять, говори всем «спасибо»... Знаешь, вот от тебя я занудства не ожидала, честно говоря, ты начинаешь меня разочаровывать.

— Ты не дослушала до конца...

— И не собираюсь, — надулась девочка.

— Я вовсе не думал читать тебе мораль, хотя сережку из носа надо обязательно вытащить. Из-за лишней дырки в ноздре у тебя нарушилась в этом органе вентиляция, и теперь ты постоянно льешь сопли. Кстати, такие проблемы у всех, кто делает пирсинг в носу.

— Как бы не так, — обозлилась моя спутница, — что же, по-твоему, все арабки и индианки сопливые?

— Они нет, а российские девушки да.

— Это еще почему?

— В странах Арабского Востока и Индии теплый климат, — пояснил я, — там никогда не бывает холодов, и местные женщины могут позволить себе любые украшения в носу, а в России зима восемь месяцев, в органе обоняния неправильно циркулирует ледяной воздух, что приводит сначала к насморку, потом гаймориту, затем синуситу, а там и до менингита недалеко. Но сейчас речь не о твоем здоровье, а о поведении.

— И слушать не хочу! — надулась Миранда.

— Помнишь, ты рассказывала мне о драке с девочкой Леной?

— Ну!

— И как дело было, повтори-ка историю.

— Обычно, — пожала плечами Миранда, — она мне за шиворот кусок хлеба в столовой сунула, а я ее мордой в суп ткнула.

— Что же получилось? Виноват кто оказался?

— Я, — тяжело вздохнула Миранда, — к директору отвели.

— А Лена?

— Она плакала, и ее все утешали, — заорала девочка, — лгунья! Сама первая начала, а когда получила в ответ, мигом захныкала. Я объяснила, что только защищалась, да меня никто не послушал.

— Вот об этом и речь!

— О чем?

— Когда Лена сунула тебе за шиворот кусок булки,

надо было моментально заплакать, сказать, что у тебя аллергия на хлеб, начать чесаться и размазывать по лицу слезы. Тогда бы наказали Лену, а тебя бы жалели.

— Вот еще! — дернула плечом Миранда. — Я не привыкла нюниться, сразу сдачи даю!

— Значит, всегда будешь виноватой!

— Что же мне, в размазню превратиться?

— Нет, просто стань умней. Если тебя обидели, не кидайся с кулаками, прикинься бедненькой, несчастненькой. Чуть задели, рыдай: «Мне сломали руку», и колотушки достанутся другому.

Миранда молча принялась ковырять обивку сиденья.

— Имей в виду, — наставлял я ее, — в жизни никогда никому нельзя говорить правду. Ну надела твоя приятельница жуткую кофту ядовито-зеленого цвета с темно-синим платочком, не говори ей: «Фу, отстой!» — наоборот, скажи: «Тебе очень идет». И вообще, чаще улыбайся, людям это нравится.

— Значит, ты предлагаешь мне врать? — тихо уточнила Миранда.

— На моем языке подобное поведение называется хорошим воспитанием.

— И зачем оно?

— Избежишь многих неприятностей. Вот, к примеру, в сочинении следовало написать, что обожаешь свою школу и учителей, получила бы «отлично».

— Это ложь!

— Конечно, но все люди лгут, а тех, кто говорит правду в лицо, не любят. Я, например, постоянно вру. Давай разберемся, что такое комплимент! Самая настоящая выдумка. Ах, вы сегодня чудесно выглядите и платье вам к лицу! Учительнице следует сказать: «Мария Ивановна, я обожаю ваш предмет», ну и так далее. Знаешь, тяжело только вначале, потом привыкаешь говорить людям приятные вещи. Поверь, жить станет намного легче. Имей в виду, окружающие обожают, когда их хвалят.

Миранда, отвернувшись от меня, молча глядела в окно. Я решил приободрить девочку:

— Ладно, не переживай. Завтра устрою тебя в другую школу, одна из моих хороших знакомых держит колледж. Только постарайся там вести себя соответственно, ты же отличная актриса, вот и тренируйся, совершенствуй мастерство.

Миранда ничего не сказала, она упорно промолчала всю дорогу до дома. Когда машина остановилась у подъезда, девочка, тяжело вздохнув, открыла дверь и лишь тогда спросила:

— Ладно, я поняла, но только скажи, ты сам живешь по этим правилам?

— Да, с раннего детства, — кивнул я.

Миранда выскользнула из салона и, уже стоя на улице, задала еще один вопрос:

— Ну и что, ты счастлив? Чувствуешь себя свободной личностью?

Не дожидаясь ответа, она хлопнула дверцей. Я молча смотрел, как маленькая худенькая фигурка, шаркая нелепо большими кроссовками, идет по тротуару. Честно говоря, я слегка растерялся. Мне и в голову никогда не приходило задать себе этот вопрос. Чувствую ли я себя свободной личностью? Бог мой, конечно же, нет! Да мной помыкают все, кому не лень: Николетта, Элеонора... И любовницы, как правило, садятся на шею, свешивая ноги. А когда я работал редактором в журнале, регулярно получал от начальства самые неудобочитаемые рукописи, потому что остальные сотрудники мигом убегали при виде опусов некоторых авторов, а я, боясь испортить отношения с главным, всегда с улыбкой брал писанину, а потом мучился, стараясь «причесать» никуда не годный текст. В результате мои коллеги спокойно уходили домой в три, а я сидел на службе до восьми. Правда, мне все всегда улыбались, но только сейчас меня осенило: может, это была не улыбка, а насмешливая ухмылка?

Ну почему я ни разу не оборвал Николетту? Отчего позволяю вертеть собой, почему постоянно даю ей деньги? Не далее как на днях я стоял в букинистическом магазине и облизывался, глядя на уникальное издание Бальмонта, на которое у меня не хватало средств. Я мог позволить себе покупку, если бы Николетта не затеяла очередное суаре с фуршетом. Конечно, престарелой матери следует помогать, но кто сказал, что надо выполнять любые ее капризы?

Отчего я всегда всем что-то должен? Почему никогда не позволяю себе расслабиться?

В полном изнеможении я схватился за сигареты. Разве возможно переменить свою судьбу после сорока лет? Нет уж, очевидно, придется мне доживать «хорошо воспитанным молодым человеком».

Я закурил сигарету и тут же затушил ее, дым неожиданно показался горьким. В памяти, словно по заказу, начали всплывать фамилии. Николас Вардис до сорока пяти лет работал на стройке простым каменщиком, но потом, сломав ногу, оказался на больничной койке и начал рисовать, превратился в гениального художника... Домашняя хозяйка Эмили Роул воспитывала детей, пекла пироги и не помышляла о мировой славе. Но на пороге пятидесятилетия, похоронив мужа, она стала писать стихи и создала удивительно пронзительные сонеты, полные жизнеутверждающей силы.

Наверное, можно вспомнить и других людей, сумевших переломить хребет судьбе в далеко не юношеском возрасте. Я снова вытащил сигареты. Нет, я так не смогу. Сейчас, вместо того чтобы взбунтоваться, я начну по приказу Элеоноры разыскивать этого Леонида Михайловича. Что ж, вставай, Ваня, звонить удобней из дома, тем более ты находишься около родного подъезда.

Я запер машину и внезапно остановился. Родного подъезда! Ну не странно ли, до сих пор даже мысленно я называл место, где живу последние годы, «квартира Норы», домом для меня оставались родительские апартаменты, где обитает Николетта. И вот надо же, «родной дом»! Я пошел к подъезду, потянул на себя тяжелую дверь и снова замер. А ведь все не так плохо, как кажется. Честно говоря, раньше мне было немного тоскливо исполнять обязанности секретаря фонда «Милосердие», а ремесло детектива поначалу я считал просто отвратительным. Но сейчас должен констатировать, что погоня за преступником может быть увлекательным делом. Я вовсе не так глуп и наивен, как считает Элеонора, и у меня имеются кое-какие собственные соображения.

ГЛАВА 27

Хриплый женский голос произнес «алло» в тот момент, когда я, решив, что никого из хозяев нет дома, уже хотел положить трубку.

— Слушаю, — повторила дама и кашлянула, — это кто?

— Разрешите представиться, Иван Павлович.

— Ой, фу-ты ну-ты, — рассмеялась женщина, — какой цирлих-манирлих, ты, часом, не князь?

— Я хотел бы побеседовать с Леонидом Михайловичем, — невпопад ответил я.

— За каким... он тебе сдался? — заржала собеседница. — Валяй ко мне, посидим, погутарим. Только бутылку прихвати, «Хеннесси», другое не пью. Чао, бамбино!

— Адрес подскажите, — быстро осек ее я.

— Пиши, котеночек, — промурлыкала дама, — самый центр.

Часа через полтора я, вооруженный сосудом с благородным напитком, нажимал на кнопку звонка. Беглого взгляда на входную дверь хватило, чтобы понять: здесь обитают люди, не привыкшие считать не только рубли, но и тысячи.

Огромная дверь из цельного массива дерева, украшенная антикварной бронзовой ручкой, распахнулась. На пороге возникла девушка в джинсиках-стрейч и водолазке цвета маренго.

— О-о-о, — издала она трубный вопль, — коньячок прибыл! Раздевайся, дружок, иди сюда.

Меня буквально втолкнули в гостиную, которая выглядела самым удручающим образом: белая кожаная мебель, стеклянный столик, ножкой для которого служила псевдогреческая статуя, в углу тихо журчал фонтанчик и вдоль стен стояли буфеты из красного дерева с фарфоровыми медальонами. Хозяйка достала два фужера, щедро налила их до краев и, не заботясь о закуске, быстро опрокинула в себя один.

— Давай, — поторопила она, ставя пустой пузатый бокал на столик, — догоняй.

Я пригубил коньяк и решил приступить к допросу.

— Скажите, пожалуйста, Инга Владимировна...

Хозяйка рассмеялась:

— Давай без отчества, похоже, я младше тебя.

Я с сомнением посмотрел на нее. Слов нет, фигура у жены Леонида Михайловича девичья, что, учитывая привычку выпивать без всякой закуски, неудивительно. Возраст женщины выдают в основном шея, лицо и руки. Первая была прикрыта водолазкой, второе длинной, ниже бровей, челкой. Инга периодически сдувала волосы, и на короткое время мельком показывались глаза, но потом пряди волос вновь прикрывали лицо, руки разглядеть я не успел. Инга плюхнулась на диван и продолжила:

— Сначала выпей, потом побазарим.

— Пока не хочется.

— Давай глотай.

— Честно говоря...

Хозяйка вскочила на ноги, наполнила свой фужер и велела:

— До дна, иначе разговаривать не стану. Ну... Смотри, как надо!

И она вновь опустошила фужер. Делать нечего, пришлось последовать ее примеру. Я люблю коньяк и смею думать, что понимаю в нем толк. Благородный «Хеннесси» надо пить не спеша, тихонько согревая бокал с лучисто-коричневой жидкостью в ладонях. Именно поэтому фужеры для коньяка имеют пузатую форму, с довольно широким дном и узким верхом. На донышко капают, именно капают виноградный сок, который монахи из провинции Коньяк научились превращать в неземной напиток. Вот водку можно опрокидывать залпом, а «Хеннесси» ни в коем случае. Его следует пить медленно, наслаждаясь цветом, ароматом и вкусом. Но у Инги было иное мнение по этому поводу. Она снова наполнила бокалы, поставила бутылку на стол и хмыкнула:

— Скоро кончится, чего только одну купил, сейчас за другой отправишься. Пей до дна, ну, давай на брудершафт.

Проклиная собственную мягкотелость и податливость, я взял даму под руку. Инга мигом выхлестала спиртное, я же лишь отхлебнул.

— Эй, эй, — сердито велела она, — на брудершафт до дна положено, иначе врагами расстанемся.

Сейчас, вспоминая произошедшее, я могу сказать в свое оправдание всего две вещи. Днем я не успел пообедать, а утром выпил лишь кофе, и ударная доза спиртного свалилась в практически пустой желудок. Еще у меня было отвратительное настроение, а в горле что-то царапало, очевидно, начиналась простуда. Все сложенные вместе факторы вкупе с коньяком дали неожиданный результат. Инга показалась мне милой, даже привлекательной женщиной, скорей всего, ей лет тридцать пять, не больше. Поднялось настроение, начинающаяся боль в горле исчезла. Мне стало очень уютно, тепло и как-то спокойно.

— Хороший коньячок, — усмехнулась хозяйка, — давай добьем бутылочку.

Дальнейшее помнится смутно. Вроде потом на столике появился еще и графин. Затем мы пошли по коридору... в лицо ударил свет... голова упала на что-то ядовито-розовое... в носу защекотало...

ГЛАВА 28

Я чихнул и открыл глаза. Надо мной парил незнакомый потолок самого невероятного вида — голубого цвета, украшенный густой бело-золотой лепниной. На секунду я изумился, через мгновение растерялся. Где я нахожусь? Комната казалась незнакомой. Большая по метражу, она практически не имела свободного пространства, слишком много в ней было мебели. Огромный шкаф для одежды, зеркало в витиеватой раме, стоящее на комодике, штук восемь пуфиков, три кресла, диван. На окне болтались бархатные занавески, а посреди спальни возвышалась здоровенная кровать, на которой в полном недоумении возлежал я. Мебель и ковер были бело-голубого цвета, портьеры и постельное белье ядовито-розового, к тому же их украшало неисчислимое количество рюшечек, воланов, кружев и складочек.

Я попробовал пошевелиться. Получилось плохо, голова болела немилосердно, внутрь черепа словно поместили шар из ртути, и он теперь медленно перекатывался от одного виска к другому, вызывая тягучий приступ тошноты. Сесть удалось с третьего раза, и только тогда я сообразил, что нахожусь на ложе не один. С правой стороны, среди горы одеял и подушек, виднелась спутанная копна темных волос. Я попытался включить мыслительные способности. Кто это? Вика Хогарт? Но мы же с ней поругались, и потом, у Вики в спальне современный интерьер, в котором преобладают белый цвет и предметы из нержавеющей стали.

Я уставился на незнакомую голову. Если признаться честно, в подобной ситуации оказался впервые, совершенно ничего не помню, ни как зовут даму, ни где с ней познакомился, ни то, что делал до того, как очутился в сей чудовищной опочивальне.

Когда Миша Тарубин, один из моих добрых знакомых, с усмешкой говорил: «Представь, Ванька, открываю утром глаза и сообразить не могу, как же эту соску зовут», я ему не верил.

Правда, Тарубин — самозабвенный ловелас, готовый бежать с высунутым языком за любой короткой юбчонкой. Один раз он на моих глазах вытащил из кармана бумажку и начал сокрушаться:

— Ну чей же это телефон? Скажи на милость! Наверное, хорошенькая, раз номер телефона взял.

Я не удержался от ехидного замечания:

— Ты бы еще приобрел привычку рядом приписывать имя.

— О том и речь, — вздохнул Мишка, — всегда ведь кличку указываю, а тут, смотри.

Я взял листок и не сумел сдержать улыбку. На косо оторванной бумажке были накорябаны цифры, а рядом стояло «баба».

— Зато ты теперь знаешь, что это номерок не мужика, а бабы, — развеселился я, — позвони, не стесняйся, и спроси: «Баба, тебя как величать?»

Мишка вырвал из моих рук писульку.

— Можешь ржать сколько угодно, но я частенько не помню с утра, как их зовут. Постель еще не повод для знакомства.

Но я ему не поверил, посчитал это заявление своеобразным мужским кокетством, и вот теперь сам оказался в подобной идиотской ситуации. В голову пришла замечательная идея. Надо хватать одежду, вон она неаккуратной кучей валяется на ковре, и бежать. Авось девушка не проснется.

Но не успел я откинуть жаркое пуховое одеяло, как голова на соседней подушке поднялась и прохрипела:

— Эй, ты кто?

— Иван Павлович, — машинально ответил я и тут же обозлился на себя за глупость.

Более кретинского положения и не придумать. Лежу голый в постели рядом с обнаженной женщиной и представляюсь по имени-отчеству.

Дама зашевелилась, потом довольно легко села, отбросила со лба волосы и заявила:

— И чего у нас было?

Я вздрогнул. Да ей лет пятьдесят, никак не меньше, или она просто плохо выглядит? Во всяком случае, внешность совершенно не в моем вкусе. Маленькие глазки тонут в опухших веках, излишне длинный нос нависает над тонкими губами, кожа нездоровая, серая, с россыпью то ли веснушек, то ли старческих пигментных пятен... Впрочем, как говорит тот же Мишка: «Не бывает некрасивых женщин, бывает мало водки».

Сколько же я вчера выпил, если совсем ничего не помню?

— Эй, — ткнула меня ногой сокроватница, — может, кофейку сделаешь?

Я встал, натянул брюки и, старательно борясь с тошнотой, пошел по коридору в поисках кухни. Квартира, оказавшаяся огромной, не навевала никаких воспоминаний, я явно был тут впервые.

Пошарив бесцельно на полках, я вновь вернулся в спальню.

— Будьте любезны... э... я никак не могу найти кофе.

Женщина, стоявшая перед зеркалом, резко обернулась. Сейчас она выглядела намного лучше, чем пять минут назад. Лицо приобрело здоровый цвет, очевидно, дама воспользовалась косметикой.

— Посмотри на полке под подоконником, — велела она и добавила: — Меня зовут Инга, если тебя не смущает факт знакомства после бурной ночи.

В моей голове мигом все стало на место. Инга! Жена Головкина! Вчера я привез ей полуторалитровую бутыль «Хеннесси», и мы «уговорили» емкость минут за двадцать.

— Ты вообще кто такой? — удивилась Инга. — Как сюда попал?

— Наверное, нам лучше сначала выпить кофе, — ответил я и лучезарно улыбнулся.

Если вы думаете, что Инга захлопотала у плиты, готовя для неожиданного любовника питательный завтрак, то глубоко ошибаетесь. Кофе варил я, а в огромном, напоминающим подводную лодку холодильнике не нашлось никаких продуктов.

— Так как ты сюда попал? — спросила дама, отхлебнув арабики. — Фу, горько!

— Сахара нет, — развел я руками, — вы сами меня пригласили.

В глазах хозяйки промелькнула легкая настороженность.

— Не волнуйтесь, — быстро сказал я, — я не имею никакого отношения к маньякам и убийцам, вот смотрите...

Инга повертела в руках удостоверение, потом со злобой швырнула его на пол и прошипела:

— Все понятненько! Вот почему ты тут оказался, ищейка продажная! Ну и сколько он тебе заплатил?

— Кто?

— Кто-кто, — скривилась Инга, — Ленька, муженек мой.

— Я, к сожалению, с ним незнаком.

— Да, — она скорчила гримасу, — брешешь!

— Нет, говорю правду, и мне нужно с ним поговорить об одном деле.

Инга засмеялась:

— Тогда езжай в Шереметьево.

— Зачем? — не сразу понял я.

Мозг, отравленный алкоголем, работал не слишком надежно.

— Затем, что Ленька в Англии, — веселилась Инга, — смотался туда со своей доченькой, пасет малолетнюю проститутку, боится, что она опять фортель выкинет. А меня тут оставил да пригрозил денег лишить, если пить стану.

Пошарив рукой под столом, Инга извлекла на свет бутылочку «Хеннесси», на дне которой болтались остатки содержимого, вылила коньяк в пустую чашку и собралась поднести к губам, но я быстро отнял у нее «дозу».

— А ну отдай, — обозлилась дама, — между прочим, больше дома ни капли нет, все кончилось!

— Вот и хорошо, давай поговорим.

— Дай допью!

Я вылил содержимое чашки.

— Погоди, ответь на пару вопросов, а потом я принесу тебе целую бутылку.

— Две, — быстро сказала она.

— Хорошо, а если будешь откровенна, получишь три.

— Спрашивай, — оживилась хозяйка, — только свари еще кофе, сушняк замучил.

Я вновь поставил джезву на огонь.

— Значит, Леонида Михайловича в Москве нет.

Инга тяжело вздохнула:

— Он и раньше-то нечасто тут бывал, все работал, а теперь и вовсе уехал, Соньку решил до ума довести, хотя, думаю, не удастся ему это. Совсем дурная девка выросла. Знаешь, почему он в Лондон умотал? Его дочурка в порнухе снималась. Ленька в такой ужас пришел и отправил шельму в закрытый пансион, сам рядом поселился.

— Почему же вас не взял?

Инга опустила вниз уголки губ.

— Сама бы не поехала! Чего мне там делать?

«Коньяк пить», — чуть было не ответил я, но удержался и продолжил расспросы:

— Вы в деталях знаете эту историю с дочерью?

Инга с шумом выдохнула воздух.

— Ну... пришла как-то раз домой. Ба, Ленька сидит. Никто его не ждал. Злой такой, прямо шипел, а не разговаривал. Меня во всем обвинил, дескать, я за его дочерью не углядела.

— Простите, — перебил я даму, — Соня дочь Леонида Михайловича от другого брака?

Инга замолчала, потом с удивлением воскликнула:

— Кто вам такую глупость сказал? Ленька всю жизнь, как МГИМО[1] окончил, в Министерстве иностранных дел работает, а там разводы не поощряют. Женился — живи. Никаких предыдущих браков у него не было.

— Значит, Соня и ваша дочь?

— Конечно, а что тут странного?

Ничего, кроме того, что заботливая мамочка все время повторяет «его дочурка».

— Наорал на меня, — как ни в чем не бывало продолжила Инга, — дескать, не усмотрела, ну я ему и ответила.

Разгорелся страшный скандал, в ходе которого супруги припомнили друг другу все. Один кричал о пьянстве, полном пофигизме, лени и нежелании смотреть за ребенком, другая не преминула отметить постоянные командировки, вечное отсутствие дома отца, позволившее дочери чувствовать себя безнаказанной. Ни до чего хорошего не договорились, бурная семейная сцена завершилась безобразной базарной дракой. Леонид Михайлович, не сумев сдержать себя, отвесил жене оплеуху. Инга не растерялась и швырнула в него фарфоровую вазу, привезенную мужем из Китая. Успокоились к двум часам ночи под завывания и рыдания Сони, испуганной до крайности. На следующее утро Леонид Михайлович объявил жене свое решение: он увозит дочку в Лондон и отдает ее в закрытый колледж.

— Сам прослежу за ребенком, — сурово чеканил

---

[1] МГИМО — Московский государственный институт международных отношений.

Головкин, — виданное ли дело, сиротой без присмотра при родной матери живет.

— Только не заводись по новой, — отмахнулась Инга, — забирай свое сокровище, она мне до трясучки надоела, хамит через слово, никого не слушает, учиться бросила, шляется по компаниям, пить начала...

— Так пример перед глазами достойный, — вскипел Головкин.

— Хватит, — отмахнулась Инга, — у меня голова болит.

Леонид Михайлович неожиданно замолчал, потом вдруг заявил:

— Тебя с собой не возьму.

— Больно надо, сама не поеду.

— Вот пройдешь курс лечения в клинике, тогда пожалуйста.

— Я не алкоголичка, — обозлилась Инга.

— Значит, в больницу не ляжешь?

— Ни за что!

— Ладно, — кивнул муж, — тогда слушай. Получишь месячное содержание, его станут вручать тебе по двадцатым числам, не рассчитывай, что дам хоть копейку сверху, впрочем, если отучишься глушить цистернами коньяк, тебе хватит на нормальную жизнь.

— Офигел совсем? — завопила жена, когда узнала, сколько муж определил ей доходов.

— По-моему, вполне достаточно, — не дрогнул Леонид Михайлович.

— Идиот, — затопала ногами женушка, — зайди в магазин, пара приличных туфель стоит дороже, что мне, босой ходить?

Головкин усмехнулся:

— У тебя по шкафам пар сорок найдется, хватит до

конца жизни. Впрочем, можешь пойти работать, насколько помню, у тебя диплом филфака.

— Обалдел, да?! Работать?! Я похожа на дуру?

Головкин молча пошел к двери, но на пороге обернулся и грустно сказал:

— Я с себя вины не снимаю. Надо было не создавать тебе тепличные условия, а отправить делать карьеру, да что теперь говорить. Мой совет — бросай пить, если можешь, конечно.

Больше они не виделись. Я разочарованно спросил:

— Это все?

— Да.

— Ваш муж не упоминал имен Олега Колпакова и Алены Шергиной?

— Не помню, вроде нет.

— А про газету «Микроскоп» не вспоминал?

— Он читает из российских изданий только профессиональные журналы.

— Может, знаете его лондонский телефон?

Инга покачала головой.

— Он вам его не дал?

— Нет, впрочем, адрес тоже.

— Как же вы общаетесь?

— Никак, двадцатого числа он вечером звонит, спрашивает: «Получила деньги?» — и бросает трубку.

— Содержание по почте приходит?

— Баба привозит, — скривилась Инга, — курьерша.

— Кто ей дает деньги?

— А мне за каким хреном знать?

Чувствуя, как головная боль от висков спускается к затылку, я без всякой надежды на ответ спросил:

— Естественно, вы не в курсе, как зовут курьершу и в какой фирме она работает?

— Почему? — возразила хозяйка. — Девка, когда

приходит, всегда говорит: «Откройте, Инга Владимировна, это Зинаида Колобкова, принесла вам конверт».

— Кто? — подскочил я. — Зинаида Колобкова? Точно припоминаете?

— Чего же странного, — недовольно протянула Инга, — Зинаида Колобкова, простое имя. Ладно, хватит трепаться, дуй за коньяком.

Я вышел из подъезда, сел в машину и поехал домой. Конечно, нехорошо нарушать данное обещание, но коньяк Инге покупать не стану, хватит ей пить. Женщине явно пора обратиться к наркологу, правда, милые дамы с трудом признают себя алкоголичками, и им намного труднее избавиться от пьянства, чем мужчинам.

ГЛАВА 29

Не успел я войти в прихожую, как из комнаты выехала на кресле Нора.

— Где ты был?

— Э-э... простите, так вышло.

— Можешь проводить свободное время как заблагорассудится, — заявила хозяйка, — но не сочти впредь за труд позвонить и предупредить, что не придешь ночевать.

— Мы подумали, что тебя убили! — заорала, выскакивая в коридор, Миранда.

Потом она подергала носом, словно рассерженный ежик, и в полном негодовании сказала:

— Ваня! Ты пил водку!

Я отметил, что бриллиантовая сережка из ее ноздри исчезла, и осторожно сказал:

— Нет.

— Не ври, — топнула ногой девочка, — от тебя жутко воняет.

— Не отрицаю, выпил вчера немного, только не водку, а коньяк.

— Это однофигственно, — возмущалась Миранда, — не смей больше лакать ханку.

Нора попыталась сделать серьезное лицо, но не сумела.

На ее губах заиграла улыбка.

— Правильно, дорогая, отчихвость Ивана Павловича, совсем от рук отбился. Пьяный секретарь — позор хозяйки.

Но Миранда была полна праведного гнева.

— Ну, хорош, — фыркнула она, — просто отвратительно!

— Ты находишь? — ухмыльнулась Нора. — А мне всегда казалось, что у мужчины должны быть мелкие недостатки, иначе с ним скучно.

— Между прочим, ты обещал устроить меня в колледж, — не успокаивалась Миранда.

— Да, прости, дорогая, сейчас позвоню, — устыдился я, — очень некрасиво вышло.

— Перестань делать из себя гречневую кашу, — топнула ногой девочка.

Я осторожно, стараясь особо не вертеть головой, снял куртку и удивился:

— При чем тут гречка?

— При том, — гневно воскликнула Миранда, — она такая жидкая, по тарелке размазывается!

Нора закашлялась и решила прийти мне на помощь:

— Ну, не нападай так на Ивана Павловича. — И обратилась ко мне: — Кстати, вот чемодан, держи.

Я уставился на кожаный, очень дорогой саквояж, перехваченный ремнями, и совсем изумился:

— Зачем он мне?

Нора нахмурилась:

— Не помнишь, что ты вчера обещал?

Я вновь почувствовал приступ дурноты и честно признался:

— Нет.

Элеонора покачала головой:

— Вчера вечером я позвонила тебе на мобильный и предупредила, что надо отвезти в Шереметьево посылку для Кати Гельфман. Вот тут на бумажке все написано, номер рейса, кто заберет чемодан...

— Хотите сказать, что я проспал? — испугался я.

— Нет, — успокоила меня хозяйка, — времени полно, еще успеешь привести себя в порядок, умыться и отчитаться о проделанной работе. Кстати, Ленке сегодня удалось сделать вполне нормальный геркулес, хочешь?

Я сглотнул слюну:

— Нет, ни в коем случае.

— Ага, — кивнула Нора, — тогда жду через полчаса в кабинете.

Я прошел в свою комнату, стащил грязную рубашку, бросил ее в кресло и увидел на кровати Василия и Филимона. Сладкая парочка опять спала вместе.

— Ну, ребятки, добрый день. Вас без меня кормили?

Василий недовольно открыл глаза, коротко мяукнул, пару секунд смотрел на меня, потом встал и потянулся. Я сел возле зверушек на кровать. Честно говоря, больше всего хотелось упасть на подушку и заснуть. Кот подошел ко мне и потерся головой о руки. Я наклонился. Василий чихнул и коротко сказал:

— Мяу.

Затем он уставился на меня и вдруг разразился странными звуками, меньше всего напоминавшими мурлыканье. Я бы сравнил их скорей с горловым пением ненцев. Потом кот издал утробный рык, шерсть вспушилась, хвост угрожающе забил по бокам, глаза прищурились, уши прижались к голове. Не понимая, что обозлило Василия, я спросил:

— У вас дурное настроение, сэр?

Животное зашипело и прыгнуло в кресло. Сбоку послышалось равномерное пофыркиванье. Я осторожно повернул голову. Филимон недовольно дергал носом.

— И ты не настроен улыбаться, — пробормотал я и сделал попытку взять длинноухого.

Всегда спокойный, даже апатичный кролик неожиданно поднял верхнюю губу, обнажив длинные, вполне крепкие зубы. Я отдернул ладонь.

— Мяу, мяу, — донеслось из кресла.

Кот спрыгнул на пол и пошел к двери, на пороге он обернулся и с укоризной заявил:

— Мяу! — Затем помедлил и добавил с другой интонацией: — Мяу.

Василий явно вел какой-то разговор, недоступный для моего понимания, похоже, кот был зол.

— Мяу, — отрывисто приказал он и вышел в коридор, за ним мгновенно поскакал Филимон. Я посидел пару минут на кровати, собираясь с силами, потом решил пойти в душ, взял с кресла грязную рубашку и обнаружил, что она насквозь мокрая. Гадкий Василий, недовольный мной, отомстил по полной программе.

ГЛАВА 30

В Шереметьево я прибыл точно к указанному времени и встал около табло в зале отлета. Тяжелый саквояж, набитый, очевидно, кирпичами, громоздился у ног, в руках я сжимал бумажку. Рейс номер... Москва — Иерусалим, А. Штейнбок.

Глаза мои бегали по толпе. Отчего-то казалось, что незнакомый Штейнбок — это невысокий кряжистый мужчина лет пятидесяти, с бородой и усами. Бог знает, почему в голову взбрела эта мысль. Людской поток равнодушно тек мимо, в здании было душно и слишком сильно пахло духами.

— Простите, — раздался сзади мелодичный голосок, — вы, наверное, Иван Павлович?

Я обернулся. Хрупкая девушка лет восемнадцати смотрела на меня прозрачными, словно весенние, еще не успевшие растаять льдинки, глазами.

— Это вы принесли посылку от Элеоноры?

— Э... да, жду А. Штейнбок.

— Правильно, — улыбнулась девочка, — вот мой паспорт, смотрите.

Черно-белая фотография не передавала ее очарования. Алла Ароновна Штейнбок, гражданка Израиля.

— Мне пора, — снова улыбнулась Аллочка и сделала попытку оторвать каменно-тяжелый чемодан от пола.

Я галантно отстранил ее от поклажи.

— Покажите, куда отнести саквояж.

— На таможенный контроль, — махнула изящной ручкой Аллочка, — не ожидала, что посылка такая огромная, у меня с собой только ручная кладь, крохотная сумочка, я люблю путешествовать налегке!

Продолжая беседовать, мы добрались до того места, где пассажиры показывали таможеннику свои вещи. Я поставил саквояж на ленту транспортера и спросил у женщины в серой форме, сидевшей за стойкой:

— Вы разрешите проводить девушку? Очень вещи тяжелые.

— Только до паспортного контроля, — весьма вежливо ответила таможенница, — дальше не пустят, там уже граница.

— Да, конечно, спасибо, — обрадовался я, и мы с Аллочкой стали поджидать своей очереди на досмотр.

Впереди маячило несколько человек, впрочем, сзади тоже выстроился хвост. Люди вели себя спокойно, нервничала лишь пожилая женщина, находившаяся непосредственно перед нами.

— Слышь, сынок, — повернулась она ко мне, — чего тут писать надо?

Я посмотрел на декларацию, заполненную почерком человека, редко берущего ручку.

— Цель поездки.

— Это как?

— Ну, например, на лечение.

— Здорова, слава богу.

— Или туристическая поездка.

— Да нету у меня времени по музеям бегать.

— Тогда зачем в Израиль отправляетесь?

Бабка горестно вздохнула:

— Дочка у меня замуж вышла, все принца ждала. Выбирала-выбирала и нашла еврея! Правда, хороший мужчина, хоть и веры не нашей. Вот теперь лечу на внука посмотреть. Первый раз за границу, боязно мне.

Я посмотрел на ее полную коротконогую фигуру, облаченную в «праздничное» пальто с аккуратным каракулевым воротником. Голову бабуля повязала коричневым платком, пальцы, никогда не знавшие маникюра, судорожно сжимали ручку допотопного чемодана из фибры. Теперь таких не делают. Бабушка могла получить неплохой гонорар от Музея истории Москвы, предложи она им в качестве экспоната сей кофр.

— Напишите «частный визит», — посоветовал я.

Бабушка принялась царапать ручкой по бумаге, спустя пару секунд она опять дернула меня:

— Сынок, а зачем тут стоим?

— Следует пройти таможню.

— Это что такое?

— Вон видите, лента движется? Ставите туда багаж, он проезжает через такой ящичек с занавесками, а служащая видит содержимое багажа, это вроде рентгена для чемодана.

— Зачем?

— Вдруг у вас там оружие или бомба.

— Что ты, — замахала руками бабуська, — гостинцы везу, ничего такого отродясь в руках не держала. Очередь-то длинная, ноги устали. Если этой, в форме, сказать про подарки для родни, она меня небось пропустит, сесть хочу.

— Нет, — покачал я головой, — придется подождать, без досмотра никак!

Наивная старушка стала надоедать мне своей болтливостью, и я отвернулся от нее в надежде, что она оставит меня в покое. Не тут-то было. Та снова принялась тараторить:

— Слышь, сынок, почему не разрешит-то?

— Не положено.

— Глупо как.

— Вовсе нет, это делается в целях безопасности.

— Нету у меня пистолетов!

— Тогда стойте спокойно.

— Ноги устали.

— Слышь, бабка, — сердито заявил маячивший за мной здоровенный парень в кожаной куртке, — сделай милость, заткнись, всем надоела, хорош трендеть. Терроризм по всему миру, может, ты родная сестра Бена Ладена!

Старуха замолкла, но не успел я обрадоваться, как говорливая бабуська вновь ожила.

— Слышь, сыночек, глупо-то как! Чемодан поглядят, и чего? Может, человек оружие в карман сунул!

— Вот елка-палка-блин, — сплюнул парень.

— Вас тоже досмотрят, — ответил я.

— Рентгеном? — испугалась бабка.

— Ага, — влез парень, — облучат по полной программе, садись за чемоданом на транспортер.

Бабушка ойкнула и притихла. Парень глянул на меня и сказал:

— У самого дома две такие, настырные. Пока до обморока не доведут, не уймутся.

— Старость не радость, — развел я руками, — тоже такими будем.

— Лучше застрелиться, — заявил юноша.

Я вздохнул. Моему соседу по очереди лет двадцать по виду, интересно, как он заговорит, дожив до сорока?

— Ой, мамочка, — раздался нервный вскрик.

Я повернулся к стойке. Девушка-таможенница с изменившимся лицом смотрела на экран.

— Что случилось? — испугался я.

Служащая ткнула пальцем в монитор.

— Во!

Я обомлел. В ряду сумок и чемоданов проплывал... человеческий скелетик, сложенный, словно младенец в утробе матери. Очевидно, дежурная нажала тревожную кнопку, потому что к стойке быстрым шагом подошло двое парней.

— Что там, Маша? — спросил один.

Девица кивнула в сторону экрана.

Молодой человек бросил на него взгляд, поперхнулся и велел:

— Ну-ка, включай снова транспортер, сейчас разберемся.

Резиновая лента ожила, из-за занавесок выползли две объемистые сумки, коробка, потом жуткий фибровый чемодан старухи, за ним показались... ботинки, довольно старые, но еще крепкие и хорошо вычищенные. За допотопной обувкой показались ноги. Под визг таможенницы следом за багажом выехала бабка, та самая болтливая старуха, бесконечно задававшая вопросы.

— Что же вы делаете, ироды? — сердито заявила она. — Пылищу развели! Людей заставляете в грязи ползать, хоть бы протерли. Как теперь грязная в самолет пойду?

Парень, стоявший за мной, заржал, словно застоявшийся конь, остальные люди, поджидавшие своей очереди, схватились за животы.

— Зачем вы туда полезли? — только и смогла выдавить из себя таможенница.

— Так рентген проходить, — ответила бабка, отряхиваясь и тыча пальцем в ржущего юношу, — вот он велел на транспортер садиться в целях безопасности.

Служащая сердито глянула на шутника:

— Между прочим, я могу патруль вызвать.

— А что? — веселился юноша. — Я ничего, она сама туда села, вот дура, ей-богу! Кому рассказать, не поверят!

— Ставьте багаж, — рявкнула девушка, — а вы, бабушка, в другой раз головой думайте.

— Так мне посоветовали!

— А если вам кто велит из самолета прыгать, тоже послушаете?

— О господи, — перепугалась старуха, — с парашютом? Спаси и сохрани! Неужто такое возможно?

Таможенница уставилась на меня:

— Эта бабка с вами?

— Нет, — замахал я руками и, сунув Аллочке саквояж, трусливо убежал из аэровокзала.

Правда, уже в машине меня начали мучить угрызения совести. Оставил девушку одну, с тяжеленным чемоданом, небось она его с трудом дотащила до паспортного контроля... Но потом сообразил, что Алла сдала поклажу в багаж, и спокойно поехал к Зине Колобковой.

Женщина, открывшая мне дверь, выглядела замечательно. Высокая, стройная, со вкусом одетая, чудесно пахнущая и с великолепным, «естественным» макияжем. Так смотрятся подруги Николетты, тщательно следящие за собой.

— Вы Иван Павлович Подушкин? — спокойно спросила она.

— Да, я звонил вам и...

— Входите, — кивнула Зинаида, — естественно, я помню, что договаривались о встрече. Проходите.

Меня провели не на кухню и не в гостиную, а в комнату, явно служащую кабинетом. Три стены занимали полки с книгами, около окна стоял письменный стол с бумагами. Зинаида села в вертящееся кресло, указала мне на диван, потом холодным, светским тоном осведомилась:

— Желаете коньяка? Или предпочитаете виски?

Я испугался:

— Ни в коем случае!

— Тогда кофе?

— С удовольствием.

Зинаида ткнула пальцем в какую-то коробку и велела:

— Таня, подайте кофе. — Затем повернулась ко мне: — Прежде чем приступим к разговору, хочу сразу предупредить, покормить подследственного я могу, пронесу ему жареную курицу, сок, булочку. Ну еще, предположим, маникюрные ножницы, но это все! Наркотики, водка, мобильные телефоны — это не ко мне, даже не просите, не возьмусь ни за какие деньги. Если вопрос стоит именно о таких услугах, могу посоветовать обратиться к другому человеку, сейчас многие ничего не боятся.

На секунду я оторопел, потом воскликнул:

— Вы меня не так поняли!

— Надеюсь, что вы меня правильно поняли, — парировала Зинаида. — Так в чем проблема? Сначала назовите статью, по которой предъявлено обвинение.

— Вы адвокат? — решил уточнить я.

На лице Колобковой заиграла ухмылка:

— А вы предполагали, что защитой обвиняемого занимается ветеринар?

Дверь кабинета открылась. Осторожно ступая, в комнату вошла женщина лет пятидесяти с подносом в руках. Молча, словно тень, она прошла к журнальному столику, поставила на него чашки, кофейник, сахарницу, вазочку с печеньем и тихо сказала:

— Кофе подан.

— Ступай, — махнула рукой хозяйка.

Домработница молча испарилась.

— Вы меня не так поняли, — поспешил уточнить я еще раз, — речь шла просто о деле, не об уголовном расследовании.

Зинаида вытащила пачку «Собрания». На длинных тонких пальцах женщины блеснули радужными огоньками дорогие кольца.

— Слушаю вас, — без всяких эмоций заявила адвокат.

— Деньги беретесь передавать? — резко спросил я.

Зинаида сердито ткнула сигаретой в пепельницу.

— Вот! Только что предупредила, никаких противозаконных действий я не совершаю!

— Но Инге-то привозите!

— Кому? — вздернула брови Колобкова.

— Жене Леонида Михайловича Головкина, Инге Владимировне, — пояснил я.

Зинаида нахмурилась:

— Пока я плохо понимаю цель вашего визита.

Я вынул удостоверение. Колобкова повертела в руках книжечку.

— Что-то не похожи вы на бывшего следователя или опера.

— Никогда не имел никакого отношения к правоохранительным органам.

— Что же потянуло в детективы?

— Вы передаете деньги Инге?

— Почему вас это волнует?

— Пожалуйста, ответьте.

— Да, но в данном действии нет ничего криминального. Леонид мой давний друг.

— Любовник, — нагло уточнил я.

Зина спокойно допила кофе.

— Вы, однако, нахал. Даже если так, что в этом плохого? Инга лишь считается Лениной женой, фактически она давным-давно перестала ею быть. Впрочем, Лене больше нужен хороший друг, чем постельная принадлежность.

— И вы являетесь таким товарищем?

— Смею надеяться, — дернула плечом адвокатесса, — я умею дружить.

— И Алена Шергина тоже являлась вашей приятельницей?!

Лицо Колобковой окаменело.

— При чем здесь Шергина?

— Вы знаете о ее смерти?

Зинаида смяла в руках пачку, потом резко отшвырнула от себя испорченные сигареты.

— Рассказывайте все по порядку.

ГЛАВА 31

— Значит, Алена покойница, — без тени горя сказала Зинаида, — ну что ж! Логичное завершение, все там будем.

— Вам не кажется, что возраст Шергиной совсем не располагает к подобному заключению?

Колобкова начала перекладывать на своем столе папки.

— И младенцы умирают, — наконец вымолвила она, — а кое-кто погибает, не успев родиться.

— Вам не жаль девушку? Извините, но я так понял, что вы были подругами, причем довольно близкими.

— Именно что были, — нахмурилась Зинаида, — а откуда столь интересная информация? Мы около года не общались.

— Мне дал ваш телефон Сергей Кудимов из газеты «Микроскоп»!

— Прощелыга, — покачала головой Зинаида, — впрочем, что выяснилось, к сожалению, поздно, Алена-то была не лучше. Знаете, чем она занималась?

Я решил прикинуться полным идиотом и воскликнул:

— Конечно! Работала в фирме «Злата», увлекалась фотографией.

Зинаида молча открыла ящик письменного стола и вытащила большой лист.

— Вот смотрите.

Передо мной появился снимок, не цветной, черно-белый, но отчего-то сразу становилось понятно, что глаза женщины, запечатленной на нем, были зелеными. Дама сидела в высоком кресле, положив ногу на ногу, возле ее правой ступни валялось несколько толстых томов в старинных кожаных переплетах. В левой руке была зажата крохотная куколка без лица. Странное, пугающее фото. У меня по спине неожиданно пробежал холодок.

— Это вы? — удивленно спросил я.

Зинаида кивнула:

— В общем, да, хотя Алена здесь не ставила задачу сделать портрет адвоката Колобковой, эта работа называется «Карма».

Я молча разглядывал снимок. До сих пор я не понимал, отчего некоторые считают фотографию искусством. Щелкнул пару раз, и все, готов снимок. Но от листа бумаги, который лежал сейчас передо мной, словно исходило какое-то излучение, сила, причем недобрая, впору было поверить, что видишь лицо кармы, той самой, которую, как ни ломай, никогда не победить.

— Жуткая вещь, — неожиданно сказала Зинаида.

— Производит сильное впечатление, у Шергиной был талант, ей следовало заниматься фотографией, — пробормотал я.

— Алена предпочла иметь легкие деньги, они ее и сгубили, — припечатала Зинаида.

Я посмотрел на Колобкову и решительно заявил:

— Мне известно все!

— Что вы имеете в виду?

— Ничего особенного, просто я знаю все.

Колобкова презрительно выпятила нижнюю губу.

— Сделайте милость, скажите, каков атомный вес плутония?

Я удивился до крайности:

— Вы о чем?

— Неужели вы не изучали в школе таблицу Менделеева? Атомный вес плутония помните?

— Нет, конечно, зачем мне он?

— А серебра?

— При чем тут химия?

— А при том. — Зинаида резко встала и подошла к окну. — Нельзя все знать.

Я очень не люблю людей, которые к месту и не к месту демонстрируют собственную эрудицию, умение логично мыслить и придираются к вам, услышав фразу: «Не был у нее в гостях сто лет». «Целый век прожить мало кому удается», — мигом заведет зануда. Очевидно, Зинаида из их числа.

— Я знаю про снимки, которые делал Олег Колпаков, используя Сонечку в качестве модели, также мне известно, что Алена переправляла их за рубеж.

— Омерзительная история, — со злобой заявила Зинаида, — когда Леонид рассказал мне детали, я испытала острое желание надавать Алене пощечин, но в то время я еще считала ее подругой, поэтому ограничилась вербальным воздействием. Кабы знать мне тогда всю правду про нее!

— Леонид Михайлович, очевидно, человек дела? — фальшиво улыбнулся я.

— Леня профессионал, — кивнула Зинаида, — впрочем, все, за что он ни берется, выходит просто великолепно.

Я кивнул:

— Согласен. У него очень хорошо получилось убить Шергину, все вокруг, кроме меня и Элеоноры, уверены, что она утонула.

— При чем тут Леня? — распахнула свои зеленые глаза адвокатесса. — Что за чушь вы несете?

Я поднял правую руку.

— Дорогая Зиночка, давайте не будем, как говорят

тинейджеры, вешать друг другу лапшу на уши. Ваш прекрасный, деловой, в высшей степени приятный Головкин изворотливый убийца.

— Вы с ума сошли!

Я встал.

— До свиданья.

— Куда вы направились? — нервно воскликнула Зинаида.

Дама наконец-то потеряла свое железобетонное самообладание.

— Поеду прямиком к приятелям на Петровку, — начал блефовать я, — расскажу все про фото Сонечки, смерть Олега Колпакова, кончину Шергиной. Друзья будут очень благодарны, их, знаете ли, ругают за «висяки», за такие дела, которые... Впрочем, что я объясняю, сами хорошо знаете. Кстати, если Леонид Михайлович уверен, что сумеет спокойно отсидеться в Англии, то ошибается. Преступника можно получить...

— Хватит, — выплюнула Зинаида, — зачем вы пришли?

— Как связаться с Головкиным?

Колобкова возмущенно воскликнула:

— Он ни при чем, и не смейте никому рассказывать про Соню, Леня потратил огромное количество времени и денег, чтобы замять эту историю!

— Он белый и пушистый, — усмехнулся я.

— Шергину убил другой человек.

— Да? Интересно, кому это было надо?

— Не знаю, — с тяжелым вздохом сказала Зинаида.

Я опять встал.

— Ну ладно, спасибо за беседу.

— Стойте, не смейте никуда ходить!

— Да? А кто мне запретит? Более того, по дороге я заверну в парочку редакций. «Мегаполис-экспресс»,

«Экспресс-газета»... Кстати, понимаю, что после моего ухода вы позвоните Головкину, но ваш Леня просто не успеет меня устранить, ему на организацию очередного несчастного случая понадобится несколько часов, а я за это время обегу газеты и осяду на Петровке.

— Ерунда, — заорала Зинаида, — Леня никого не убивал!

— Да? Алена Шергина...

— Она была дрянь, сволочь, сука, — завизжала потерявшая остатки самообладания Зина, — негодяйка!

— Это еще не повод лишать ее жизни!

— Ладно, — взяла себя в руки адвокат, — хорошо. Сколько?

— Чего?

— Долларов, разумеется, или евро, если хотите.

— Шантажом не занимаюсь.

— Сколько?

— Деньги мне не нужны.

— Что тогда?

— Координаты Головкина.

— ... — выпалила Зинаида.

В кабинете воцарилась тишина. Со стороны мы, наверное, представляли собой замечательное зрелище. Ну представьте картину: в удобных креслах около столика, на котором стоят кофейник, чашки и вазочка с печеньем, сидят мужчина и женщина. Нас можно было счесть за счастливых супругов. За окном бушует морозная непогода, гневный ветер гонит по тротуарам змеистую поземку, в лицо прохожим летит колкая «крупа», а на черном, угрожающе нависшем над городом небе не видно ничего: ни звезд, ни луны. В кабинете же уютно, тепло, пахнет кофе, и кажется, люди, удобно устроившиеся тут, настолько хорошо понимают друг друга, что им не нужны слова.

Но не верьте впечатлениям, они обманчивы. У меня быстро колотилось сердце, а Зинаида, очевидно, с огромным удовольствием опустила бы мне на голову старинную тяжелую серебряную сахарницу, совершенно ясно, что адвокатессу душила злоба.

Наконец Колобкова справилась с собой:

— Значит, денег не надо?

Я мотнул головой.

— Вы работаете за идею?

— Без комментариев.

— И помчитесь куда обещали?

— Естественно.

— Сделаете ошибку, Леня тут ни при чем. Только испортите человеку репутацию.

— Кому надо, разберутся.

Внезапно Зинаида вскочила, подошла ко мне и наклонилась. Я почувствовал аромат незнакомых, но, скорей всего, очень дорогих духов. Попытался отстраниться, но адвокатесса, положив унизанные кольцами руки мне на плечи, понизив голос, сказала:

— Иван Павлович, сейчас расскажу вам кое-что, и вы убедитесь: Леня чист.

Я даже позавидовал Головкину. Умная, красивая, удачливая Зинаида любит Леонида Михайловича. Мне отчего-то всегда приходится быть тем, кто целует, женщины лишь подставляют щеку. Ни разу не попалась такая, готовая защищать...

— Вы были абсолютно правы, сказав, что я любовница Лени, — решительно произнесла Зинаида и села на диван, поджав свои красивые ноги.

Я услышал рассказ, до определенного момента совершенно обычный, такое случается порой в семьях.

Леонид и Инга поженились в тот год, когда Головкин заканчивал институт. Как я уже упоминал, парень учился в МГИМО, и дальнейшая его биография очень зависела от семейного статуса. «Женатика» почти всегда сразу отправляли на работу за кордон. Леонид огляделся по сторонам и счел дипломницу филфака Ингу вполне подходящей парой. Сыграли свадьбу и отправились на Арабский Восток.

Жизнь в посольстве — это тема для отдельной книги. Те, кому приходилось пару лет провести в тесном мирке советской колонии, знают, какие там царят нравы. Это даже не прозябание в отдаленном военном гарнизоне — это намного хуже. Сплетни, пьянство, постоянная слежка друг за другом, пресмыкание перед послом и его женой, страх при виде третьего секретаря, который вроде бы должен заниматься лишь вопросами культуры и не имеет особого статуса, но на самом деле является порой более могущественным, чем сам посол, потому что носит на плечах погоны КГБ, невозможность пронести домой ни одну покупку, чтобы десятки человек не спросили: «Что там у тебя?» Не всякий выдержит подобное, особенно женщина. Мужья были заняты, утром вели дела, вечером ходили на приемы, куда, во всяком случае в арабских странах, не очень приглашали жен. Бедные бабы, изнывая от безделья, пытались найти себе занятия. Одна шила, другая вязала, третья безостановочно рожала детей. Инга начала пить.

Впрочем, сначала она прикладывалась к бутылке осторожно, и Леонид Михайлович долгое время не понимал, что происходит у него дома. Справедливости ради следует отметить, что глобальный размер любовь Инги к «Хеннесси» приняла тогда, когда Сонечке исполнилось пять лет.

Головкин пытался бороться с женой, но потерпел неудачу, а потом на его жизненном пути встретилась Зинаида.

— Леонид — крайне порядочный человек, — поясняла адвокатесса, — он не может бросить алкоголичку-жену, считает себя виноватым в произошедшем. Он делал карьеру, Инга из-за этого не смогла реализоваться и стала пить. Мы любим друг друга, но вместе сможем быть лишь после смерти Инги, понятно?

Я кивнул. Конечно, только, думается, Зинаида слегка романтизирует ситуацию. На самом деле все обстоит проще. В Министерстве иностранных дел до сих пор косо посматривают на сотрудников, затеявших развод. Если ты изменил супруге, то способен изменить и государству, морально неустойчив, следовательно, ненадежный человек. А вот вдовца, поспешившего обзавестись новой семьей, полностью одобрят, потому что одинокий мужчина еще более ненадежен, чем разведенный.

— И, конечно, он обожает Сонечку, — продолжала Зинаида, — должна сказать, что девочка хорошая, просто запущенная, Инга совершенно не занималась дочерью, позволяя той делать все, что заблагорассудится, результат не замедлил сказаться.

Когда Леонид узнал о «карьере» дочери на ниве «фотомодели», он чуть не заработал инфаркт. Эта история стала последней точкой в их отношениях с Ингой. Головкин уехал в Англию и попросил Зину раз в месяц отвозить Инге денежное содержание.

Зина не испытывала никакой радости от встреч с матерью Сонечки, но исправно выполняла поручение.

— Да, — объясняла она, — Леня очень хотел полностью замять дело, потом решил напугать этого Олега Колпакова. Договорился с приятелями из определенных структур, те заминировали автомобиль негодяя. Надо сказать, Леня перестарался. Мерзавец перепугался до такой степени, что убежал.

— Зачем же было взрывать «Жигули»? Не проще ли заплатить Олегу деньги за молчание?

— Нет, — сердито ответила Зина, — Колпаков был сволочь, мерзавец. Такому только предложи откупные, возьмет без писка, даже с улыбкой, но через неделю вновь появится на пороге и потребует новую сумму, таких надо лишь запугивать, что Леня и сделал, но, очевидно, не рассчитал меру воздействия, потому что Колпаков скрылся.

Леонид Михайлович сначала даже расстроился: поганец уволок с собой негативы, и никакой гарантии того, что снимки не всплывут где-нибудь еще, не было. Пару дней Головкин провел в тревоге, он опять подключил своих приятелей из определенных структур, но тут ему позвонил некий Сергей Кудимов и заявил:

— Сколько вы готовы заплатить, чтобы снимки вашей дочери никогда не появились на страницах «Микроскопа»? Если хотите получить негативы, сумму увеличивайте вдвое!

На этот раз, чтобы не повторить ошибку и не напугать журналиста, как Колпакова, Леонид Михайлович предпочел заплатить. Сергей привез «фотосессию», получил «гонорар» и рассказал о смерти Олега. Леонид Михайлович облегченно вздохнул.

— Леонид не убивал Колпакова, — повторяла Зинаида, — речь шла только о том, чтобы испугать негодяя. И он пальцем не трогал Алену.

— Почему?

Зинаида грустно ответила:

— Потому что Алена долгое время была моей лучшей подругой, я считала ее почти сестрой, даже без «почти». Когда выяснилось, что она принимала участие в этом деле, я умолила Леню ни в коем случае не сводить счеты с Шергиной, пообещав ему лично уладить дело.

Зинаида приехала к подруге в гости. Алена сначала испугалась, но потом честно призналась во всем. Да, ей очень хотелось заработать побольше денег, она боится вновь оказаться в нищете, поэтому и связалась с Колпаковым. Но сама Шергина понятия не имеет, кто был запечатлен на снимках, порнофото она не видела, просто оформляла Олегу выезды за рубеж по линии своей фирмы, больше ничего.

— Я тогда еще не знала, что за дрянь эта Алена, — вздыхала Зинаида, — и очень радовалась. Помогла подруге избежать крупных неприятностей, но потом выяснилось такое! Думаю, из-за этого ее и убили.

— Что?! — подскочил я в кресле. — Послушайте, перестаньте говорить загадками!

Колобкова уставилась в окно.

— Темна душа человеческая! Знаете, я глубоко уверена, что воспитать человека нельзя.

— Вы о чем?

— Вот у меня дома живут две кошки, — спокойно пояснила Зинаида, — изредка убегают, потом имеют котят. Так уже на третий день видно, какие характеры у младенцев. Один злой, другой жадный, третий мямля. Вот и люди: что родилось, то и выросло. Можно их обтесать, научить пользоваться ножом и вилкой, не сморкаться в скатерть, болтать на иностранных языках, но то, что внутри, глубоко-глубоко, переделать невозможно, из блондина не выйдет брюнета.

— Почему? — усмехнулся я. — Очень даже просто. За полчаса можно приобрести иной цвет волос.

— Вы будете казаться брюнетом, — пробормотала Зина, — а шевелюра станет упорно отрастать такого цвета, какой была изначально. Быть и казаться! Разные вещи. Знавала я людишек, которые выглядели

306

умными, тонкими, интеллигентными, но кем они являлись на самом деле, что проглядывало под блестящим лаком, если поскрести его ногтем?

И она вновь уставилась в окно. Я пожал плечами. Под лаком, как правило, не такая яркая поверхность. Но мне кажется, что, общаясь с человеком, не следует заставлять его раскрываться перед вами полностью. Думается, в девятнадцатом веке браки в среде интеллигенции были прочнее не потому, что супруги поголовно венчались в церкви, а из-за того, что муж и жена спали в разных комнатах и обращались друг к другу на «вы». Однажды отец, услыхав детские жалобы на друга, который поступил по отношению ко мне не слишком красиво, неожиданно сказал:

— Ваняша, никогда не допытывайся, что у человека внутри, потому что, кроме сердца, в организме имеется еще и кишка, набитая дерьмом.

— Вот и Алена, — презрительно сморщилась Зинаида, — оказалась под слоем фальшивой позолоты грязной чушкой. Ладно, слушайте.

ГЛАВА 32

Зинаида успешный адвокат, ее имя клиенты передают по эстафете. Конечно, и у нее случаются обломы, но их мало, и у Колобковой репутация человека, который способен вытащить подзащитного буквально за волосы из любой беды. Телефонная книжка Зины — это огромный распухший блокнот. А еще она очень аккуратно «ведет бухгалтерию», все беседы с клиентами и их родственниками обязательно записывает от руки в больших «амбарных» книгах. Один том — одно дело. После завершения работы Зина отдает все записи клиенту или его родным. Адвокат сродни врачу, в его кабинете требуется говорить всю правду, только тогда защитник поможет вам. И очень многие клиенты, увидев, что Зинаида делает записи, пугались.

— Ой, вы тут все фиксируете!

— Не волнуйтесь, — успокаивала их Колобкова, — во-первых, эта тетрадь будет храниться в сейфе, а во-вторых, потом вы получите ее целиком.

Репутация у Зинаиды была безупречной, и люди успокаивались.

Не так давно, вечером, уставшая Зинаида заехала в клуб «Максо» поужинать. Настроение, несмотря на физическую усталость, было великолепным. Ее выступление в суде оказалось блестящим, клиент, которому грозил срок, был освобожден прямо в зале суда, и обрадованные до обморока родственники парня увеличили вдвое гонорар адвоката.

Заказав телятину по-милански, Зина оглядела зал. В левом углу за столиком сидела молоденькая девушка с пожилым кавалером. Зина сразу узнала парочку — Сусанна и Марк Вордо, муж и жена. Сусанне на самом деле было немало лет, просто она ухитрялась назло всем выглядеть удивительно молодо. Не так давно Сусанна вляпалась в очень неприятную историю, из которой ее с огромным трудом вытащила Зинаида. Сусанна называла Колобкову своей спасительницей. Дело Зина обстряпала очень ловко, до суда не дошло, более того, ситуация была улажена на уровне районного отделения, никаких протоколов не составлялось. Правда, стоила услуга дорого, но Марк охотно отсчитал положенную сумму, он великолепно понимал, что пять граммов героина, обнаруженные в кармане у жены, делают Сусанну не потребителем, а распространителем наркотиков, и это совсем иная статья и другая мера ответственности.

В общем, дело было тихо замято. Марк — известный артист, обладающий армией поклонниц, сначала слегка испугался, боясь, что информация о жене-наркоманке дойдет до газет, но потом успокоился. Зинаида хорошо знала свое дело и язык за зубами держать умела.

Иногда Колобкова и супруги Вордо сталкивались на тусовках. Естественно, Сусанна не бросалась на шею Зинаиде с воплем: «Спасительница моя!» — но общение было теплым, а на Новый год Зина получила от Вордо милую открытку. Теперь понимаете, почему, увидав Марка и Сусанну, Колобкова помахала им рукой. «Максо» элитарный клуб. Народу там толчется не так уж много, а в тот вечер в уютном зале вообще, кроме Вордо и адвоката, никого не было. Представьте теперь удивление Зинаиды, когда супруги, увидав ее, встали и направились на выход, не доев заказанный ужин. Сусанна и Марк прошествовали мимо хорошей знакомой с каменными физиономиями. Колобкова была поражена.

На пороге Сусанна, менее выдержанная, чем муж, обернулась и прошипела:

— Какая же ты дрянь!

Это было уж слишком, и Зина бросилась за мужем и женой.

Не стану вас утомлять подробностями длительного, тяжелого разговора, но в процессе его выяснилось, что Сусанна стала жертвой шантажа. Ей регулярно звонит женщина, требующая денег за молчание.

— А теперь скажи на милость, откуда этой даме известны все подробности, — чуть ли не с кулаками налетела на Зину Сусанна, — кто был в курсе дела, кроме тебя?

Растерянная Зинаида сначала подумала о парне из районного отделения, том самом следователе, который закрыл дело, не возбудив его. Но через секунду все подозрения в его адрес рассыпались, потому что Марк заявил:

— Неужели вы, делая аудиозапись разговора с клиентом и передавая ее своей приятельнице, которая теперь тянет из нас деньги, неужели вы не предполагали, что сразу станет ясно, кто «автор» затеи?

— Какая запись? — начала заикаться Зина. — Я ничем подобным не занимаюсь!

И тут Сусанна вытащила из сумочки кассету.

— Послушайте на досуге, здесь копия. Нам, думается, пришлют еще много подобных штучек. Ладно, прощайте, но не взыщите, теперь станем говорить знакомым, что с вами лучше никогда не иметь дела! Надавать бы тебе пощечин, дрянь, да не хочется руки марать!

Зинаида примчалась домой и сунула кассету в магнитофон. Из динамика полился диалог. Качество записи было не из лучших, но голоса оказались очень хорошо различимы. Это была беседа между Вордо и Зиной, самый напряженный момент диалога, когда полностью деморализованный Марк, рассказывая о всех прегрешениях супруги, умолял вызволить Сусанну из цепких лап закона.

Зинаида чуть не скончалась на месте. Ей, всю жизнь соприкасавшейся с криминальным миром, сразу стало понятно, что в кабинете где-то спрятан микрофон.

Колобкова обратилась к специалистам, и те меньше чем за час обнаружили «жучок». Он оказался хитро пристроен под маленьким столиком, на котором стояла ваза с цветами.

— Вы не трогайте игрушку, — посоветовал Зинаиде

хмурый мужчина, обнаруживший «шпиона», — это не слишком совершенный аппарат. Вот смотрите, тут микрофон, а это — магнитофон.

— Крошечный такой, — пробормотала Зина, — меньше ногтя...

— Что вы, — улыбнулся специалист, — наоборот, большой, сейчас имеются такие штучки, прямо блошки. Этот, очевидно, просто купили в магазине «Ваша безопасность», подобные любят приобретать женщины, ревнующие своих мужей.

— Уничтожьте «подслушку», — попросила Зина.

Дядька покачал головой:

— Не надо.

— Почему? — удивилась Зина.

— Вы же хотите узнать, кто поставил тут «жучок»?

— Конечно.

— Тогда не предпринимайте мер, не ведите пока в кабинете особо важные разговоры и будьте очень внимательны. Человек, «нафаршировавший» комнату, появится обязательно, ему надо забрать информацию.

Зинаида послушалась.

— Знаете, кто в конце концов оказался гадиной? — спросила она у меня.

Я кивнул:

— Алена Шергина.

Колобкова всплеснула руками:

— Мы дружили много лет, я доверяла ей, как сестре.

— Зачем же Алене ставить «жучок», коли она и так была в курсе всех ваших дел? — удивился я.

— Но я же никогда не рассказывала ей в деталях о работе, — подскочила Зинаида, — существует такая вещь, как профессиональная тайна.

— И вы никогда не обсуждали ваших подзащитных?

— Бывало, конечно, — кивнула Зинаида, — но только то, что можно обсудить, никаких тайн и секретов я не выдавала, да и не могла этого сделать, люди платят мне, в частности, и за умение держать язык за зубами.

— Что же вам сказала Алена?

— Я поймала ее на месте преступления, — грустно произнесла Зинаида, — ужасно! Я подозревала всех, кроме Шергиной: домработницу, массажиста, шофера. Потом у меня неожиданно обнаружился клиент с ерундовым делом, вопрос мы решили за пять минут, а парень все выискивал повод, чтобы лишний раз прийти сюда... Поэтому я думала на многих, но Алена была вне подозрений, самая лучшая подруга, почти сестра... Я бы ни за что не стала наблюдать за ней, но мужчина, который искал «шпиона», велел ни для кого не делать исключений.

Зинаида под благовидным предлогом ушла из кабинета, плотно закрыв за собой дверь, а потом, для проформы, прильнула глазом к отверстию. Ради того, чтобы узнать правду, пришлось испортить дорогую дверь из цельного массива.

Несмотря на небольшой размер «глазка», комната была отлично видна, и потрясенная Зинаида наблюдала, как Алена быстро подошла к столику...

В тот самый момент, когда лучшая подруга производила выемку магнитофона, Зина обрела возможность двигаться и вошла в комнату.

— Что же Алена сказала в свое оправдание? — поинтересовался я.

Зинаида печально улыбнулась:

— Знаете, люди, как правило, в подобные моменты говорят одно и то же. «Невиноватая я, он сам пришел». Стала нести какую-то чушь, но я-то хорошо знаю, какая у Шергиной патологическая тяга к деньгам, просто фобия! Купюромания.

— Ну, подобной болезнью страдают многие в наше время, — усмехнулся я.

— У Алены фобия приобрела невероятные формы, — вздохнула Колобкова.

— И все же что она говорила?

Зинаида повертела в руках карандаш, потом неожиданно сломала его.

— Чушь всякую. У Шергиной имеется подруга, Варя Арсеньева, слышали про такую?

Я кивнул:

— Да, знаком с ней, более того, мы вместе оказались у постели умершего Ильи Наметкина.

— Это кто такой? — удивилась Зина.

— Как? Вы не знаете? Любовник Алены!

— Ах, вот вы о ком, — протянула Зина, — Алена держала его за комнатную собачку. Нужен — поди сюда, не нужен — иди вон. Впрочем, паренек не имеет никакого отношения к этой ситуации. Алена рассказала дикую историю. Якобы ее мать, которую она считала погибшей, на самом деле живет в маленьком подмосковном городке. В свое время ее осудили за то, что женщина пыталась убить мужа, наняла киллера.

— Когда же происходило дело? — удивился я.

— Давно, — ответила Зинаида, — Алене едва год исполнился.

— Разве в то время людям приходило в голову обращаться к наемным убийцам?

Зинаида хмыкнула:

— Многоуважаемый Иван Павлович, светлые идеи избавиться от надоевших супругов посещали людей во все века, и они хотели проделать задуманное, не запачкав руки. Так вот якобы маменька Алены решила устранить Бориса Алексеевича, но неудачно, покушение сорвалось, художник обратился в милицию, а правоохранительные органы сработали просто великолепно, мигом отыскали заказчика. Жену отправили на полжизни в места не столь отдаленные, а муженек объявил ее умершей, переехал на другую квартиру и стал считаться вдовцом. Алена тоже думала, что является сиротой. Но потом, спустя много лет, правда неожиданно выплыла наружу.

Варя Арсеньева пришла к Шергиной и потребовала:

— Если не хочешь, чтобы все знали про то, что твоя мать провела больше двадцати лет на зоне, плати за молчание.

— И при чем тут «жучок» в вашем кабинете?

— Якобы запрошенная сумма оказалась слишком велика, — мрачно сказала Зинаида, — вот Шергина и решила заработать, установив у меня «жучок». Ну вынудили ее на этот поступок обстоятельства. Впрочем, я многократно слышала подобное от преступников: никто из них не виноват, всех подвигли на противоправные действия форсмажорные обстоятельства!

— По-моему, объяснение не выдерживает никакой критики...

Зинаида кивнула:

— Полный бред! Но я не стала проверять информацию, может, эта Варя Арсеньева и впрямь шантажистка! Мы не слишком-то были с ней знакомы.

— Как же так?

— Просто. Я дружила с Аленой, Варя тоже, но между собой мы не общались, такое часто случается. Встречались иногда на дне рождения у Шергиной, и все. Не знаю я, правда это или нет — про мать Алены, и мне совершенно это неинтересно. Алена плакала, встала передо мной на колени, клялась, что воспользовалась только один раз магнитофоном, брала деньги лишь у Вордо и намеревалась бросить сие занятие. Но я ей не поверила, выгнала вон. Вот гадина! Она ведь знала, что я не обращусь в милицию, чтобы уберечь клиентов. Теперь понимаете, почему Леонид вне подозрений? Шергину убрал другой.

— И кто же? — тихо спросил я.

Зинаида спокойно ответила:

— Один из моих клиентов, тех, кого решила шантажировать Алена. Я не знаю, в течение какого времени она промышляла в моем кабинете. Ищите сами, могу в качестве дружеского жеста дать список тех, кто побывал тут в последние два года.

Не дожидаясь ответа, она включила компьютер, потом выхватила медленно выползающий из принтера листок. Я уставился на список. Двадцать четыре человека!

— Хоть намекните, чья тайна самая страшная.

Колобкова возмущенно воскликнула:

— Я не имею права делать комментарии, уже и так нарушила обязательства, дав вам фамилии. Если бы не ваша дурацкая идея о виновности Лени, ни за что бы не пошла на такой поступок.

ГЛАВА 33

Получив список, Элеонора пару раз прочитала его, потом воскликнула:

— Так, работы тут непочатый край!

Моя хозяйка странный человек: то, что приводит других людей в ужас, ее ввергает в радость.

— Начнем по алфавиту, — воодушевленно заявила Нора.

— Вам не кажется, что мне и года не хватит, чтобы

опросить всех? — попытался я оказать сопротивление.

— Ерунда, — отмахнулась Нора, — быстро управишься, если, конечно, опять не уйдешь в загул.

Я хранил молчание. Вот ведь как бывает! Иной человек безобразничает всю жизнь, и окружающие настолько привыкают к его отвратительному поведению, что считают само собой разумеющимся, когда муж и отец пьет, дебоширит и гоняется за бабами. Но стоит нормальному мужику один раз потерять ум и устроить небольшое «представление», как все мигом ополчаются на него и, уж будьте уверены, не забудут «зигзаг» до конца дней. Поэтому, дорогие мужчины, примите мой совет, ведите себя как можно более мерзко, только в этом случае вы будете избавлены от нудных нравоучений и тягомотных скандалов.

— Впрочем, — заявила Нора, — начнешь в понедельник, завтра состоятся похороны Шергиной, милиция наконец-то отдала тело, и бедняжку кремируют. Поезжай на церемонию и тщательно перепиши всех, кто будет принимать в ней участие, может, мелькнет человечек из списка: насколько я знаю, преступник любит смотреть на гроб жертвы.

Похороны — процедура, не располагающая к веселью, но все же, когда ритуальный зал полон венков, цветов и людей, из которых пусть не все искренне скорбят об ушедшем, во время такой церемонии нет ужасающего чувства тоски. Толпа двигается, разговаривает, одним словом, живет. Намного хуже, если провожающих можно пересчитать по пальцам, а в случае с Аленой это было именно так. Несколько дезориентированные женщины и один мужчина мялись возле самого простого гроба, обитого пронзительно розовой материей. Я быстро пересчитал присутствующих — всего семеро. Распоряжалась всем Варя Арсеньева. Голова девушки была замотана в черный платок, лицо не накрашено, нос распух, а глаза превратились в щелочки.

— Спасибо, что пришли проводить, — сказала она мне после того, как закрытый гроб торжественно уплыл за шторку, отделявшую мир живых от обиталища мертвых, — останьтесь на поминки.

Откровенно говоря, мне не слишком хотелось очутиться за столом, в центре которого будут стоять плошки с кутьей и блюдо с блинами. Да и миссия моя была выполнена, на похороны не пришел никто из посторонних. Две женщины оказались коллегами по работе, одна очень дальней родственницей, а мужчина и остальные бабы местными бомжами, правда, в приличной, чистой одежде, которые за умеренную плату взялись отплакать Шергину. Более жалкого, душераздирающего зрелища, чем эта кремация, я еще не видел.

— Очень вас прошу, — попросила Варя, — плохо, когда за поминальным столом нет никого.

Я кивнул:

— Да, конечно.

— Вот и хорошо, — повеселела она, — проводим Алену по-людски.

Я поехал за старым, разваливающимся автобусом, на ветровом стекле которого виднелась табличка «Ритуал». Если к человеку никто не приходит на похороны, это ужасно. Но, с другой стороны, наверное, нужно жить так, чтобы окружающие ощутили после твоего ухода хотя бы легкое сожаление...

Если похороны Алены Шергиной были удручающими, то поминки оказались ужасными. Дальняя родственница, прибывшая на процедуру из Ижевска, сначала молча опрокидывала в себя стопки, налитые до краев водкой, потом как-то разом опьянела, попыталась спеть, затем заявила:

— Господи, квартира-то теперь, выходит, моя?

— Твоя, — достаточно зло заявила Варя, — никто не претендует.

— И мебель? — не успокаивалась тетка.

— Можешь все забирать, — отрезала Варя, — вместе с одеждой, косметикой и обувью. Про тампоны не забудь, они у Алены в ванной, в шкафчике лежат!

Я делал вид, что увлечен блинчиками с медом, очень не хотелось участвовать в разговоре.

Коллеги Алены ушли намного раньше, и за столом нас сидело всего трое. Наконец родственница, устав радоваться неожиданно свалившейся на голову удаче, уснула в кресле. Варя с облегчением воскликнула:

— Слава богу, унялась! Вот ведь как бывает, они с Аленой двоюродные сестры, только встречались всего раз или два. Я стала перед похоронами обзванивать людей по Алениной телефонной книжке и наткнулась на нее. Думала, не приедет. Нет, как узнала, что, кроме нее, никаких наследников не обнаружилось, так мигом прилетела. Бедная, бедная моя подружка! А все я виновата!

— Почему?

— Так в тот день, когда Аленушка утонула, я была в командировке, — напомнила Варя, — уехала на десять дней в Питер, только вернулась, из больницы звонят... Останься я здесь, ничего бы не случилось.

— Вы ни в чем не виноваты, — попытался я утешить Арсеньеву, — скользкая дорога, Илья не справился с управлением...

— Негодяй! — воскликнула Варя. — Ну сколько раз говорила Алене, брось парня, не пара он тебе, ни по возрасту, ни по уму, ни по социальному положению. Мать у него на рынке торгует, отец ничего не делает.

А Илья только балду гонял, не учился, не работал. Представляете, какое сокровище? И еще мать Наметкина не пускала Алену к себе в дом, орала на нее: «Проститутка, совратила мальчика! Теперь сосешь из него деньги!» Да Илья жил за счет Алены!

— А мне говорили, что Шергина не любила тратить нажитое, была очень скупой.

— Глупости, — вскипела Варя, — никто не знал Аленушку так хорошо, как я. Да, она никогда не пускала рубли на ветер, всегда тщательно подсчитывала расходы, но разве это плохо? Нет, Алена очень любила Илью, хотела выйти за него замуж, не видела никаких отрицательных качеств парня и не слушала моих доводов. Впрочем, чтобы не поругаться с подругой, я не стала открывать ей глаза на любовника.

Внезапно Варя тихо заплакала, потом вытащила из кармана юбки безукоризненно отглаженный платок, уткнула в него лицо и сказала:

— Вот как получается! Думала, Аленушка станет моей свидетельницей на свадьбе...

Голос Вари звучал глухо и напряженно, я спросил:

— Вы скоро выходите замуж?

Арсеньева кивнула:

— Через неделю.

Надо же! Так убивается по погибшей подруге и собирается выйти замуж. Очевидно, на моем лице что-то отразилось, потому что Варя грустно сказала:

— Нехорошо, конечно, пир затевать, когда такое горе, но мой жених, Андрей Лазуткин, не захотел отложить церемонию, сказал, что это дурная примета, впрочем, его можно понять, он был шапочно знаком с Аленой.

— Андрей Лазуткин, — пробормотал я, — где-то я слышал это имя и фамилию.

Варя смущенно улыбнулась:

— Конечно, его газеты называют «самый знаменитый жених России». Андрюша владелец предприятия «Газснабпромнефть».

— Да? Вас можно поздравить с выгодной партией!

Варя слегка покраснела:

— Случайно вышло, когда мы познакомились, я не знала, кто он такой, а Андрюша довольно долго скрывал от меня свое материальное положение, он боялся, что встретил очередную охотницу за долларами. Представляете, наврал, будто работает в школе учителем...

Она засмеялась, меня отчего-то это покоробило, но Варя не заметила произведенного впечатления и весело продолжила:

— Потом, конечно, признался. Свадьба Андрея — лакомый кусочек для прессы. Приглашено более пятисот гостей, поэтому отложить ее просто невозможно.

— Значит, у вас теперь не будет проблем с деньгами?

— Я выхожу за Андрея не из меркантильных соображений, — вспыхнула Варя, — и потом, я всегда сама хорошо зарабатывала.

— Да-да, конечно, надеюсь, вам больше никого не придется шантажировать.

Варя отшатнулась в сторону.

— Меня никто не шантажировал! Что вы имеете в виду? Немедленно отвечайте!

Я слегка удивился столь бурной реакции, но продолжил:

— Вы не так поняли меня, это вы шантажировали человека.

Внезапно Варя успокоилась и неподдельно удивилась:

— Я? Кого?

Услыхав историю, которую мне рассказала Зинаида, Варя покачала головой:

— Ну и бред! Такое мог придумать лишь психически больной, нормальному человеку в голову не придет. Эта ваша адвокатша врет!

Я вздохнул. Да нет, Зина говорила правду, скорей всего, выдумщица — Алена. Похоже, это в ее стиле, оболгать человека ради собственной выгоды. Чем больше узнаю о Шергиной, тем меньше она мне нравится.

— Одного не пойму, — неожиданно спросила Варя, — зачем вы ходили к этой Колобковой?

— Я ищу убийцу Шергиной.

Варя вытаращила глаза:

— Да вы чего? Ее убила Марина Райкова, а потом покончила с собой! Дело давно закрыли.

— У нас с Элеонорой иное мнение по этому поводу.

— Вот глупость, бросьте.

— Невозможно, моя хозяйка полна решимости докопаться до правды, и она ее узнает во что бы то ни стало!

Внезапно Варя встала:

— Сейчас пепельницу принесу.

Я спокойно сидел в кресле, поджидая ее возвращения. Арсеньева вошла, держа в руках хрустальную лодочку.

— Прошу, курите.

— А вы?

— Никогда не брала сигареты в руки, — улыбнулась Варя, — вот Алена, та была куряка.

Я вспомнил, как Шергина, сидевшая в кабинете у Норы, попросила у Ильи сигарету, и тихо сказал:

— Но не ее плохие привычки стали причиной смерти.

Так и не увидав на похоронах никого из списка клиентов Зинаиды, я вернулся домой и обнаружил, что потерял ключи. К сожалению, это уже третья связка, которая бесследно исчезает из моего пальто. Очевидно, виной тому дурная привычка засовывать ключи просто в карман.

Я позвонил, дверь открыла Ленка и ехидно осведомилась:

— Что, опять ключи посеяли?

— Нет, — соврал я, — просто оставил дома.

У нас на двери суперсовременный замок, не стоит пугаться, если остались без ключей, надо взять специальную карточку и поехать на фирму, которая продала замок. Там моментально перекодируют механизм и выдадут вам новые ключи. Хлопоты минимальные, только Нора начнет издеваться надо мной, станет обзывать растеряхой.

Я пошел в кабинет к хозяйке и обнаружил ее в отвратительном настроении у письменного стола. Очевидно, у Норы не сходились какие-то счета, потому что она с весьма недовольным видом выслушала мой отчет, затем стала придираться к пустякам:

— Ваня, почему до сих пор не отвез почту?

— Простите, не успел.

— Чем же ты был занят целый день?

— Езжу, разговариваю с людьми, ищу убийцу Шергиной, — вежливо ответил я.

— Нашел? — хмыкнула Нора.

— Нет.

— Похоже, от тебя мало толка, — резко заявила хозяйка, — ступай к себе, позову, когда понадобишься.

Я хотел было рассказать ей про потерянные ключи, но решил отложить разговор до завтра. У Элеоноры иногда случаются припадки злобности, и один может разразиться сейчас. До утра она должна прийти в себя, тогда и узнает про потерю.

Я лег на кровать, хотел было завести будильник, но потом передумал. Элеонора не дала никаких указаний насчет завтрашнего дня, следовательно, я могу поспать до девяти.

ГЛАВА 34

Откуда-то из серого тумана вынырнул мой отец и пошел, слегка прихрамывая, по дорожке, покрытой гравием. Я со всех ног кинулся к нему.

— Папочка приехал!

— Тише, Ваняша, — улыбнулся отец, — не налетай так, на-ка, держи.

В руках у меня оказался пакет из плотной коричневой бумаги, я быстро раскрыл его и взвизгнул:

— Тянучки! Мои любимые! Спасибо, папочка.

— Тише, Ваняша, — повторил папенька, — не кричи, сядь спокойно на скамеечку. Господи, как на даче хорошо, вовек бы в город не ездил.

— И не езди, побудь со мной, — с жаром воскликнул я, набивая рот липкими конфетами.

— К сожалению, я вынужден, — сказал отец и исчез.

Одновременно с ним померк и свет, потом из темноты послышался голос, очень знакомый, нервно повторявший:

— Ваня, проснись! Ваня, ну открой же глаза! Ваня?!! Ему плохо, да? Совсем? Ой-ой, ой, Ваня!!! Ну же! Умирает? Да? Не надо!!!

Я попытался было сказать: «Нет-нет, очень хорошо, мне приснился чудесный сон», — но не сумел.

Потом отчего-то матрац приподнялся, поплыл, стало холодно, на лоб и щеки начали падать холодные капли, глаза приоткрылись.

Надо мной нависал бежево-желтый потолок, слева виднелось окно, замазанное белой краской, сбоку на крохотном стульчике скрючилась Миранда. Лицо девочки было залито кровью. Я испугался, похоже, мы отчего-то с ней оказались в машине, куда нас везут?

Почему? Отчего немилосердно болит голова? Внезапно у меня прорезался голос:

— Миранда! Что с твоим лицом?

Девочка бросилась мне на грудь:

— Ваня, ты жив!

— Конечно, жив, — раздался сзади незнакомый бас, потом нечто, пахнущее резиной, прижалось к моему носу, я вдохнул режущий легкие воздух и заснул.

Через две недели я и Нора сидели в кабинете у Макса Воронова.

— Ну что, чудо-сыщики, — вздохнул приятель, — как следствие прошло?

Я промолчал, честно говоря, сказать мне было нечего.

— Как ты себя чувствуешь? — обратился ко мне Макс.

— Хорошо, надо же, какая незадача, — покачал я головой, — надеюсь, Василию купили корзину оранжерейной клубники?

— Кто такой Василий? — вздернул брови Макс.

— Как? — удивился, в свою очередь, я. — Ты не знаешь? У нас на кухне отошел шланг, через который в плиту поступает газ. Отравленный воздух сначала заполнил мою комнату, потому что она ближе всего к кухне, затем пополз по коридору в остальные помещения. Кот Василий приобрел привычку спать в моей кровати, сколько раз гнал шельмеца, без толку, лезет назад. И в ту ночь он тоже лежал рядом. Василий учуял газ и попытался меня разбудить, думаю, кусал за нос, в больнице обнаружили на моем носу мелкие, но глубокие ранки. А когда понял, что я не собираюсь вставать, влетел в спальню Миранды, которую тоже успел заполнить газ. Василий предпринял героические усилия, чтобы разбудить крепко спящую девочку, кусал за ноги, за руки и в конце концов принялся царапать ей щеки. Миранда очнулась и вскочила. Правда, она не сразу сообразила, в чем дело, и сначала пнула Василия, но потом поняла, что в воздухе стоит сильный запах газа, и бросилась сначала ко мне, затем к Норе. Так что благодаря Василию мы все остались живы, а поскольку сей кот вегетарианец, то, надеюсь, клубника придется ему по вкусу.

Макс резко повернулся к Норе:

— Вы не сказали ему правду?

— Нет, — покачала та головой, — не успела.

— Какую правду? — насторожился я.

Макс тяжело вздохнул:

— Что ж, работу вы проделали огромную, жаль, почти зря.

— Я правильно назвала имя убийцы, — хмуро ответила Нора.

— Ладно-ладно, — широко улыбнулся Макс, — признаю это и снимаю перед вами шляпу, Ниро Вульф.

Нора хмыкнула:

— Да, у меня талант.

— Ничего не понимаю, — пробормотал я.

Макс глянул на Нору.

— Покажи ему фото, — велела моя хозяйка.

Приятель вытащил из стола снимки.

— Узнаешь?

Я начал разглядывать карточки. На одной была крупно снята рука, вернее запястье, нежное, тонкое, изуродованное отвратительным рубцом. Со второй смотрела девушка. Темно-каштановые, переливающиеся, роскошные волосы, синие глаза, чуть широковатые брови, пухлые губки и пикантная родинка в углу рта. Не узнать было нельзя.

— Это Алена Шергина.

— Уверен?

— Конечно, она приходила к нам.

— Теперь посмотри на дату съемки.

Я уставился на белые мелкие цифры в углу фото.

— Март этого года?! Не может быть! Алена погибла в начале февраля, а тут она совсем живая, фото явно сделано не с трупа. Эй, погодите, Шергину кремировали в конце февраля! Даже если на секунду предположить, что на снимке покойница, все равно не получается.

— Здесь сфотографирована абсолютно живая особа, — спокойно ответил Макс, — живее не бывает.

— Кто же это? — в полной растерянности спросил я. — У Шергиной есть сестра-близнец?

— Нет, — влезла в разговор Нора, — не было у нее никаких сестер, зато имелся подлый характер, неуемная жажда денег, полное отсутствие таких понятий, как дружба и порядочность. А подобное притягивает к себе таких же людей. Среди общей массы знакомых Алены нашлась одна, задумавшая и осуществившая дьявольский план. Ты, Ваня, так ничего и не понял.

— Нет, — честно признался я.

— Ладно, слушай! — воскликнула Нора, потом повернулась к Максу. — Кто станет рассказывать?

— Насколько понимаю, — улыбнулся приятель, — Ниро всегда лично докладывал о своих рассуждениях.

Нора улыбнулась и стала вводить меня в курс дела.

Очень часто судьба подбрасывает людям испытания: тяжелую болезнь или нищету. Не всякий способен с честью выдержать удар, кое-кто ломается, пасует перед обстоятельствами. Алена Шергина все детство провела в комфортной обстановке богатого дома, девочка никогда не задумывалась о хлебе насущном и о том, откуда берутся деньги. Тем тяжелей было ей стать нищей. Год, проведенный Шергиной без средств к существованию, кардинально изменил ее. Больше всего на свете, даже больше смерти, она боялась вновь стать бедной. Страх трансформировался в фобию. Натолкнувшись глазами на бабушку, просящую у дороги подаяние, Шергина холодела. Только бы не оказаться в старости без копейки, с одной пенсией от не слишком щедрого к старикам государства.

После смерти Алены в разных местах квартиры были найдены тайники, куда девушка откладывала на «черный день» доллары. Желая побольше заработать, Алена потеряла все тормоза. Ничто не казалось ей предосудительным. Поставить «жучок» в кабинете у Колобковой, а потом шантажировать ее клиентов... Пожалуйста. Алена легко проделывает это. Снимать людей в тот момент, когда они уверены, что их не видят посторонние глаза? Великолепно, без проблем. Договориться с коллекционером, который забирает у наивного старика Дюкина за бесценок награды, а потом поделить с немцем барыш? Не вопрос. Алена с ловкостью проделывает все эти операции, не ощущая никакого душевного дискомфорта. Главное для нее — деньги. И надо сказать, она зарабатывает их в большом количестве.

Алене до поры до времени здорово везет. И из истории с порнографическими снимками Сонечки Алена выныривает сухой. Леонид Михайлович уступает просьбам любовницы, не трогает Шергину... Сусанна и Марк не спешат в милицию. Впрочем, когда обман раскрывается, Алена выскакивает из огня, не обжегшись, Зинаида просто разрывает дружеские отношения, боясь за свою профессиональную репутацию. Она не предпринимает никаких мер, чтобы наказать бывшую подругу. Фантастическая удачливость!

Но только в делах с личной жизнью у Алены плохо.

Стоит кавалерам понять, что их дама выше всего ставит звонкую монету, как чувства тускнеют. Правда, один раз дело совсем докатилось до свадьбы, но тут на горизонте возникла Марина Райкова и отбила жениха у подруги. Шергина вдрызг разругалась с приятельницей, но этого ей показалось мало, Алена решает мстить по полной программе. Шергина берет один из старых снимков, где Райкова запечатлена с одним из своих кавалеров, монтирует головы Марины и парня с чужими, обнаженными туловищами и помещает «любовников» на кровать, стоящую возле тумбочки, на которой лежит «Мегаполис», вышедший накануне свадьбы. Естественно, она ставит на снимке и нужную дату. Подделка сделана столь искусно, что даже у самой Райковой не появляется никаких сомнений — это она, только снятая давно, очень давно. Цель достигнута, коварный жених пытается вернуться к Алене, но та выгоняет его. Потом у Шергиной случается еще несколько мимолетных романов, и в конце концов она связывается с Ильей Наметкиным, инфантильным, совершенно не приспособленным ни к какой деятельности парнем.

Сначала Шергиной нравится роль мамы, она даже, наступив на горло собственной жадности, покупает Илье подарки, но затем юноша начинает ее раздражать, и она выгоняет его. Но не тут-то было. Любой мужчина, получив от ворот поворот, как минимум обозлится, но Илья плачет, ноет, звонит Алене, выпрашивает у той свидания. Вполне вероятно, что он по-своему любит Алену, хотя, думается, не хочет терять удобную любовницу. Шергина держит Илью за комнатную собачку. Звонит юноше, если нужно пойти на тусовку, а более подходящего кавалера не нашлось. Наметкин сопровождает ее в походах по магазинам, носит за ней сумки. У них странные отношения. Алена покупает парню сигареты и делает изредка презенты, а тот словно рад унижаться, чем гаже обращается с ним любовница, тем больше он к ней привязывается.

Вот так они и живут. Алена зарабатывает деньги, мечтая найти мужа, который смог бы обеспечить ее по полной программе, и, представьте себе, такой появляется. В «Злату» обращается очень богатый человек, решивший сделать своей домработнице подарок на день рождения — поездку на две недели в Испанию.

Шергина приезжает к мужчине домой, узнает, что тот холост, с восторгом оглядывает шикарное подмосковное имение и понимает: вот подходящий вариант.

Надо сказать, что Алена внешне просто красавица, и бизнесмен охотно идет на контакт. Развивается красивый роман, целых две недели Шергина чувствует себя счастливой, но потом любовь резко заканчивается. Предполагаемый муж преспокойно заявляет:

— Нам было хорошо вместе, но, прости, я встретил настоящую любовь, давай разбежимся по-хорошему, что хочешь в качестве отступного?

Обозленная Алена, сообразив, что ей никогда не стать хозяйкой в загородном доме, называет крупную сумму и получает ее. Шергина опять заработала много денег, но у нее вновь вышел облом с личным счастьем.

Судьба большая шутница, иногда она любит сталкивать людей лбами, а потом, потирая руки, наблюдает за происходящим. Спустя некоторое время Алена узнает, что счастливой соперницей, женщиной, которая вот-вот превратится в богачку, стала... одна из ее хороших знакомых.

«В жизни все повторяется дважды, но в виде драмы

только однажды, а во второй раз, в насмешку вроде бы, в виде пародии, только пародии...» Поэт точно подметил закономерность событий, действительно, в нашей судьбе многое повторяется, жизнь словно проверяет, хорошо ли мы усвоили предыдущий урок. Вот и Алена вновь оказалась в ситуации, подобной той, что уже случалась с ней. Тогда кавалера увела Марина Райкова, и надо же случиться, что и сейчас...

— Ясно, — подскочил я, — она опять отбила парня у Шергиной, а чтобы та не сделала очередную гадость, убила Алену.

Нора вытащила папиросы, старательно сложила мундштук и сказала:

— Ты сначала дослушай, а потом делай выводы. Шергина на самом деле начинает думать, как поступить. Больше всего ей хочется разрушить чужое счастье. В голове, очевидно, мечутся мысли: что делать? Наверное, она думала об очередном фотомонтаже, но тут вдруг случается нечто, полностью меняющее ход событий.

Нора замолчала, потом старательно загасила окурок и сказала:

— Позвольте лирическое отступление.

Я кивнул.

— Иногда, — усмехнулась хозяйка, — в молодости человек совершает какой-то поступок, подлый, некрасивый или даже преступный. Потом старательно делает вид, что ничего не произошло, живет дальше, «закопав» секрет, через какое-то время перестает бояться, понимая, что его тайна никому не известна, потом порой и сам забывает о совершенном. «А был ли мальчик?» — спрашивает себя один литературный герой, убивший ребенка, и отвечает: «Не было его». Но потом откуда-то вдруг появляется некто знающий... Сколь веревочке ни виться, а конец будет, нет ничего тайного, что не стало бы явным, у лжи короткие ноги... Можно привести еще много пословиц и поговорок...

В тот самый момент, когда Алена, кипя от злобы, обдумывает план мести подруге, ей предлагают заказ, самый обычный, заснять торжество, посвященное юбилею некой Марии Семеновны Дундуковой. Алена приезжает по указанному адресу в подмосковный Волоколамск и целый день исправно щелкает фотоаппаратом. Гостей у Марии Семеновны оказалось туча, очень многие прибыли в милицейской форме, а когда начались тосты, Алене стало понятно, что Мария Семеновна работала и даже сейчас, несмотря на 70-летний юбилей, все еще служит директором школы. А еще через десять минут Шергина поняла, что школа, которой в течение сорока лет бессменно руководит Мария Семеновна, не простая, а специальная, но не надо думать, что в ней дети углубленно изучают иностранные языки и катаются на пони. Нет, это был специнтернат, куда отправляли на учебу малолетних преступниц, девочек, которые совершили противоправные поступки до своего совершеннолетия.

Торжества закончились после полуночи. Усталая Алена запечатлела, как хозяйка провожает последнего гостя, и стала упаковывать в сумку объективы.

— Ты куда, милая? — заботливо спросила Мария Семеновна.

— Домой, — улыбнулась Алена.

— Детки небось маму заждались, — вздохнула Мария Семеновна, — только как же ты поедешь? Электрички уже не ходят. Позвони мужу и скажи, что останешься у меня.

— Нет у меня семьи, — пояснила Алена, — и электричкой я не пользуюсь, машина во дворе стоит.

— И думать не смей, — замахала руками директриса, — ляжешь в гостиной, места полно, живу одна.

— Лучше я поеду.

— Нет, — отрезала Мария Семеновна, — дорога скользкая, темно, еще, не дай бог, разобьешься, я потом себе не прощу, давай попьем чаю спокойно, ты небось и не поела как следует.

Директриса говорила категорическим тоном человека, привыкшего раздавать указания, за окном бушевала непогода, мороз ломал деревья, и Алена, поколебавшись, послушалась.

Если бы она уехала, то, скорей всего, была бы сейчас жива, но Шергина осталась и сделала тем самым первый шаг к своей гибели.

Мария Семеновна, болтливая, как все пожилые люди, принялась рассказывать Алене о своей работе. Дундукова была энтузиасткой, одним из тех редких людей, которые работают в системе управления исполнения наказаний по велению сердца. Спиртное совсем развязало язык Марии Семеновны, и из нее полился поток информации.

— Наши девочки на самом деле несчастные существа, никому не нужные дети...

Потом на столе оказались горы фотоальбомов, и Дундукова принялась демонстрировать снимки.

— Вот, смотри, выпуск семьдесят второго года, все хорошо устроены. Ляля Кичина поступила в мединститут, вот семьдесят шестой, тоже никто не пропал, семьдесят седьмой...

Палец старушки скользил по изображениям детских лиц.

— У нас практически не было рецидивов, девушки идут на работу, многие учатся дальше, женятся, рожают детей. Я столько раз была крестной матерью.

— Разве можно исправить преступника? — спросила Алена.

Мария Семеновна разозлилась:

— Они не уголовницы.

— Так ведь хорошего ребенка в специнтернат не отправят, — возразила Алена.

Очевидно, она наступила директрисе на больную мозоль, потому что Дундукова водрузила на нос очки и произнесла речь:

— Да, девочки оступились, украли, ограбили, даже убили, но они не виноваты. Ужасные семейные условия, пьющие родственники... Многие из наших воспитанниц только в интернате увидели постельное белье и попробовали конфеты. Им не повезло с самого детства, их били, насиловали и в конце концов вынудили пойти на преступление...

Мария Семеновна перевела дух и продолжила:

— За все время работы я встретила только одну девочку, о которой могу сказать: она настоящая преступница. Кстати, связь с ней я потеряла, закончила она школу и исчезла, ее дальнейшая судьба мне неизвестна, но, думается, ничего хорошего из девицы не вышло. Погоди, сейчас покажу.

Увидав снимок, Шергина постаралась сохранить спокойствие. Перед ней лежало фото той самой ее подруги, к которой переметнулся выгодный, богатый жених. На карточке она запечатлена юной, семнадцатилетней, но была отлично узнаваема.

Стараясь не заорать от радости, Алена делано равнодушно спросила:

— Какое милое, приятное лицо, что же совершила девочка?

Мария Семеновна нахмурилась:

— Зло часто прикрывается маской. Эта особа абсолютно криминальна, у нее душа убийцы. Никаких светлых чувств там не отыскать.

— Ничего плохого в простых желаниях нет, — пробормотала Алена, — всем хочется поесть и поспать, у всех инстинкты!

— Вопрос — какие! — воскликнула директриса. — У этой девочки инстинкты Бабы-Яги, иного сравнения не подобрать.

— Ну это вы перехватили, — подначила Алена старуху.

— Ты послушай! — возмутилась Дундукова. — Девочка родилась в обеспеченной, даже богатой семье. Отец — военный, мать домохозяйка, посвятившая себя дочери. Еще имелась бабушка, обожавшая внучку. Девочка не знала ни в чем отказа, баловали ее чрезмерно, учили музыке, языкам, водили на теннисный корт и в бассейн. Всегда около нее были мама или бабушка, держали за руку, не позволяли шагу ступить одной. Казалось бы, на такой клумбе должен вырасти цветок потрясающей красоты, ан нет. К пятому классу девица сделалась невыносимой, грубила родителям, бабушке, могла толкнуть старуху, даже ударить. Но любящие родственники только вздыхали:

— Ничего, пройдет, это подростковый возраст, гормональный взрыв, скоро все устаканится.

Но дочь и внучка только больше распоясывалась. А потом случилось несчастье.

В богатую квартиру влезли воры, убили спящих мать и бабушку, ранили отца, взяли ценности и деньги. Выжила одна девочка, она в тот день осталась ночевать у подруги.

Три дня понадобилось сотрудникам милиции, чтобы вычислить преступника. Честно говоря, он плохо организовал дело. Оперативников сразу насторожил тот факт, что замок в квартиру не взламывали, открыли «родными» ключами, потом обнаружилось еще несколько деталей, четко указывающих на личность убийцы, которой оказалась... любящая дочка.

В кабинете у следователя она спокойно объяснила:

— Надоели, жить не давали, повсюду за мной таскались, отчитывайся им в каждом шаге.

— И ты недрогнувшей рукой опустила топорик для рубки мяса на головы родителей и бабушки? — ужаснулся следователь, который навидался всякого, но ни разу не сталкивался с двенадцатилетней девочкой, хладнокровно уничтожившей родных.

— Говорю же, надоели, — пожала плечами девочка.

Чудом выживший отец не пожелал встретиться с дочерью, переехал на другую квартиру. Девочку в связи с ее юным возрастом не отдали под суд, отправили в специнтернат к Дундуковой.

— Знаешь, что она сказала, когда накануне выпускных экзаменов узнала о смерти отца? — вздохнула Мария Семеновна.

Алена молча покачала головой.

— Улыбнулась и заявила: «Квартира-то кооперативная, теперь моей станет, есть где жить, слава богу, освободилась от всех».

Шергина примчалась домой, пораскинула мозгами и встретилась со счастливой соперницей.

— Вот что, дорогуша, — заявила она, — имей в виду, я знаю, где ты провела юность, кстати, Мария Семеновна Дундукова очень расстраивается, поскольку не имеет о тебе никаких сведений. Прикинь, как твой жених обрадуется, узнав, что невеста — убийца. К тому же он известный человек, журналисты просто придут в восторг, разнюхав эту историю. Думаю, свадьба не состоится.

— Сколько хочешь за молчание? — спросила побледневшая подруга.

— Очень много, — злорадно заявила Алена, — для начала сто тысяч долларов.

— У меня столько нет!

— Твои проблемы, достань!

— Но есть отличный каменный двухэтажный дом возле городка Луковска, могу переписать его на тебя, — предложила подруга.

— Это где же он находится? — улыбнулась Алена. — Если в вологодских лесах, то можешь даже не затевать разговор...

— Эй, эй, — подскочил я, — погодите! Алена не могла задать этот вопрос, она великолепно знает, где Луковск, у нее там дача.

Нора тяжело вздохнула:

— Нет.

— Как нет? — удивился я. — Она сама говорила нам с вами: «Поеду ночевать на дачу в Луковск». И погибла она там, или вы забыли?

— Это неправда! Борис Алексеевич построил дом совсем в другом месте.

— Да? — растерялся я. — А зачем Шергина отправилась в Луковск?

— Ты меня не перебивай, — велела Нора, — слушай молча. Чтобы не откладывать дело в долгий ящик, они сговариваются на следующий день вечером поехать посмотреть дом.

Алена на всякий случай прихватывает с собой Илью, говорит парню:

— Сиди в моей машине на заднем сиденье и не высовывайся, не хочу, чтобы тебя видели, выйдешь, только если позову.

— А вдруг заметят? — нервничает Илья.

Он ни о чем не знает, Алена наврала ему, что едет забирать у подруги долг.

— Не будешь высовываться, никто ничего не обнаружит, — отрезает Шергина, — в моей машине тонированные стекла.

Бывшие подруги, а теперь злейшие враги встречаются в условленном месте, на пригорке, на въезде в Луковск, внизу течет река Моська.

— Дом видно отсюда, — говорит хозяйка, — иди посмотри, а потом поедем, изучишь детали.

Алена делает пару шагов и спрашивает:

— Ну, который твой?

— Вон тот, — отвечает подружка и с силой толкает Шергину вниз.

Притаившийся на заднем сиденье Илья видит, как Алена валится с обрыва в реку. Он пугается почти до потери сознания и не успевает придумать, что делать. Дверь машины распахивается, и в нее заглядывает убийца.

— Не трогайте меня, — бормочет Илья, мигом узнавший женщину, это была...

— Ну! — в нетерпении воскликнул я.

— Не догадался?

— Марина Райкова!

— Нет, Варя Арсеньева!

— Не может быть!

— Почему?

— В момент смерти Алены она была в командировке.

— Да? Откуда это известно?

— Варя сказала, причем не один раз!

Нора хмыкнула:

— Она соврала.

— Нет, погодите, кто же угрожал Алене? Ведь она сначала приехала к нам, рассказала про кастрюлю с кислотой, пакет, выброшенный из окна, испорченные тормоза, включенный газ и лишь после уехала в Луковск.

— Тоже наврала.

— Что?

— Все.

— Как? Ничего не было?

— Именно.

— На нее не покушались?

— Нет, впрочем, бабушка, швыряющаяся предметами в посетителей ненавистного ей супермаркета, существует на самом деле.

— Но зачем Алена явилась к нам с этими охотничьими рассказами?

— Чтобы мы потом могли подтвердить: «Да, ей угрожали, пытались убить». И еще — именно в тот вечер прозвучало — убийца Марина Райкова, нас упорно отправляли по ее следу, ясно?

— Совсем нет! Зачем бы Алене клеветать на Райкову? Логичнее было натравить нас на Варю Арсеньеву.

Нора стукнула кулаком по подлокотнику кресла:

— Ваня!!! Нельзя быть таким тупым! Когда пришла к нам Алена?

— Ночью.

— Ее убили днем, столкнули в реку, под лед! Понимаешь?

Я окончательно растерялся:

— Нет, извините. Если человек погиб в обед, он никак не сумеет ночью нанимать детективов.

— Ваня, — голосом санитара, успокаивающего бабушку-маразматичку, заявил Макс, — Алена к вам не приходила. Когда ты отворил дверь несчастной жертве покушений, Шергина, уже мертвая, лежала на дне Моськи.

Я разинул рот.

— Но кто же тогда был у нас?

— Варя Арсеньева! — в один голос воскликнули Макс и Нора.

Воцарилось молчание. Потом Нора продолжила:

— Арсеньевой, спокойно зарубившей топором ближайших родственников, при виде испуганного Ильи, забившегося в угол салона автомобиля Шергиной, мигом приходит в голову идея, как выйти безнаказанной из очередной криминальной ситуации. Она хватает Илью за плечи и шипит:

«Будешь помогать мне или полетишь следом за Аленой».

«Да-да-да, — в ужасе кивает Илья, — все, что пожелаешь, только не убивай».

Наметкин совершенный слизняк, и Варе об этом хорошо известно. Дальнейшее просто. Сначала ушлая девица покупает газету и ищет объявления тех, кто занимается частным сыском.

— Зачем? — тихо спросил я.

— Ей нужны свидетели, могущие заявить: Шергина была жива, ночью приходила вместе с любовником нанимать детектива. Алене угрожали, покушались на ее жизнь, и это была Марина Райкова.

— Но почему она выбрала нас, отчего не обратилась в крупное агентство? «Пинкертон», к примеру!

— Наверное, пожалела денег, — сердито ответила Нора.

Макс захихикал:

— А вот и нет! Варя рассуждала так: хорошему специалисту не нужна реклама, его телефон клиенты передают, так сказать, из уст в уста. Ну кто помещает объявления в газетах? Либо начинающие, либо идиоты. Ей ведь совсем было не нужно, чтобы по следу побежал специалист, наоборот, чем хуже квалификация у «Шерлока Холмса», тем лучше. Варя специально выбирает в колонке объявление, в котором указано женское имя. Баба-детектив! Согласитесь, это нонсенс!

— Вовсе нет, — вскипела Нора.

— Молчу, молчу, — Макс поднял руки вверх, — говорите дальше.

— Варя надевает парик, — продолжает Нора, — вставляет цветные линзы в глаза, рисует над губой родинку, а на запястье наклеивает «шрам», подобные приколы продаются в магазинах. Впрочем, ей вовсе не надо добиваться полного сходства с Шергиной, мы никогда не видели Алену, и если увидим, то только в гробу, а лицо покойницы, пролежавшей в воде, сильно меняется, фотографии не передают полного сходства. Да еще Илья называет ее Аленой. Одна нестыковочка, Варя не курит, но для достоверности картины требует сигарету, неумело затягивается, начинает кашлять. Ей на выручку поспешил Илья с заявлением, что его курево излишне крепкое. Но это был единственный прокол.

— Она затеяла в прихожей дурацкий разговор про погоду и буквально сунула мне под нос шрам, — пробормотал я.

— Правильно, — кивнула Нора, — еще Варя постаралась навести как можно больше подозрений на Марину Райкову. Она знала про ее ссору с Аленой, про то, что у Райковой лежат ключи от квартиры Шергиной, вот и выдумала про открытый газовый кран... Ей нужно было, чтобы за убийство понесла ответственность другая.

— Но зачем? — удивился я. — Ведь легче представить дело как несчастный случай!

— С одной стороны, — вздохнула Нора, — Варя перемудрила, хотела со стопроцентной гарантией остаться незаподозренной, с другой... Она очень не любила Райкову, Марина, впрочем, отвечала ей взаимностью. В последний раз они встречались давно, на дне рождении у Шергиной, наговорили друг другу гадостей. Варя очень злопамятная, она из тех людей, которые годами таят обиду, вот и решила одним махом раздавить двух блошек: избавиться от Алены и убедить всех в том, что убийца Марина.

— Неужели Райкова так досадила Варе? — покачал я головой. — Чем же?

— А чем ей помешала мать и бабушка с отцом? — спросила Нора. — Воспитывали, учили... А Марина ехидничала, отпускала едкие замечания о внешности Арсеньевой, подшучивала над ее одеждой. Этого оказалось достаточно, чтобы Варя решила: Райковой нет места на земле. Сначала у Арсеньевой в душе росла мстительная злоба, а потом представился случай уничтожить Марину.

«Наняв» детективов, Варя вместе с Ильей едут на место убийства. Арсеньева заставляет парня столкнуть машину вниз, велит ему окунуться в воду, исцарапать для полной достоверности руки и бежать на дорогу с криками о помощи. Запуганный Илья выполняет ее приказ.

Когда его увозят, до Вари доходит, что она сделала глупость. Теперь у милиции сложится мнение, что смерть Алены — несчастный случай. Но исправлять что-либо поздно.

— Знаешь, когда я заподозрила, что Варя привирает? — спросила Нора.

— Нет, — покачал я головой.

— Помнишь, ты повез ее в больницу?

— Да.

— Арсеньева велела остановить машину, сказав: «Вот больница!» Откуда она знала? Ведь изображала, что впервые в Луковске? Меня царапнула эта деталь, хотя, в принципе, ее можно было объяснить: ну просто догадалась. И тем не менее.

— Она вообще много врала, — покачал головой Макс, — и притом всю жизнь. Говорила знакомым, что заканчивала десятилетку в лесной школе, якобы имела с детства больное сердце и поэтому не жила вместе с папой. Они с Аленой познакомились-то, когда у Арсеньевой умер отец и Варя въехала в его квартиру. Еще она с самым несчастным видом сообщала: «Мама и бабушка умерли, когда мне едва исполнилось двенадцать лет». Ладно, это неинтересно.

— Илья лежит на кровати, симулируя амнезию, — продолжила Нора, — он не знает, что Варя уже решила его судьбу. В палате находится много народа: родители Ильи, Ваня, доктор. Варя, изображая ужас, кидается к постели со словами: «Ты убил мою Алену!» Быстрым движением она втыкает в парня иголку, шприц с лекарством, с огромной дозой сильнодействующего сердечного средства, находится у нее в кулаке.

Илья даже не успевает пикнуть, ему мигом становится плохо. Чтобы отвлечь внимание от койки, на которой умирает парень, Варя затевает базарную драку с его матерью. Когда скандалисток растаскивают в разные стороны, Наметкин уже умер. И ведь как ловко все проделала: убивает на глазах у всех и остается незамеченной!

Избавившись от ненужного свидетеля, Варя вплотную начинает заниматься Мариной Райковой. Сначала звонит той на мобильный.

— Из «Златы»? — удивился я.

— Да, — кивает Нора, — ты же сам убедился, что телефон там доступен всем, а Варя, если помнишь, клиент «Златы», ездит от них за рубеж. Она в тот день была в «Злате», договаривалась о путешествии, планировала медовый месяц и заодно воспользовалась аппаратом. Райковой она сообщает: «Ты бы пришла быстрей домой, в твоих интересах успеть раньше милиции».

«Что случилось?» — пугается Марина.

«В мойке стоит бутылка, это из нее отлили кислоту, чтобы убить Алену, а еще есть у тебя ее вторые ключики... Кто же, интересно, включил газ?»

Марина не слишком умна, она пугается и несется домой с желанием выбросить ключи и непонятно откуда взявшуюся бутылку. Но не успевает она открыть дверь, как откуда ни возьмись появляется Варя и вталкивает Марину в квартиру. Райкова не успевает даже пикнуть, потому что получает сильный удар по голове и теряет сознание. Варя оттаскивает несчастную в ванну, наливает воду, для верности еще разок бьет Марину по макушке, бритвой разрезает ей вены на руках и ногах, кладет на стол записку и захлопывает дверь. С чувством полной удовлетворенности Арсеньева отбывает домой. Она счастлива. Все следы заметены, недруги и просто неприятные ей люди уничтожены, можно спокойно готовиться к свадьбе с Лазуткиным. Прошлое прочно похоронено, о нем не знает никто.

— Вот глупость! — не выдержал я. — Жива директриса специнтерната, имеются архивы милиции, в конце концов, она могла просто встретить на улице кого-нибудь из девочек, отбывавших с ней наказание.

Нора пожала плечами:

— Прошло много лет, небось думала, ее никто не узнает. Вообще говоря, она рассчитывала после свадьбы уехать жить в Испанию, у Лазуткина там дом, но теперь ее планам конец. Арсеньева наделала много ошибок, устраивая «представления».

— Каких? — выдохнул я.

— Элементарных. Сначала, прикинувшись Аленой, сказала, что у нее дача в Луковске, а дом Шергиной находится в другом месте, — заявила Нора, — про то, что она перемудрила со смертью Шергиной, я уже говорила. Потом написала сама записку от лица Райковой, правда, печатными буквами, что выглядело очень странно, ну почему самоубийца старательно выписывает текст? Потом, она не знала, что Марина звонила Алене на Рождество и просила прощения. И еще одно, на что я сразу обратила внимание: когда ты приехал к Арсеньевой, она, рыдая и ежесекундно повторяя: «Ну зачем я уехала в командировку?», говорит: «Мне позвонили из больницы, сказали, что Алена утонула».

— Что тут странного?

— Откуда там узнали номер Вари?

— Ну... Илья сказал.

— Так у него амнезия! Концы с концами не сходятся. Либо Варя врет, либо у Наметкина с головой порядок. Такие крохотные мелочи, но они раздражали. Потом Арсеньева, чтобы ненависть Райковой к Шергиной выглядела более убедительно, врет, будто Алена увела у Марины мужа. Но это неправда, Райкова не успела расписаться с парнем... Потом на голове у Марины нашли гематому, следствие ударов, да и вены она вскрыла себе не сама, эксперт это сразу сообразил. Понимаешь?

— Более или менее.

— Кульминация наступила, когда ты явился на поминки и сообщил Варе, что занят расследованием. Она-то думала, что все давным-давно позабыли про смерть Алены. Дело закрыто, концы похоронены, и тут такой пассаж!

Но Варя не теряется и решает избавиться от проблемы привычным путем. Она проникает ночью в квартиру, где живут слишком ретивые детективы, и откручивает все газовые краны. В комнатах полнейшая тишина, люди спят, на улице вьюжный, морозный февраль, в такую погоду люди держат окна, балконные двери и форточки закрытыми. Часы показывают три часа, до утра полно времени, навряд ли в этом доме проснутся раньше семи и забьют тревогу. Крепко спящий человек не ощущает запаха газа.

Нора остановилась, потом с чувством произнесла:

— Мерзкий кот Василий, писавший сначала в наши ботинки, потом в кадки с несчастными цветами, гадкое животное, постоянно шипевшее на меня, отвратительная особь, нагло разваливающаяся прямо посередине обеденного стола... Боже, мне хотелось вышвырнуть поганца с балкона, и как хорошо, что я этого не сделала. Отныне Василий может спать на моей голове и жрать рыбу на документах, разложенных у меня на письменном столе. Василию теперь можно все!

— А Миранде? — напомнил я. — Девочка-то не растерялась!

Нора глянула на меня:

— О ней потом. Думаю, ты одобришь мое решение.

— Но как Варя попала в наш дом? — опомнился я.

— Открыла дверь.

— Отмычкой?

— Нет, ключами.

— Где же она их взяла?

Нора хмыкнула:

— У тебя в кармане.

— Как?! — подскочил я.

— Очень просто, — пожала плечами Элеонора, — пока ты сидел в комнате, Варя под благовидным предлогом выскользнула в прихожую.

— Она выходила за пепельницей, — вспомнил я.

— Ты почему не сказал мне о пропаже ключей? — запоздало обозлилась Элеонора.

— Не хотел вам портить вечером настроение, думал выдать информацию утром.

— Утро для вас могло не наступить, — тихо сказал Макс.

Арсеньеву осудили по многим статьям, она получила огромный, по моему разумению, срок и отправилась на зону, где содержатся особо опасные преступницы. Но все равно, теоретически Варвара когда-нибудь может выйти на свободу, и эта перспектива меня пугает.

В квартире Алены Шергиной поселилась тетка из Ижевска. Андрей Лазуткин, естественно, не женился на Варе, он до сих пор пребывает в холостяках. Каким образом парень замял скандал и сколько заплатил журналистам, чтобы те не расписали в красках, скольких людей убила невеста ради выгодного брака, я не знаю, но ни в одной газете не появилось ни строчки об отмененном грандиозном свадебном пире.

Миранду я перевел в колледж, которым владеет одна из моих бывших любовниц. Каждое утро я отвожу девочку на занятия, а вечером забираю. Да-да, Миранда теперь живет с нами. Нора поговорила с Настей и получила согласие на то, что мы станем опекать ребенка. Настя плохая мать, Миранду она отдала нам с видимой радостью, теперь никто не станет ей мешать вести излюбленный образ жизни: гастроли — кабак — гастроли. Впрочем, Настя и раньше не слишком себя ущемляла. Василий тоже остался у нас. И если за воспитание Миранды с жаром принялись все, то коту разрешена вольница. Он на самом деле валяется на деловых бумагах Норы, и его за это наглаживают и похваливают. Филимон толстеет, поедая все возрастающее количество «Докторской» колбасы, Ленка продолжает стряпать гадостные блюда, цветы в оранжерее умерли тихой смертью, красное кожаное кресло Нора пока не приобрела, никак не найдет нужный оттенок. Ей предлагают кожу кирпичного, бордового или апельсинового тона, а Норе надо пурпур.

Сегодня днем, когда я ехал по Тверской, зазвонил мобильный.

— Ваня, немедленно приезжай, — велела маменька.

Я попытался сопротивляться:

— Сейчас не могу.

— Ваня! — взвизгнула Николетта. — Скорей! У нас тут сюрприз!

Пришлось спешить на зов. Под сюрпризом Николетта может подразумевать все, что угодно. Когда я наконец добрался до родительской квартиры, то обнаружил на лестничной клетке огромный пакет с надписью «Вискас». Более чем удивленный, я позвонил в дверь. Николетта возникла на пороге.

— Ваня, — велела она, — ну-ка отнеси корм на кухню.

Я повиновался.

— Смотри, — продолжала щебетать маменька, пока я тащил тяжеленную упаковку в указанном направлении. — Ну, что скажешь?

Я установил пакет у стены, вытер потный лоб, глянул на Николетту и обомлел. Маменька держала на руках пушистого снежно-белого котенка.

— Это кто? — глупо спросил я.

— Ваня, — с укоризной ответила Николетта, — что за идиотский вопрос? Кот, конечно.

— Откуда?

— Ах, мой миленький, — принялась нацеловывать недовольно сопящее животное маменька, — котик, сладенький... У Коки теперь кошечка и у Жоржетты, мне тоже захотелось!

Я только вздохнул. Ну раз Кока и Жоржетта завели кошек, тогда понятно.

Николетта поставила котенка на пол. Белый комок побрел в коридор, мы пошли следом.

— Как его назвать? — чирикала маменька. — Ума не приложу? Арчибальдо? Витторио? Барни? Что посоветуешь?

Безымянный котик доплелся до ботиночницы, понюхал обувь и преспокойно уселся на туфли Николетты. Его морда приняла задумчиво-элегическое выражение.

— Что он там делает? — удивилась незнакомая с повадками кошачьих Николетта. — Ваня, ну как его назвать?! Как?

Я увидел, как белое облако шерсти слезло с дорогих теперь вконец испорченных лодочек, и сказал:

— Окрести Василием, знаю одного кота с подобными манерами.

Донцова Д. А.

Д 67   Инстинкт Бабы-Яги: Роман. — М.: Изд-во Эксмо, 2007. — 352 с. — (Иронический детектив).

С тех пор как хозяйка Ивана Подушкина — бизнесвумен Элеонора — возомнила себя великой сыщицей, он потерял покой. А теперь еще Нора приобрела лицензию на сыскную деятельность и дает объявления в газетах... Первая клиентка не заставила себя долго ждать. Алена Шергина уверена, что на ее жизнь не единожды покушались. Она даже знает имя виновного — Марина Райкова. Нора советует Алене на время уехать из города, и та решает отсидеться на даче. Но по дороге Шергина трагически погибает. Элеонора посылает Ваню поговорить с Мариной, и после этого визита Райкова кончает жизнь самоубийством. Очевидно, от угрызений совести... Но Нора уверена: Алену и Марину убила одна и та же рука. А вот чтобы поймать убийцу за руку, попыхтеть придется Ивану Подушкину...

УДК 882
ББК 84(2Рос-Рус)6-4

ISBN 978-5-699-22448-7   © ООО «Издательство «Эксмо», 2007

Оформление серии художника *В. Щербакова*

Литературно-художественное издание

Донцова Дарья Аркадьевна

ИНСТИНКТ БАБЫ-ЯГИ

Ответственный редактор *О. Рубис*
Редактор *Т. Семенова*
Художественный редактор *В. Щербаков*
Художник *Е. Рудько*
Компьютерная обработка оформления *Е. Гузняковой*
Технический редактор *Н. Носова*
Компьютерная верстка *Г. Павлова*
Корректор *З. Харитонова*

ООО «Издательство «Эксмо».
127299, Москва, ул. Клары Цеткин, д. 18, корп. 5. Тел.: 411-68-86, 956-39-21.
Интернет/Home page — www.eksmo.ru
Электронная почта (E-mail) — info@ eksmo.ru

Подписано в печать 24.04.2007.
Формат 70x90 ¹/₃₂. Гарнитура «Таймс». Печать офсетная.
Бум. тип. Усл. печ. л. 12,87.   Уч.-изд. л. 13,7.
Доп. тираж 10 000 экз. Заказ 8592

ОАО "Тверской полиграфический комбинат", 170024, г. Тверь, пр-т Ленина, 5.
Телефон: (4822) 44-52-03, 44-50-34, Телефон/факс: (4822)44-42-15
Home page - www.tverpk.ru Электронная почта (E-mail) - sales@tverpk.ru

Дарья Донцова

рекомендует
свою новую **кулинарную книгу**

«Простые и вкусные рецепты»

Мастер детективного жанра, одна из самых остроумных писательниц российской литературы продолжает щедро делиться своими неиссякаемыми талантами. Дарье Донцовой подвластно многое – от лихо закрученной интриги до откровенного разговора с современной женщиной, от веселых приключений домашних животных до секретов изысканной кухни!

ПОПРОБУЙТЕ!

Рецепты и советы от **Дарьи Донцовой** – это легко в приготовлении, изысканно и вкусно.
Готовьте с удовольствием!

с любовью
Дарья Донцова

Дарья ДОНЦОВА

*С момента выхода моей автобио-
графии прошло три года.
И я решила поделиться с читате-
лем тем, что случилось со мной
за это время...*

*В год, когда мне исполнится сто лет, я выпущу еще одну книгу,
где расскажу абсолютно все, а пока... Жизнь продолжается, в ней
случается всякое, хорошее и плохое, неизменным остается лишь
мой девиз: "Что бы ни произошло, никогда не сдавайся!"*